HEYNE
BÜCHER



SCIENCE FICTION

Herausgegeben
von Wolfgang Jeschke

Ein Verzeichnis aller STAR TREK-Romane finden Sie am Schluß des Bandes.

MICHAEL JAN FRIEDMAN

# STAR TREK
## CLASSIC

# GESICHTER AUS FEUER

Star Trek™ Classic
Band 65

Deutsche Erstausgabe

WILHELM HEYNE VERLAG
MÜNCHEN

HEYNE SCIENCE FICTION & FANTASY
Band 06/5465

Titel der Originalausgabe
FACES OF FIRE
Übersetzung aus dem Amerikanischen von
RONALD M. HAHN

*Umwelthinweis:*
Dieses Buch wurde auf chlor- und säurefreiem Papier hergestellt.

Redaktion: Rainer Michael Rahn

Die Erstausgabe erschien bei POCKET BOOKS,
a division of Simon & Schuster, Inc., New York

Printed in Germany 1996
Umschlagbild: Pocket Books / Simon & Schuster, Inc.
Umschlaggestaltung: Atelier Ingrid Schütz, München
Technische Betreuung: M. Spinola
Satz: Schaber Satz- und Datentechnik, Wels
Druck und Bindung: Ebner Ulm

ISBN 3-453-10928-7

*Für Gene Roddenberry*

**Historische Anmerkung**

Diese Geschichte beginnt bei Sternzeit 3998.6 und spielt damit ungefähr in der Mitte der ersten Fünfjahresmission der *Enterprise*.

# PROLOG

Als Kiruc sich dem alten, verlassenen Beobachtungsposten näherte, schloß er die Möglichkeit eines Hinterhalts natürlich nicht aus. Zumindest sah alles danach aus.

Zuerst die Art, wie man ihn informiert hatte – die ganze Geheimniskrämerei, ganz zu schweigen von der Anonymität des Informanten. Und dann der Ort – ihm unvertraut, abgelegen und voller potentieller Verstecke –, besonders jetzt, im Dunkel der Nacht. Schließlich die Anweisung, seine Männer zurückzulassen und allein zu kommen.

Er schaute über seine Schulter zurück auf Zibrat und Torgis. Sie wirkten wie jagende Bestien, die man gegen ihren Willen an die Kette gelegt hatte, statt ihn, wie es sich für Leibwächter geziemte, zu begleiten. Als ihm ihr Gezeter und ihre Proteste einfielen, formten seine Lippen ein schmales Lächeln, und er wandte sich wieder seinem Ziel zu.

Der Beobachtungsposten war ein dunkler und ungemütlicher Ort und ragte wie eine Sumpfspinne aus den farblosen Hügeln auf. Eine einäugige Sumpfspinne, denn nur ein einziges Fenster der Anlage war von dumpfem orangefarbenem Licht erhellt.

All seine klingonischen Sinne signalisierten ihm, daß Gefahr drohte. Wie jeder Klingone in seiner Position mangelte es auch Kiruc nicht an Feinden. Jeder von ihnen hätte dieses Treffen organisieren und seine Neugier als Köder verwenden können.

Doch selbst dann hätte er die Einladung nicht ignoriert.

Selbst wenn er gewußt hätte, wer ihn kontaktiert und so fernab der imperialen Routen zu sich bestellt hatte – es wäre gefährlicher gewesen, *nicht* zu diesem Treffen zu erscheinen.

Als Kiruc sich dem Posten näherte, konnte er die einzelnen Gebäude erkennen, die der Anlage ihre Form gaben. Sie waren kalt und kantig gebaut. Sie waren allein unter funktionalen Gesichtspunkten, ohne jede Ästhetik errichtet worden.

Keins von ihnen war in den letzten fünfzig Jahren genutzt worden. Man hatte den Posten aufgegeben, nachdem sie ihre Feinde entlang dieser Grenze unschädlich gemacht und ihre Welten in das Reich eingegliedert hatten.

Fünfzig Meter vom äußersten Gebäude entfernt, konnte er in der Finsternis die Schatten von Klingonen erkennen. Seine Hand sank instinktiv zur Hüfte, wo ihn das leere Holster an die zweite erteilte Anweisung erinnerte: keine Waffen. Nicht mal einen Dolch.

Aber ein einzelner Intervaller hätte auch keinen Unterschied gemacht. Wenn dies eine Falle seiner Feinde gewesen wäre, hätte man sich seiner mit Sicherheit schnell entledigt. Hier draußen konnte keiner seiner Kameraden in ein Gefecht eingreifen.

Vielleicht waren die Silhouetten ein gutes Zeichen. Ein Hinweis darauf, daß seine Vermutung, wer ihn bestellt hatte, stimmte. Andererseits konnten sie aber auch nur schmückendes Beiwerk sein, eine Methode, ihn näher heranzulocken, damit er ein besseres Ziel abgab.

Er würde die Wahrheit früh genug erfahren. Kiruc biß die Zähne aufeinander und ging näher heran. In der Ferne kreischte ein Raubvogel, der seine Beute am Boden ausfindig gemacht hatte. Ein Omen? Sein Vater hätte es so gedeutet. Aber sein Vater war auch ein weiser alter Mann.

Und das bin ich nicht, sagte er sich. Ich gehöre der neuen Generation an, die den Aberglauben anderer ausnutzt, um das zu erreichen, was sie will. Trotzdem war es schwer, den kreischenden Vogel zu ignorieren.

Kiruc war nun nahe genug heran, um mehr als nur Silhouetten zu sehen. Er erkannte Gesichter mit harten Augen und die Umrisse grausamer Münder. Wenn man die Leute nach ihrem Aussehen einschätzte, mußte man darauf tippen, daß es keine dahergelaufenen Söldner waren. Sie sahen eher aus wie Spezialisten.

Und dies bestärkte seine Vermutung noch mehr.

Mit hochgehaltenen Armen signalisierte Kiruc, daß er unbewaffnet war. Als sie es sahen, schwärmten sie langsam aus und umzingelten ihn. Sie waren bis an die Zähne bewaffnet; einige hielten Intervaller im Anschlag.

Er wurde jedoch nicht angerempelt oder herumgestoßen. Er hatte eher das Gefühl, daß die Leute nicht hier waren, um ihn zu töten, sondern um ihn zu beschützen.

Einer der Männer machte eine kurze, hastige Bewegung mit seiner Waffe. Er schien der Anführer zu sein. Er führte den Trupp zurück zum Herz der Station. Kiruc und die anderen folgten ihm.

Sie suchten sich einen Weg an den Gebäuden vorbei und gingen geradewegs auf das Hauptgebäude der Station zu, in dem nur ein einziges Fenster von Licht erhellt war. Man konnte jemanden hinter dem Fenster erkennen. Da stand ein Mann; er hielt die Hände auf dem Rücken verschränkt und beobachtete den Trupp.

Als das Kommando den Eingang des Gebäudes erreicht hatte, sah Kiruc weitere bewaffnete Wachen. Mehr, als er erwartet hatte. Er hatte das Gefühl, daß Waffen auf ihn gerichtet waren, die er nicht sehen konnte.

Dann, als die Tür aufging, wurde er hineinbugsiert. Der Raum sah von innen genauso aus wie von außen.

Ein paar Möbel, wie sie der Verwalter in der aktiven Zeit des Postens wohl besessen hätte, standen zusammen in einer Raumecke.

Aber sein Blick blieb nicht lange an den Möbelstücken haften. Er fixierte vielmehr den Klingonen, der am Fenster stand. Dieser drehte sich um und maß Kiruc mit einem Blick. Eines seiner Augen war noch immer im Schatten verborgen.

»Laßt uns allein«, sagte der Stämmige. Seine Stimme war tief, streng und befehlsgewohnt. Kiruc erwartete, daß die Krieger protestierten, aber sie taten es nicht. Ohne ein Wort verließen sie den Raum, und der letzte schloß die Tür.

»Setzen Sie sich«, sagte der Mann im Kommandoton. Mit einer Handbewegung deutete er auf den Stuhl, der am Ende eines langen grauen Schreibtisches stand.

Kiruc senkte leicht den Kopf und tat, was ihm befohlen worden war. Der Raum roch muffig und staubig. Spinnweben hingen in den Ecken, auf dem Boden lag Staub. Der stämmige Klingone setzte sich auf einen Stuhl, der näher am Licht stand. Als er aus dem Verborgenem des Dunkels trat, zeichneten sich seine Umrisse genau und scharf ab.

Kiruc erkannte ihn. Er hätte mit jedem anderen gerechnet. Die Erkenntnis, wer ihn herzitiert hatte, war ein ziemlicher Schock für ihn. Er schrak innerlich zusammen.

*Sei vorsichtig,* dachte er. *Jetzt ist es wichtig, keine Schwäche zu zeigen.* Und Fassungslosigkeit war schon Schwäche genug.

Als sein Gastgeber endlich saß, herrschte Schweigen. Ihre Blicke trafen sich, ließen sich nicht mehr los. »Sie wissen, wer ich bin?«

Kiruc nickte. »Mein Herrscher.«

Kapronek, der Mächtigste im klingonischen Reich, grunzte. »Gut. Für den Anfang. Zuerst will ich Ihnen versichern, daß ich Ihnen oder Ihrer Mannschaft keinen Schaden zufügen will.«

»Das freut mich«, antwortete Kiruc

Der Blick des Imperators durchbohrte Kiruc. Seine Augen waren meergrün. Sehr ungewöhnlich für einen Klingonen.

»Was wissen Sie über die sogenannte loyale Opposition, Kiruc – oder, um die Sache bei ihren wirklichen Namen zu nennen, die Gavish'rae, die dürstenden Schwerter?«

Aha. Also *darum* ging es. Die zunehmenden Aktivitäten der Gavish'rae, der Clans der Südhalbkugel der Heimatwelt. Gedankenlose Narren, die das klingonische Reich in einen verfrühten Krieg mit der Föderation stürzen wollten.

Kiruc dachte einige Zeit nach. »Ich habe gehört, daß sie zunehmend Druck auf den imperialen Rat ausüben«, antwortete er. »Sie gewinnen an Einfluß.«

Kapronek räusperte sich. »Das ist ziemlich höflich ausgedrückt. In Wirklichkeit gelingt es ihnen, die meisten meiner Berater in den Vorruhestand zu versetzen, die anderen einfach zu bestechen und jene, die sich ihnen widersetzen, rigoros zu ermorden und ihren Tod dann irgendeiner Blutrache zuzuschreiben.«

Kiruc nickte. Seine Informationen waren also korrekt gewesen. Seine Informanten hatten recht gehabt.

Die Lippen des Imperators kräuselten sich zu einem verächtlichen Lächeln.

»Großmäuler wie Dumeric und Zoth drängen sich immer mehr in den Vordergrund. Und die stolzen und edlen Kamorh'dag – mein Haus, und auch das Ihre –, die das Reich seit mehr als zehn Generationen regieren, versinken wie eine Purisherde in einem Loch aus Treibsand.«

Kiruc fiel ein, daß er in seiner Jugend einst einen Puris in einem Treibsandloch östlich des Besitzes seiner Eltern hatte versinken sehen. Wie schade. Das Tier war fett gewesen und hätte auf dem Markt einen saftigen Preis erzielt. Außerdem lebten Puris nur im hohen Norden, so wie die Kamorh'dag. Dies ließ den Vergleich mehr als verständlich erscheinen.

»Wir verlieren unseren Einfluß im Imperium«, fuhr Kirucs Gastgeber weiter fort. »Wir *sterben aus.* Und ich sage Ihnen, wenn die Gavish'rae die Macht übernehmen sollten, werden sie nicht so nachsichtig mit uns verfahren wie wir mit ihnen.«

Das stimmt wahrscheinlich, stimmte Kiruc ihm stumm zu. Aber was hatte er mit der ganzen Sache zu tun? Er, Kiruc, Sohn des Kalastra?

Kapronek blickte ihn mit den Augen eines Jägers an. Nicht wie ein Puris, aber wie ein Raubvogel. »Ich will nicht mit ansehen müssen, daß meine Leute niedergemetzelt werden, Kiruc. Ich will nicht mit ansehen müssen, wie diese Barbaren vom Südkontinent das Reich zugrunderichten. Ich werde meinen Thron nicht kampflos aufgeben.« Er machte eine Pause. »Imperator Kahless, der größte Kamorh'dag, hat uns vor Zeiten wie diesen gewarnt, in denen unsere Macht in Frage gestellt wird. Sind Sie mit seinen Lehren vertraut?«

Kiruc nickte. »Bin ich.« Er hatte die Lehren Kahless' mehrere Jahre studiert. Er studierte sie, seit er alt genug war, um in der elterlichen Bibliothek herumzustöbern.

»Das dachte ich mir. Erinnern Sie sich an seinen Rat? Aus dem *Ramen'aa?*«

Nur zu gut erinnerte sich Kiruc an diese Worte. Er rezitierte sie laut: »Finsternis wird kommen. Der Feind wird uns umzingeln, und seine Schwerter werden so zahlreich sein wie die Bäume eines Waldes. Aber wir werden nicht aufgeben. Wir werden Feuermasken tragen.«

»Und was bedeutet diese Aussage für Sie? Der Ausdruck *Feuermasken?*«

»Laut den mir bekannten Kommentaren hat dieser Ausdruck zwei Bedeutungen. Die eine besagt, daß jemand, der eine Bestimmung hat, jedes Hindernis überwinden kann.«

»Und die zweite?« fragte der Imperator.

»Eine Anspielung auf die Fähigkeit, sein Gegenüber zu täuschen. Der Rat, in jedem Fall umsichtig und vorsichtig zu sein. Besonders dann, wenn es sich um Feinde oder potentielle Feinde handelt.«

Kapronek äußerte einen kehligen, zustimmenden Laut. »Sehr gut.« Er beugte sich vor, und seine Augen verwandelten sich in kleine Schlitze. »Anscheinend habe ich wirklich die richtige Wahl getroffen.«

Kiruc saß unruhig auf dem Stuhl. Sein Herz raste, doch er bemühte sich, nicht zu zeigen, wie aufgeregt er war. »Wie kann ich Ihnen dienen?« fragte er.

Der Imperator lehnte sich zurück und lächelte grimmig.

»Das ist hier die Frage …«

# 1

Als Captain James T. Kirk ins Lazarett kam, sah er Leonard McCoy vor einem der neuen Biomonitore stehen, die über den Krankenbetten hingen. McCoy schüttelte unzufrieden den Kopf.

»Pille?« unterbrach ihn der Captain.

McCoy drehte sich um. »Die verdammten Anzeigen«, fluchte er, »funktionieren noch immer nicht richtig.« Er seufzte. »Was hast du auf dem Herzen, Jim?«

Kirk musterte den Chefarzt genau. »Du meinst, außer dem Rettungsring, den du mit dir rumschleppst?«

»Jetzt fang du bloß auch noch an! M'Benga geht mir auch schon seit Tagen damit auf die Nerven. Fünf Pfund zuviel, aber ihr tut, als ginge die Welt unter.« McCoy tätschelte seinen Bauch und lächelte verschmitzt. »Ich habe einen genauen Diätplan ausgearbeitet. Ich fange sofort damit an, sobald ich hinter die Tücken der neuen Geräte gekommen bin.«

Kirk lachte leise. »Gut, ich kann nämlich nicht zulassen, das der Chefarzt dieses Schiffes ein schlechtes Beispiel für die Mannschaft abgibt.«

»Weißt du eigentlich, daß du langsam so klingst wie ich?« sagte McCoy. »Das letzte, was diesem Schiff fehlt, ist *noch einer* von meiner Sorte.« Er wandte sich wieder den Biomonitoren zu. »Ist mein Bauch der Grund, warum du hergekommen bist?«

Da Kirk McCoys Gefühle hinsichtlich dieses Themas kannte, hatte er es nicht eilig, damit herauszurücken. Aber ein Captain hatte eben klar umrissene Aufgaben.

»Wir haben einen Auftrag, Pille. Wir nehmen bei Sternbasis XII einen Botschafter an Bord und bringen ihn ins Alpha Maluria-System. Es liegt – bei Warp sechs – etwa sechs Tage von hier entfernt.«

»Ein Botschafter. Wie nett. Ich hoffe, es ist nicht als Aufmunterung für mich gedacht.«

»Er kommt auf allerhöchste Empfehlung hin. Wie ich gehört habe, soll er auf Gamma Philuvia VI wahre Wunder gewirkt haben.«

McCoy grunzte. »Sicher, sie kommen alle auf höchste Empfehlung hin. Und wenn sie mal da sind, nerven sie einen wie eine Meute mechlavionischer Bergameisen.«

Am anderen Ende des Lazaretts war Schwester Chapel eben damit beschäftigt, neue Tricorder zu kalibrieren. Sie warf McCoy einen mißbilligenden Blick zu.

Er erwiderte ihn. »Sehen sie mich nicht so an, Christine. Wenn sie mit diesem Diplomatenpack zu tun hätten, würden sie auch nicht anders denken.«

»Pille«, nahm der Captain das Gespräch wieder auf, wobei er sich bemühte, sachlich zu bleiben. »Er ist nicht der klingonische Imperator. Er steht auf *unserer* Seite.«

»Der klingonische Imperator wäre mir lieber«, fuhr McCoy fort. »Dann hätten wir wenigstens nur mit direkten Angriffen zu rechnen.«

In Wirklichkeit hatte Kirk genausowenig für Diplomaten übrig wie McCoy. Allerdings achtete er darauf, daß man es ihm nicht anmerkte.

»Hör mal, Pille«, fuhr er fort. »Du kannst den Mann nicht schon verurteilen, bevor er auch nur einen Fuß auf unser Schiff gesetzt hat. Ausnahmen bestätigen die Regel. Er könnte ...«

Kirk suchte nach dem fehlenden Wort. »Hilfreich sein«, sagte er schließlich.

McCoy schnaubte. »Genau. Und Mugato haben Flügel.«

»Hör zu«, sagte Kirk, diesmal etwas nachdrücklicher. »Er wird in ungefähr fünfundvierzig Minuten an Bord beamen. Ich möchte, daß auch du im Konferenzraum bist, wenn er ankommt.«

»Ich werde auftauchen.«

»Und ich will, daß du so liebenswürdig wie nur möglich bist. Keine Spitzen gegen das Diplomatische Corps, keine dummen Kommentare über ihre Erfolgsquote – und bitte keine Vorträge über das Thema, wie wir besser ohne sie auskommen könnten.«

»Auch, wenn es wahr ist?«

»Unter *allen* Umständen«, betonte Kirk seine Forderung.

McCoy schüttelte den Kopf. »Ich mache dir keine Versprechungen Jim.«

Nun war es für Kirk an der Zeit, seinen Trumpf auszuspielen. »Es ist keine Bitte, es ist ein Befehl.«

McCoy fluchte leise.

»War da noch etwas, was Sie sagen wollten, Doktor?«

»Ich sagte, wir treffen uns im Konferenzraum«, zischte McCoy. »Und ich werde mich wie ein verdammter Klosterschüler benehmen.«

Kirk grinste breit. »So ist es richtig. Und vergiß nicht. Fünfundvierzig Minuten.«

»Ich zähle schon die Sekunden«, grunzte McCoy.

Als McCoy den Konferenzraum betrat, waren schon alle versammelt. Spock sah vom oberen Ende des Tisches zu ihm auf.

»Doktor ...«, sagte der Erste Offizier mit einem leichten Neigen des Kopfes. Seine Augen waren dunkel, aber durchbohrend, sein Blick ohne jede Emotion. Der typisch kalte Vulkanier, dachte McCoy. Wie immer.

»Wie ich sehe, hat man Sie auch schanghait«, sagte er.

Der Erste Offizier hob eine Augenbraue. »Schanghait?« wiederholte er.

»Gegen den Willen dienstverpflichtet«, übersetzte McCoy. Doch bevor er mit seinen Ausführungen fertig war, wurde ihm klar, daß Spock sich wohl kaum von der Anwesenheit eines Botschafters einschüchtern ließ, wie etwa die anderen Offiziere. Immerhin tolerierte die vulkanische UMUK-Philosophie – unendliche Mannigfaltigkeit in Unendlicher Kombination – auch die primitivsten Lebensformen. Aber für McCoy stand das Diplomatische Corps in etwa auf einer Entwicklungsstufe mit dem tellaritischen Blutwurm.

»Ich glaube, Sie unterliegen einem Irrtum, Doktor. Ich bin nicht gegen meinen Willen hier. In Wirklichkeit obliegt es meiner Pflicht als Erster Offizier, bei solchen Anlässen ...«

McCoy hob eine Hand, um ihn zu unterbrechen. »Vergessen Sie es, Spock. Vergessen sie es einfach«, sagte er. »Danke.«

Er suchte sich einen Stuhl und nahm Platz.

Kurz darauf öffnete sich die Konferenzraumtür, und der Captain betrat den Raum. McCoy schmunzelte über seinen Zeitsinn und streckte die Beine weit unter den Tisch, wie Spock es manchmal tat.

»Meine Herren ...«, sagte Kirk. Er zeigte ein Lächeln, das er normalerweise nur bei Staatsbesuchen und hübschen Rothaarigen aufsetzte. »Dies ist Botschafter Marlin Farquhar. Er wurde von der Föderation geschickt, um den Bürgerkrieg auf Alpha Maluria VI zu schlichten.« Er deutete auf den Vulkanier und McCoy. »Erster Offizier Spock und Dr. Leonard McCoy, der Chefarzt der *Enterprise*.«

Farquhar war zwar einen guten Kopf größer als Kirk, aber seine Schultern waren irgendwie um einiges schmaler. Sein Alter war sehr schwer einzuschätzen. Es lag irgendwo zwischen vierzig und sechzig Jahren, schätze McCoy. Der Mann hatte dünnes, sandfarbenes Haar, das leicht zerzaust wirkte. Mit Ausnahme einer Art Schmalzlocke, die seinen Hinterkopf zierte. Irgendwie ließ es ihn lächerlich aussehen. Seine Augen waren von einem wäßrigen Blau. Sie bewegten sich nicht, sie stachen zu. Wie ein verängstigter Fisch, dachte McCoy.

Farquhars Mund war eine einzige Linie, die sich an den Winkeln nach unten zog, als er ihn und den Vulkanier musterte.

Ein wirkliches Prachtexemplar des Diplomatischen Corps. McCoy seufzte so leise vor sich hin, daß niemand es mitbekam. Typen wie Farquhar gab es zwar in den verschiedensten Gestalten und Größen, aber ihre Vorgehensweise war immer die gleiche: Zuerst hielten sie hingebungsvolle Reden über die Vorschriften der Starfleet-Politik, dann stellten sie die typische Ahnungslosigkeit in allem zur Schau, was nichts mit ihrer Mission zu tun hatte.

In seltenen Fällen verbargen sie ihre weniger liebenswerten Qualitäten unter der Tünche der Kumpanei und gegenseitigen Schulterklopfens – unter einer Fassade, die zwar unaufrichtig, aber gelegentlich erheiternd war. Weitaus seltener wurden sie jedoch von beinahe naiver Ernsthaftigkeit angetrieben, was man verstehen und sogar respektieren, aber nicht willkommen heißen konnte.

Leider wies Farquhar keine dieser Eigenschaften auf. Er war das typische Standardmodell.

Spock neigte den Kopf. »Botschafter Farquhar«, wiederholte er in einem sanften, ruhigen Ton. Sein Verhalten war reserviert, aber nicht unfreundlich.

Die Antwort des Botschafters war ein simples »Commander Spock«, das er mit überraschend tiefer, doch melodiöser Stimme aussprach, die seinem Äußeren mehr Gewicht verlieh.

War es möglich, daß er den Gast eventuell falsch eingeschätzt hatte? McCoy war nicht kaltherzig genug, jemandem die Chance zu verwehren, sich ins rechte Licht zu setzen.

Er steckte eine Hand aus. »Nett, sie kennenzulernen.« Er suchte nach irgend etwas Freundlichem, das er sagen konnte. »Hatten sie einen guten Flug?«

»Könnte man sagen«, sagte der Botschafter und musterte ihn mit seinen wasserblauen Augen. »Warum fragen Sie? Hatten Sie irgendwelche Probleme auf dieser Route?«

*Mein Gott,* dachte McCoy heimlich. »Nein. Keine Probleme«, versicherte er dem Botschafter. »War nur so 'ne Frage.«

Farquhar musterte McCoy erneut; seine Mundwinkel nahmen dabei wieder die Hmmmm-Stellung ein. Dann wandte er sich abrupt an den Captain. »Ich glaube, wir sollten nun anfangen.«

Kirk nickte. »Aber sicher.« Er zeigte dem Botschafter, wo er Platz nehmen konnte, dann setzte er sich selbst hin. »Ich schätze, wir wollen alle hören, welche Probleme auf Alpha Maluria herrschen, und was genau zu tun ist.«

Als Kirk sich setzte und seinen Stuhl zum Tisch zog, hatte McCoy den Eindruck, es hinge ein großes ›Aber‹ in der Luft.

Es sollte sich herausstellen, daß er recht gehabt hatte.

»Aber bevor wir fortfahren«, sagte Kirk und schickte gleichzeitig ein paar warnende Blicke in Richtung der Offiziere, »sollte ich Ihnen sagen, daß die Pläne sich geändert haben.«

Farquhar zog eine Augenbraue hoch. »Eine Planänderung?« wiederholte er leicht erregt.

»Richtig«, bestätigte Kirk. »Wir haben vor einigen Minuten neue Befehle erhalten. Kurz bevor Sie aufs Schiff kamen. Ich hoffe, es bringt Ihre Planung nicht durcheinander.«

Der Botschafter beugte sich vor. Seine Schläfen pulsierten unaufhörlich. »Ich fürchte, daß ich nicht ganz verstehe.« Seine Stimme klang nun etwas aufmüpfig.

»Wir fliegen natürlich nach Alpha Maluria«, sagte Kirk, »aber wir machen einen kleinen Zwischenhalt auf dieser Reise.« Er griff nach dem Monitor, der in der Mitte des Tisches installiert war, und drückte einen Knopf. Eine Sternkarte erschien auf dem Bildschirm.

»Beta Canzandia«, stellte Spock fest, als er die Sternkonstellation betrachtete. »Am äußersten Zipfel der Föderation. Standort einer Forschungskolonie unter der Leitung von Dr. Yves Boudreau – der Spitzenkraft der Föderation, soweit es um Terraforming geht.«

»Boudreau«, wiederholte McCoy und riß damit das Gespräch an sich. Je länger sie dem Gesprächsthema Alpha Maluria fernblieben, desto mehr Zeit hatte der Botschafter, um sich wieder abzukühlen. »Ist er nicht der, der das G-7-Gerät gebaut hat, das das Pflanzenwachstum beschleunigt?«

»Genau der«, bestätigte Kirk. »Du wirst Gelegenheit haben, ihn kennenzulernen, Pille. Du wirst die gesamte Kolonie medizinisch untersuchen.« Dann drehte er sich zu Spock um. »Auch Sie werden sehr beschäftigt sein: Sie sollen sämtliche erforderlichen Daten bezüglich der Ergebnisse des Terraforming zusammentragen. Das Projekt ist längst überfällig und hat einen Kontrollbesuch dringend nötig.«

Spock nickte. »Ich bin sehr daran interessiert, wie Dr. Boudreau mit seinen Forschungen vorankommt.«

Kirk wandte sich Botschafter Farquhar zu, dessen Gesichtszüge mehr als entgleist waren. »Alles in allem«, sagte er lächelnd, »wird es hoffentlich kein allzu langer Zwischenhalt. Wir erreichen Alpha Maluria trotzdem innerhalb von zwei Wochen.«

Die Antwort des Botschafters war alles andere als abgekühlt. »Das ist *unerhört!* Hat denn bei Starfleet keiner mehr ein Quentchen Hirn im Kopf?« erregte er sich. »Sieht denn niemand, daß ein Pulverfaß wie Alpha Maluria VI vor *allem anderen* höchste Priorität genießen muß? Zumindest mehr als ein Routinebesuch auf einer Forschungskolonie?«

Damit war auch das Thema Zweifel abgehakt, über das sich McCoy noch ein paar Augenblicke zuvor Gedanken gemacht hatte: Er hatte den Botschafter nicht falsch eingeschätzt.

Dieser Witzbold war der *König* der Botschafter.

»Medizinische Tests kann man zu jeder Zeit nachholen«, fuhr Farquhar fort. »Aber die Malurier brauchen uns *jetzt.* Das können Sie doch wohl verstehen.«

Kirk nahm den Protest des Botschafters zur Kenntnis. »Ich befolge lediglich Befehle, Botschafter«, sagte er. »Ebenso wie Sie.«

Farquhars Augen richteten sich auf Kirk. »Mit einem kleinen Unterschied Captain! Ich darf nicht von meinen Befehlen abweichen. Aber als Captain eines Schiffes haben Sie, falls sie es für nötig halten, die Macht, Ihre Befehle umzustrukturieren.«

Kirks Schultern ruckten hoch. McCoy wußte, was dies bedeutete: Er würde zwar freundlich bleiben, auch wenn er dabei draufging, aber er war nicht bereit, etwas zu ändern, woran er nicht glaubte.

Zum Unglück des Botschafters wußte dieser nichts von Kirks spezieller Körpersprache und Gestik, so daß er auch nicht verstand, was er mit seinem Achselzucken meinte.

»Starfleet weiß absolut nichts über Alpha Maluria VI«, sagte der Botschafter. »Man weiß nicht, wie fanatisch die Malurier für ihre Ideale oder ihren Glauben kämpfen können. – Für die Flotte ist Alpha Maluria VI nur irgendeine bewohnte Welt mit einer Zivilisation, die gerade Krieg führt«, schnaubte er. »Idioten! Alte Männer, die nicht mehr zwischen einem Bier- und einem Pulverfaß unterscheiden können.«

Kirk nagte an der Innenseite seiner Wange. McCoy fiel auf, daß Farquhar sich immer mehr in die Sache hineinsteigerte.

»Nun liegt es an ihnen, Captain. Sie müssen das Schiff wenden und den Maluriern helfen. Alles andere wäre ein ...«

Kirk hob die Hand. »Entschuldigen Sie, daß ich Sie unterbreche Botschafter, aber Sie haben Ihren Standpunkt nun mehr als verdeutlicht. Lassen Sie mich nun den meinen vertreten.« Seine Stimme schlug nun einen autoritären Ton an. »Sie sind offenbar der Meinung, daß Routinebesuche von Kolonien reine Zeitverschwendung sind. Sie sind es aber nicht. Es ist öfter passiert, daß ein zufällig vorbeikommendes Schiff Leben retten konnte, weil rein zufällig ein außerirdisches Virus eine Föderationskolonie befallen hatte.«

Der Botschafter wollte Kirk mit erhobener Hand unterbrechen und begann von neuem. »Es ist ...«

»Irrelevant?« fragte Kirk. »Nicht für mich. Leben ist Leben, und jedes einzelne ist wichtig. Ich weiß, daß es schwer ist, dies nicht zu vergessen, wenn man sich, wie Sie, nur einem Planeten widmen muß. Es gibt gute und schlechte Vorschriften, aber dies sind die Regeln, an die ich mich halte und nach denen ich lebe.« Seine Stirn legte sich in Falten. »Nun sagen Sie vielleicht, daß die Malurier kurz vor einem Bürgerkrieg stehen. Vielleicht haben Sie sogar recht. Doch ich muß mich nach meinen Informationen richten, nicht nur nach den Ihren. Ich muß mich an die Informationen und Anweisungen der Flotte halten. Und ich muß Ihnen sagen, daß ich keinen Grund sehe, von meinen Befehlen abzuweichen. Ich verdränge das malurische Problem nicht, aber die Kolonie war schon zu lange ohne medizinische Versorgung.«

Farquhar klang gedämpft. »Und das ist Ihr letztes Wort?«

Kirk nickte. »Mein letztes Wort«, sagte er emotionslos.

McCoy verstand, warum Kirk so entschied. An seiner Stelle hätte er dem Botschafter noch ein paar Takte zum Thema ›Wie gehe ich mit meinen Mitmenschen um‹ gepfiffen. Aber leider war er nicht der Captain.

Kurz darauf stand der Botschafter auf und verließ den Raum. Als sich die Tür hinter ihm schloß, blickte Kirk in die Runde der Offiziere. »Nun ja, es hätte auch besser ausgehen können«, sagte er.

McCoy grunzte. »Weißt du genau, daß du nicht doch lieber den klingonischen Imperator hier hättest?«

Kirk antwortete nicht. Er seufzte nur.

David schützte seine Augen vor dem grellen Antlitz Beta Canzandias und musterte die Spalte vor seinen Füßen. Sie war so tief, daß sich ihr Ende in endlosem Dunkel verlor. Er trat einen mittelgroßen Stein vom Rand in den Schlund hinab. Erst nach drei Sekunden hörte er ihn aufschlagen.

Mann, das war tief. Er spürte den eisigen Atem der Spalte; er war kälter als der winterliche Wind, der ihn umgab. Selbst in seiner Parka ließ die Spalte ihn frösteln. Es kam nicht selten vor, daß man Risse dieser Art in der kalten, rotbraunen Hochebene fand. Seine Mutter hatte ihm erklärt, wie sie entstanden waren. Es hatte irgend etwas mit dem Eis zu tun, das vor Jahren diesen Teil des Planeten bedeckt hatte.

Allerdings war es keine schmale Spalte; sie war so breit wie er groß war. Nein, dachte er. Noch breiter. Sie ist mindestens einsachtzig breit.

»Was ist denn los?« fragte Riordan, dessen schiefes Grinsen wunderbar zu seinen blaßgrünen Augen paßte. Sein Atem gefror sofort in der kalten Luft und schien seine Worte noch zu unterstreichen. »Glaubst du, du schaffst es?«

Das tat weh. Timmy Riordan war der Älteste von ihnen. Er wußte genau, wie man jemanden am besten piesackte. David musterte die vier anderen Kinder, die um ihn herumstanden. Sie starrten ihn voller Besorgnis an und warteten auf seine Entscheidung: Pfeffer mit den roten, lockigen Haaren, die seitlich an seinen sommersprossigen Wangen herunterhingen; Wan mit der niedlichen, schwarzen Ponyfrisur und einem ansonsten auch recht nettem Äußeren; Medford mit den schokobraunen Augen und der dementsprechenden Hautfarbe, und der tiefgebräunte Garcia mit dem schmalen Gesicht, der David gerade in die Augen blickte.

»Nun?« meldete sich Riordan wieder zu Wort. »Willst du es versuchen, oder ist es dir zu gefährlich?«

Es war *wirklich* zu gefährlich. David war sich dessen bewußt. Wenn seine Mutter erfuhr, was er gerade zu tun im Begriff war, hätte sie ihn bis ans Lebensende unter Hausarrest gestellt und den Schlüssel weggeworfen.

»Nee. Ist nicht zu gefährlich. Das mach ich doch mit links«, sagte er dem älteren Jungen ins Gesicht. Die Kälte verschluckte das meiste, so daß seine Stimme irgendwie hohl klang.

»Gut«, grunzte Riordan.

»Ich glaube, wir sollten lieber nach Hause gehen«, wandte Medford ein. »Das ist doch Blödsinn.«

Riordan wischte den Einwand mit einem Blick in ihre Richtung aus der Luft. »*Du* bist ein Mädchen. Was weißt du denn schon?«

Medford schien sich zurückzuziehen, als hätte ein Schlag sie getroffen.

»Ich weiß, daß wir nicht hier sein sollten«, sagte sie und wurde immer leiser. Sie schien sich ihrer auch nicht mehr so sicher zu sein wie am Anfang ihres Einwandes.

»Kein Mensch erfährt was davon«, sagte Riordan, »es sei denn, jemand haut uns in die Pfanne. Und das tut keiner von uns. Was soll's also.«

Pfeffer und Garcia grunzten zustimmend. Sie konnten jetzt keinen Rückzieher mehr machen. Nicht vor den Mädchen – und erst recht nicht vor Riordan.

Riordan wandte sich wieder David zu. »Nun, was ist?« fragte er.

David schaute erneut in den tiefen Abgrund. Vielleicht hatte Medford recht. Vielleicht war es eine doofe Idee. »Ich hab es mir anders überlegt«, sagte er dann.

Riordans Laune schien schlagartig zu wechseln. »Was bist du doch für eine Hohlpfeife. Du Feigling.«

David konnte förmlich spüren, daß seine Wangen noch roter wurden als die Pfeffers. Er fröstelte und schlug den Kragen seines Parka bis an die Ohren hoch.

Riordan grinste wieder. »Okay. Ich nehme an, so ist's nun mal, wenn man ohne Vater aufgewachsen ist.«

David fühlte sich erbärmlich. Er spürte die Blicke der anderen auf seiner Haut. Er wußte, daß er von allen Kindern der Kolonie das einzige war, das keinen Vater hatte.

Riordan stand immer noch da. Die Arme verschränkt. Er wartete darauf, daß David den Sprung doch noch machte. Es sah fast so aus, als hätte er keine andere Wahl.

Er mußte beweisen, daß er ein Mann war. Er mußte beweisen, daß er einer geworden war – auch ohne Vater. Auch wenn er gerade mal zehn Jahre alt war.

»Na schön«, sagte David und machte sich selbst Mut. »Ich glaube, ich tue es doch.«

Die Chance, daß Riordan zuerst sprang, war gleich null. So lief es hier nicht, und es würde sich wohl auch nicht ändern. Riordan führte die Kinder an, seit sie vor knapp zwei Jahren auf diese Welt gekommen waren.

David blickte noch einmal in die Spalte und ging dann etwa zwanzig Schritte zurück. Er brauchte einen guten Anlauf, um sie zu überwinden. Wenn er auch nur ein wenig an Geschwindigkeit verlor, würde er in den Abgrund stürzen. Und sehr wahrscheinlich dabei draufgehen.

Für einen kurzen Moment huschte die Vision eines schwarzen Schlundes und brechender Knochen an ihm vorbei.

Riordan verhielt sich still. Er wußte wahrscheinlich, daß es keinerlei Anlaß mehr gab, David weiterhin zu piesacken. David holte tief Luft bereitete sich auf den Sprung vor. Seine Muskeln spannten sich, seine Konzentration galt einzig und allein der Erdspalte. Er nahm in diesem Moment alles, was um ihn herum passierte, intensiver auf als zuvor. Das Heulen des Windes, der über die Bergkämme fegte. David spürte sogar seinen Herzschlag, der hart und laut gegen seinen Brustkasten hämmerte.

Mit gesenktem Blick lief er los. Er wollte soviel an Geschwindigkeit gewinnen, wie er konnte. Nach einiger Zeit hob er den Kopf wieder hoch und sah die Erdspalte auf sich zurasen. Sie kam immer näher und sah aus wie der Schlund eines riesigen Ungeheuers, das ihn verschlingen wollte.

Als er an den anderen Kindern vorbeikam, hörte er jemanden nach Luft schnappen. Medford, dachte er. Er ließ sich nicht beirren und konzentrierte sich weiter auf den Sprung.

Er legte seine allerletzte Kraft in die letzten beiden Schritte und sprang hoch und weit. Bevor er das andere Ende der Spalte erreichte, hatte er für den Bruchteil einer Sekunde nur einen klaren Gedanken.

Der Gedanke, der ihm beim Springen kam, war: *Ich darf nicht sterben, sonst legt Mama mich um.*

Seine Schuhe berührten den Boden. Er landete auf der anderen Seite der Spalte und fiel auf alle viere. Er blieb einige Zeit in dieser Stellung und versuchte sich erst mal zu beruhigen. Er mußte sein rasendes Herz wieder unter Kontrolle kriegen. Nach einer Weile stand er wieder auf und wandte sich den Kindern auf der anderen Seite der Spalte zu.

Riordan lachte. Die anderen standen nur dumm herum und wußten nicht, was sie tun sollten. Pfeffer sah aus, als wolle auch er jeden Moment anfangen zu lachen.

Als David sich den Schnee von der Kleidung klopfte, fragte er: »Was, zum Henker, ist denn so lächerlich?«

Riordan deutete lachend mit dem Finger auf ihn. »Du! Mein Gott, ich kann noch immer nicht glauben, daß du es getan hast. Was bist du doch für ein *Skeezit!*«

David zuckte zusammen, als Riordan das Wort aussprach. Es war ein klingonisches Schimpfwort, und zwar eins der übelsten und ekelhaftesten der ohnehin schon ekelerregenden klingonischen Schimpfwörter.

»Du hast mich dazu getrieben«, protestierte David.

Riordan breitete die Arme aus, um seinen Worten mehr Nachdruck zu verleihen. »Machst du immer alles, was man dir sagt?« fragte er. Er lachte erneut, und nun fing auch Pfeffer an zu lachen – nachdem er endlich begriffen hatte, um was es eigentlich ging. Auch Garcia lächelte leicht.

Aber David akzeptierte die Sache so nicht. Riordan hatte die Spielregeln mitten im Spiel geändert. Und das war unfair.

»Okay, mein Freund«, sagte David. »Du hast mich herausgefordert. Ich habe es getan. Nun wirst *du* es tun. Oder bist du etwa zu feige?«

Riordan erstarrte. Sein Lachen verstummte, sein Mund wurde zu einem geraden Schlitz. Einen Augenblick lang sah es so aus, als würde er wirklich auf die Forderung eingehen. Doch dann machte er einen Rückzieher, ohne daß irgend jemand dagegen protestierte.

»Zuerst«, sagte Riordan, »springst du wieder zurück.«

David schüttelte den Kopf. »Warum sollte ich? Damit du mich wieder lächerlich machen kannst?« In Wahrheit war er zu zitterig vom letzten Sprung, um es noch mal zu versuchen.

Riordan grunzte, als hätte er diese Antwort schon erwartet. Pfeffer grunzte ebenfalls – wie ein Echo.

»Geschieht dir doch nur recht«, sagte Riordan und wandte sich zu den anderen um. »Los, machen wir, daß wir nach Hause kommen.« Er machte eine abweisende Handbewegung in Davids Richtung. »Hohlpfeifen können den Umweg machen.«

»Yeah«, fügte Pfeffer hinzu. »Den langen Weg um den Spalt herum.«

David hätte Pfeffer am liebsten eine reingehauen.

Wenn die Erdspalte nicht gewesen wäre, hätte er es auch mit Sicherheit getan. Wenn die Spalte sie nicht getrennt hätte, hätte Pfeffer nie den Mut gehabt, einen solchen Spruch abzulassen.

Als Riordan in Richtung der Kolonie schwenkte und losmarschierte, gingen die anderen hinter ihm her. Nur Wan schien einen kleinen Augenblick zu zögern, ehe sie sich zu den anderen gesellte.

Davids Unterlippe fing vor Wut an zu beben. Er spielte schon mit dem Gedanken seiner Mutter alles über die Spiele zu erzählen, die sie hier draußen spielten ... Aber nur ansatzweise. Er stoppte den Gedanken rechtzeitig. Es half ihm nicht, wenn er sich zum Verräter machte. Es würde die Sache nur verschlimmern.

Außerdem war er der einzige gewesen, der die Spalte übersprungen hatte. Damit stand er nicht gerade gut da. Immerhin hatten die anderen nichts angestellt. Dann, ein paar Meter hinter der Spalte, machte Medford eine Kehrtwendung und lief zu David zurück.

Auch Riordan blieb stehen. Die anderen hielten, wie Marionetten, ebenfalls an.

»Hast du was vergessen?« rief Riordan hinter Medford her.

Sie drehte sich nicht um und rannte weiter. »Nee«, rief sie zurück. »Ich warte auf Marcus.«

»Das kann aber noch ein wenig dauern«, sagte Riordan mit einem spöttischen Unterton, der wohl mehr David galt.

»Ist schon okay«, sagte Medford und schlang die Arme um ihre Schultern, um die Kälte zu vertreiben. »Ich habe es nicht eilig.«

Einen kurzen Moment lang sah es so aus, als wolle Riordan noch etwas sagen. Allerdings schien er sich eines Besseren zu besinnen und schwieg. Er drehte sich einfach um und ging weiter. Die anderen folgten ihm. Wie immer.

Als Riordan und die anderen am Horizont verschwanden, schaute Medford zu David auf. Zu seiner Überraschung lächelte sie. Noch überraschter war er, als er bemerkte, daß er zurücklächelte.

»Weißt du, Riordan hat recht. Du hättest nie springen sollen. Egal, wer dich dazu anstachelt.«

David nickte. »Ich weiß, daß ich ein Idiot war.« Aber irgendwie interessierte es ihn nicht mehr so sehr.

»Du brauchst nicht auf mich zu warten, Medford.«

»Ich weiß«, antwortete sie. »Ich hatte nur absolut keine Lust, mit den anderen zu gehen.«

David lachte. Er blickte ostwärts an der Spalte entlang. Es war einfacher, als nach Westen zu schauen, weil man so nicht in die gelbweiße Sonne blicken mußte, die am Horizont stand. Die Spalte zog sich, soweit man sah, durch das Land. Allerdings schien sie in der Ferne schmaler zu werden. Er würde keinen besonderen Sprung hinlegen müssen, um hinüberzukommen. David dachte darüber nach, dann gab er Medford bekannt, daß er vorhatte, eine schmalere Stelle zu überspringen.

»Es dürfte kein Problem sein«, sagte er.

Sie schüttelte den Kopf. »Kommt nicht in Frage. Wir gehen die verdammte Spalte ab, bis wir das Ende erreichen.«

David wollte eigentlich Einwände erheben, aber dann ließ er es sein. »Wie du meinst«, sagte er. Schließlich war er ihr etwas schuldig. Mit der Sonne im Rücken machten sich die beiden auf den Weg.

# 2

Karradhs Landsitz lag am nebelumwaberten Fuß der Berge und am Rand der imperialen Hauptstadt. Es war eine typische Kamorh'dag-Residenz. Eine Kombination aus Ecken, Winkeln und eleganten Kurven, die aus dunklem, polierten Holz gefertigt waren, auf dem sich das Licht der Abenddämmerung spiegelte. Alles repräsentierte Stolz und Solidität. Außerdem wirkte der Landsitz in seinem Stolz und seiner Festigkeit noch älter als die Hügel, vor denen er lag.

Als Kiruc und seine Gefolgsleute Zibrat und Torgis am Haupteingang ankamen, wurden sie von Karradhs Hausdame begrüßt, einer älteren Frau namens Wistor. Sie hatte ein schmales Gesicht und tief in den Höhlen liegende Augen. Sie war Karradhs Kindermädchen gewesen und zur Hausdame aufgestiegen, als ihre Vorgängerin verstorben war – oder so ähnlich.

»Sie werden erwartet«, sagte sie zu Kiruc. Ihre Stimme klang kräftiger, als er sie in Erinnerung hatte. »Ich grüße Sie im Namen meines Herrn.«

Sie deutete mit zittrigen Händen auf das Haus. »Wollen Sie nicht eintreten?«

»Natürlich will ich«, sagte Kiruc.

Wistor drehte sich um und geleitete sie in die Empfangshalle. Wie das Äußere war auch das Innere des Hauses äußerst traditionell eingerichtet. Die hölzernen Wände waren zum Großteil mit Waffen behängt. Die meisten waren uralt und sehr verrottet. Alte Rüstungen standen in den Ecken der Halle. Sie waren alle mit Waffen versehen.

Fackeln hingen an den Wänden. Sie zogen schwarze, ölige Rauchfahnen über die Wände. Jede Fackel warf ihren eigenen Schatten, so daß Kiruc sich vorkam, als stünde er einer Armee von Geistern gegenüber.

In der Mitte der Halle hielt Wistor an und drehte sich zu Kiruc um. »Warten Sie. Karradh wird Sie hier empfangen.«

Sie wartete nicht auf seine Bestätigung, sondern machte sich sofort auf den Weg. Sie ging geradewegs auf die halbrunde Tür zu, die in den Wassergarten führte.

Kurz darauf füllte Karradhs Statur den Flur aus. Mit Ausnahme seiner grauen Augenbrauen erschien er Kiruc nicht älter als vor sechs Jahren, als er ihn zum letzten Mal gesehen hatte. Damals hatte Kirucs Vater noch gelebt, und Karradh war Sicherheitschef der 2. Flotte gewesen. Die letzte Begegnung war recht produktiv gewesen. Kiruc hoffte, daß die heutige ebenfalls gut ausfiel.

»Willkommen«, sagte Karradh mit seiner mächtigen Stimme und kam mit trägen Schritten auf die Männer zu. »Ist lange her, Kiruc.«

Kiruc ergriff die Hand des alten Mannes und schüttelte sie. Karradhs Griff war so kräftig wie immer. »Zu lange, Freund meines Vaters«, sagte Kiruc.

Der frühere Sicherheitschef sah zu Zibrat und Torgis hinüber. »Kirucs Freunde sind auch meine Freunde«, verkündete er.

Er winkte die Männer in einen anderen Teil der Halle, in der im leicht gedämpften Licht ein schwerer Eisentisch und ein paar Stühle standen.

»Macht es euch gemütlich, solange ich mich mit Kiruc unterhalte«, sagte Karradh.

Sein Vorschlag war kein Zeichen von Unfreundlichkeit, denn Leibwächter nahmen nicht an privaten Gesprächen teil. Es war bei solchen Angelegenheiten auch nicht mit irgendwelchen Formen von Ärger zu rechnen.

Karradh war seit Jahren ein Freund der Familie. Trotzdem warfen Zibrat und Torgis Kiruc fragende Blicke zu.

Mit einem kurzen, fast unsichtbaren Nicken entließ Kiruc die beiden, die sich auch sofort in Richtung Tisch bewegten.

Der alte Mann musterte Kiruc. »Erlaubst du, daß sie trinken, wenn sie im Dienst sind?«

Kiruc schüttelte den Kopf. »Früher ja. Aber jetzt nicht mehr. Die Zeiten haben sich geändert, Freund meines Vaters.«

Karradh nickte. »Ja, das kann man wohl sagen.« Er nahm Kirucs Arm und führte ihn zu der halbrunden Flügeltür.

»Glücklicherweise«, fuhr Karradh fort, »unterliegst du nicht dieser Einschränkung. Das Ale wird dir schmecken. Wir haben das Faß erst gestern aufgemacht.«

Als sie an die Tür kamen, nickte Kiruc zustimmend. Der Wassergarten lag auf einem kleinen Ausläufer der nebligen Hügel. Er harmonierte mit seiner klassischen Umgebung aus dunklem Holz und dem Baustil des Hauses. Zwei Wasserkanäle entsprangen dort, um ihr Ende plätschernd in einem Teich zu finden. Außerdem sprudelte noch schaumiges Wasser aus der Spitze eines schwarzen Steins. Es funkelte im Schein der Fackeln azurblau. Als letztes war da noch ein riesiger Wasserfall, der in der untergehenden Sonne seine ganze Pracht entfaltete. Soweit das Auge sah, war der Garten mit Wasserterrassen ausgefüllt, in denen es blubberte und sprudelte. Alles harmonierte mit den eingebetteten Steinen und Pflanzen. Die Fackeln trugen den Rest zu diesem einmaligen Anblick bei. Sie ließen keinen Winkel im Dunkel, und ihr Feuertanz ließ das Ganze in flakkerndem Licht erscheinen.

Außerdem waren überall metallene klingonische Zeichen und Ornamente angebracht. Abbilder von Dämonen ihrer Mythologie, im Halbdunkel versteckt.

»Alles in allem sehr beeindruckend«, sagte Kiruc.

»Es freut mich, daß es dir gefällt«, antwortete Karradh. »Seit ich aus der Flotte entlassen wurde, hatte ich viel Zeit, mich mit dem Garten zu beschäftigen.«

Er geleitete Kiruc zu einem Tisch aus flachen Steinen, der auf einer Art Plattform in der Mitte eines kleinen Sees stand.

Als sie sich hingesetzt hatten, bemerkte Kiruc die kleinen Strudel, die sich im Wasser bildeten, um sich dann wieder aufzulösen.

Wunderbar, dachte er. Er fragte sich, ob Karradh ihm irgendwann verraten würde, wie man sie erzeugte.

Karradh goß das Ale aus einem alten Holzgefäß in zwei Krüge, und sie tranken. Der alte Sicherheitschef hatte wirklich nicht untertrieben. Das Ale schmeckte wunderbar. Es attackierte die Geschmacksnerven wie ein Krieger, der sich im Gefecht schlug.

»Ahhh ...«, machte Karradh, als er den Krug wieder auf den Tisch stellte. »Köstlich.«

Kiruc nickte zustimmend. »Sogar noch köstlicher. Wenn ich es nicht besser wüßte, würde ich schwören, es stammt aus einem ausgeraubten Romulanerschiff.«

Karradhs Augen und Gesicht formten ein hämisches Grinsen. »Du kennst die Geschichte also. Nun gut. Man *soll* sich auch an sie erinnern. Es war ein ruhmreicher Sieg – ein glänzendes Vorbild für künftige Auseinandersetzungen mit den Romulanern«, sagte er und wischte sich mit dem Handrücken den Schaum vom Bart. Er trommelte mit den Fingern auf die Tischplatte. »Nun sag schon, Kiruc: Du bist doch nicht nur gekommen, um mein Ale zu trinken und dir Geschichten eines alten Kriegers anzuhören.«

»Das ist wahr«, sagte Kiruc und machte eine Pause. »Sie waren früher eine sehr gute Informationsquelle. Manche sagen sogar, Sie hatten Zugang zu Informationen, die nicht einmal der Imperator kannte.«

Karradh nickte leicht. »Es war meine Aufgabe, immer

bestens informiert zu sein. Dennoch will ich nicht sagen, ich hätte mehr Informationen bekommen als der Imperator. Zumindest würde ich es ihm nicht ins Gesicht sagen.« Er musterte sein Gegenüber mit steinernen schwarzen Augen. »Welche Art Information brauchst du?«

Kiruc schilderte ihm den Fall sehr vage. Er wollte auf keinen Fall Kaproneks Namen erwähnen. Karradh jedoch schien mit der Erklärung zufrieden zu sein.

»Die Gavish'rae«, wiederholte er. »Ich bin also nicht der einzige, der sich ihretwegen sorgt. Das erleichtert mich sehr.«

»Ja. Aber wir müssen wissen, wie wir ihre Verteidigung schwächen können. Wir müssen sie aus der Reserve locken und ihre Bewegung vernichten.«

Karradh sah ihn an. »Ich kenne da einen jungen Gavish'rae namens Grael. Er gehört zum Nik'nash-Clan. Vor etwa einem Jahr hat er eine Indiskretion begangen – eine Gewalttat gegen den eigenen Clan, gegen einen Verwandten. Es war ein Machtkampf, sehr brutal. Er war zwar nicht von Erfolg gekrönt, aber man hat nie herausgefunden, wer dafür verantwortlich war.« Karradh beugte sich vor. »Wenn ein gut vorbereiteter Mann, der davon weiß, Grael aufspürt, wird er alles tun, um sein Geheimnis zu bewahren. Sollte jemand vom Nik'nash-Clan Wind von seinem Verbrechen bekommen…« Seine Stimme wurde bedeutungsschwanger.

»Grael«, wiederholte Kiruc. »Ich werde mir den Namen merken. Und was ist mit Ihnen, Freund meines Vaters?« fragte Kiruc. »Kann ich irgend etwas für Sie tun?«

Karradh schüttelte den Kopf. »Ich bin ein Kamorh'dag. Ich hasse die Gavish'rae. Du handelst in meinem Sinne.« Er sah Kiruc tief in die Augen. »Allerdings ist da etwas, das du eventuell für mich erledigen könntest.«

»Stellen Sie Ihre Bitte, und ich sage Ihnen, ob ich sie erfüllen kann«, sagte Kiruc.

Karradh schenkte beiden noch etwas Ale ein. Die ersten Nebelschwaden zogen bereits über Hügel, Bäume und Sträucher. Alles wirkte im Schein der untergehenden Sonne gespenstisch und mysteriös.

Nachdem Karradh den Krug geleert hatte, schaute er wieder zu Kiruc auf. In seinen Augen loderte es.

»Ich habe einen Sohn, Kell. Er ist zur Zeit Zweiter Offizier auf dem Kampfkreuzer *Fragh'ka.* Er leistet verdammt gute Arbeit. Der Erste Offizier ist ein Mann namens Kernod. Auch ein erstklassiger Mann. Wie dem auch sei ... Kell sollte in der Rangliste nun endlich aufsteigen ...« Wie schon zuvor ließ Karradh seine Stimme leiser werden, ehe sie ganz verstummte.

»Kernod muß einen Unfall haben. Genauer gesagt ...« Er hielt erneut inne. »Kell sollte sich die Position selbst erkämpfen. Aber manchmal ist er einfach nicht so wie wir. Er empfindet hohen Respekt für den Ersten Offizier, und ich glaube, wenn sich daran nicht bald etwas ändert, wird er für den Rest seines Lebens Zweiter Offizier bleiben.«

»Das reicht mir«, sagte Kiruc. »Kernod wird bei der erstbesten Möglichkeit einen schnellen Tod finden – ohne daß es eine Verbindung zwischen seinem Clan und dem Tod des Ersten Offiziers der *Fragh'ka* gibt.«

»Ich bin dir sehr dankbar«, sagte Karradh nickend.

Kiruc versank einige Zeit in Gedanken. »Es ist immer einfacher, sich zu zweit gegen jemanden zu verteidigen, als dem Feind allein gegenüberzutreten.«

»Hast du Kahless' Lehren studiert?« fragte Karradh.

»Ja, das habe ich«, bestätigte Kiruc und hob seinen Krug. »Auf Kell«, sagte er.

»Ja, auf Kell und die Kamorh'dag«, sagte Karradh.

Kirk stoppte vor McCoys Tür und meldete sich an. »Ich bin's, Pille.«

Keine Antwort.

*Seltsam,* dachte er. Hatte McCoy vergessen, daß sie

verabredet waren? Normalerweise war es nicht seine Art, solche Dinge zu vergessen. Starfleet-Vorschriften vergaß er schon mal, dann und wann auch den Namen von ein oder zwei Planeten. Aber nie ein abgemachtes kleines Saufgelage.

Kirk wollte sich gerade etwas lauter anmelden, als er aus den Augenwinkeln jemanden kommen sah. Er drehte sich um und sah den Chefarzt der *Enterprise* – in Sportsocken. Er hatte einen schlurfenden Gang und eine kleine Platzwunde über dem linken Auge.

»Was ist denn mit dir passiert?« fragte Kirk.

McCoy wischte die Frage mit einer Handbewegung beiseite. »Frag lieber nicht«, antwortete er.

Kirk fiel plötzlich die Diskussion wieder ein, die sie vor ein paar Tagen geführt hatten – vor Farquhars Ankunft, die das ganze Schiff auf den Kopf gestellt hatte. »Sag mal, Pille – es hat doch wohl nichts mit meiner Bemerkung über deine Wampe zu tun, oder?«

McCoy schaute Kirk an. »Ich hab doch gesagt, du sollst nicht fragen. Und glaub bloß nicht, das ich noch mal näher als fünfzig Meter ans Sportdeck rangehe. Da kann man ja ums Leben kommen.«

Die Tür öffnete sich mit einem leisen Zischen. Kirk folgte seinem Freund ins Innere des Quartiers.

»Wenn du willst, kann ich beim nächsten Mal dabeisein«, bot Kirk an.

»Nie und nimmer«, erwiderte McCoy ächzend und versuchte sein Oberteil auszuziehen. »Ich bin in ein paar Minuten wieder da. Ich muß mich mal eben frisch machen. Mach es dir inzwischen gemütlich.« Dann entfleuchte er auch schon durch eine Tür in einen anderen Raum.

Kurze Zeit später hörte man das Plätschern einer Dusche.

Es dauerte jedoch nicht lange. Kirk hielt sich an die Anweisung seines Freundes und machte es sich erst einmal bequem. Er fühlte sich in McCoys Quartier sichtlich wohler als in seinem eigenen. Schließlich lockte in seiner Kabine auch immer Arbeit, die man als Captain erledigen mußte, Arbeit, die einen nie zur Ruhe kommen ließ. In seiner Kabine mußte er immer irgendwelche Arbeiten nachholen, die er im Dienst auf der Brücke vor sich herschob und die für den Ablauf des nächsten Bordtages wichtig waren.

Deshalb fühlte er sich bei McCoy einfach wohler. Er hätte freilich auch hier die Möglichkeit gehabt, seine Arbeit an einem Computerterminal zu erledigen. Aber irgendwie fehlte ihm hier der Drang dazu. Es war einfach entspannender, als mit Sulu im botanischen Garten Federball zu spielen oder mit Scotty im Maschinenraum Kaffee zu trinken.

In diesem Quartier erinnerte man sich an vergangene Dinge und gute Zeiten. Hier hatten sie schon so manche Weisheit ausgetauscht. McCoys Kabine war der einzige Ort, an den er fliehen konnte, wenn es ihm zuviel wurde.

Die Zeit zur Flucht war wieder mal da. Er brauchte wieder ein wenig Zeit zum Abschalten. Auch wenn er es nicht laut zugeben wollte: Botschafter Farquhar stand ihm bis zur Oberkante der Unterlippe. Er hatte ihm und seinen Offizieren bei jeder Gelegenheit Schwierigkeiten gemacht. Er hatte jedem widersprochen, sobald es um die Kolonie auf Beta Canzandia III ging, hatte alles in Bewegung gesetzt, um nach Alpha Maluria VI zu gelangen.

Zum Glück hatte er nicht viel Kontakt zu McCoy gehabt. Irgendwie hatte er wohl gemerkt, daß Pille ihn nicht mochte, und blieb deshalb auf Distanz zu ihm.

Gerade dies machte McCoys Quartier zu einem noch herrlicheren Platz für Kirk. Hier war er vor dem nervenden Botschafter sicher.

Mit diesen Gedanken sank er lächelnd in einen von McCoys gemütlichen Sesseln. Er betrachtete die Kabinenmöbel, die exakt angepaßten Phorniciamuscheln, die wie der Caduceus auf der Erde die Medizin und Heilkräfte von Magistor VII symbolisierten, das protzige Ölgemälde des Pflanzeranwesens, das irgendwo in den Außenbezirken Atlantas lag, und den kleinen schwarzen Ritter, den Unteroffizier Barrows für McCoy gemacht hatte, kurz bevor sie auf die *Potemkin* versetzt worden war.

*Barrows.* Kirk grunzte. Das war doch eine ...

Seine Gedanken wurden von einem Rascheln im Nebenraum unterbrochen. Kurz darauf kam McCoy im typischen schwarzen Starfleet-Overall heraus. Jetzt sah er besser aus als vorher. Er ordnete seine vom Duschen noch etwas nassen Haare.

»Pille ...«

McCoy sah ihn scharf aus zusammengekniffenen Augen an. Eine Auge war dick angeschwollen.

»Laß uns das Thema wechseln«, grummelte McCoy.

Kirk hielt zum Zeichen der Kapitulation beide Hände hoch.

»Okay. Was immer du willst.«

McCoy schlenderte an die wie immer gut sortierte und gefüllte Hausbar. Er nahm zwei Gläser aus einem gut versteckten Schränkchen und stellte sie auf den Tisch.

»Welches Gift hätten wir heute gern?« fragte er.

»Brandy«, sagte Kirk. Es war nicht leicht, das Beste in McCoys Bar ausfindig zu machen.

»Saurianischen?«

»Was sonst?«

»Also Saurianischen.« McCoy nahm ein geeignetes Gefäß und füllte es.

Einen schöneren Krug hatte Kirk vorher noch nicht gesehen.

»Nettes Gefäß«, sagte er.

»Hab es geschenkt bekommen«, antwortete McCoy. »Es war ein Geschenk von Cal Forrest. Ein alter Studienkollege von der medizinischen Fakultät.«

Kirk nahm sein Glas, schwenkte den Inhalt leicht und schaute zu, als sich der so entstandene Strudel wieder beruhigte.

»Cal Forrest? Ich habe nie mitbekommen, daß du ihn einmal erwähnt hättest.«

»Cal Forrest gehört zu den Menschen«, sagte McCoy, »die man lange Zeit nicht sieht. Aber wenn man ihn wiedersieht, ist es, als hätte man ihn erst gestern getroffen. Verstehst du?«

»Ja, ich weiß, was du meinst«, antwortete Kirk

»Auf die alten Freunde«, sagte McCoy und hob sein Glas.

Kirk tat es ihm gleich und trank. Nachdem er den bittersüßen Geschmack des Schnapses genossen hatte, stellte er das Glas wieder auf die Bar.

»Gut, was?« fragte McCoy.

»Wunderbar«, antwortete Kirk. McCoy schien seinen Ärger vergessen zu haben. Aber das Zusammensein mit Kirk hatte meist diese Wirkung. Selbst seine Augen schienen nun wieder leicht zu leuchten.

»Da wir gerade über alte Freunde reden …«, sagte er.

»Was ist damit?« fragte Kirk.

»Als ich die Liste der Kolonisten von Beta Canzandia III durchging, die uns übermittelt wurde, ist mir ein bekannter Name aufgefallen. Ich wollte es dir eigentlich schon früher sagen, aber der Botschafter war ja damit beschäftigt, dich mit seiner Litanei über Alpha Maluria VI in Atem zu halten. So hatte ich keine Zeit, es dir zu sagen.« Er fluchte. »Gott schütze mich vor Kleingeistern …« Er verstummte, schien nachdenklich zu werden.

Kirk bemühte sich, Geduld zu zeigen. »Pille …?«

»Mm?«

»Der *Name*. Du hast von einem alten Freund gesprochen.«

McCoy schaute ihn an. »Ach ja, Entschuldigung. Carol Marcus.«

Kirk war überrascht. »Carol Marcus?« wiederholte er.

Eigentlich war sie viel mehr als eine alte Freundin. Carol war die Frau, mit der er beinahe eine feste Beziehung eingegangen wäre. Allerdings war ihnen beiden damals ihre Karriere in den Weg gekommen, und sie hatten sich getrennt.

Und ausgerechnet sie war auf Beta Canzandia III. Die Galaxis war wirklich ein Dorf.

McCoy drehte den Kopf und rollte grinsend mit den Augen. »Was ist los, Jim? Gedenkst du etwa, dort weiterzumachen, wo du damals aufgehört hast?«

Bevor Kirk antworten konnte, störte ein piepsendes, nur allzu bekanntes Geräusch die Harmonie der Stunde. Die beiden Männer schauten sich an.

»Du weißt, was das heißt?« fragte McCoy.

Kirk nickte. Anscheinend war er hier doch nicht so sicher, wie er gedacht hatte. Er nahm McCoys Kommunikator und klappte den Metalldeckel auf.

»Kirk hier«, sagte er.

»Sir. Es tut mir leid, daß ich Sie in Ihrer Freizeit stören muß, aber ...«

»Ist schon in Ordnung, Scotty. Wie lautet das Problem?« fragte Kirk.

»Es heißt Botschafter Farquhar, Sir.«

Kirk seufzte. »Was ist denn los mit ihm?«

Abrupt schnatterte die Stimme des Botschafters los, die die des Chefingenieurs überlagerte.

»Captain, ich hatte eigentlich gedacht, daß Sie von der Dringlichkeit meiner Mission wüßten.«

»Ich weiß sehr wohl davon. Wie kommen Sie darauf, daß ich sie nicht ernst nehme?«

»Lieutenant Commander Scott bringt mich auf diesen Gedanken«, schnauzte der Botschafter.

»Verdammt noch mal, ich ...«, sagte Scotty im Hintergrund.

Kirk unterbrach ihn. »Regen Sie sich nicht auf, Scotty. Nun, Botschafter: Was hat Mr. Scott gesagt?«

Er konnte sich ziemlich gut vorstellen, daß Farquhar sich nun zur vollen Größe aufblähte. Und daß Scotty sich aufregte, weil er nichts dagegen machen konnte.

»Die *Enterprise* fliegt nur mit Warp sechs«, sagte der Botschafter.

Kirk erkannte das Problem. »Und Sie möchten nun, daß wir mit höherer Geschwindigkeit fliegen, nehme ich an.«

»Natürlich. Je schneller wir fliegen, um so schneller erreichen wir Beta Canzandia. Was wiederum bedeutet, daß wir auch schneller wieder abreisen, um nach Alpha Maluria zu fliegen. Es sei denn, Sie haben Ihre Meinung geändert – und wir fliegen sofort nach Alpha Maluria.«

Kirk grinste grimmig. »Nein, habe ich nicht. Ist sonst noch etwas? Ich habe nicht vor, unsere momentane Geschwindigkeit zu erhöhen.«

Nach einer langen Pause meldete sich der Botschafter erneut. »Und warum nicht?« fragte er.

Kirk spürte einen stechenden Kopfschmerz, als er sich darauf vorbereitete, dem Botschafter zu antworten.

»Weil ich einige Energiereserven für taktische Zwecke zurückhalten will und Beta Canzandia ziemlich nahe an der Grenze zum klingonischen Reich liegt. Mr. Scott hätte Sie darüber informiert, wenn sie ihm die Chance dazu gegeben hätten. Nur weil es in diesem Sektor noch keine Auseinandersetzungen mit den Klingonen gegeben hat, will ich die Möglichkeit, daß es doch dazu kommen könnte, nicht ausschließen.«

Der Botschafter äußerte einen Grunzlaut, der durch das Kommunikationssystem sehr gut zu hören war.

»Ich hoffe diese Erklärung reicht Ihnen als Antwort«, sagte Kirk.

»Sie reicht aus, aber sie befriedigt mich nicht«, erwiderte der Botschafter.

Kirk formulierte gerade in Gedanken einen weiteren Satz, als die Verbindung abbrach. Offenbar sah der

Botschafter keine weitere Veranlassung, die Diskussion weiterzuführen.

Na gut, dachte Kirk. Es war wahrscheinlich besser so, denn es hätte Farquhar nicht gefallen, was er ihm noch hatte sagen wollen.

»Entschuldige, Pille. Wo waren wir stehengeblieben?« sagte er und drehte sich zu McCoy um.

»Carol Marcus. Ich war gerade dabei, dich auszuquetschen, ob du die Blume weiter entblättern willst, die du damals gepflückt hast.«

Kirk lächelte. Er lehnte sich in den Sessel zurück und dachte darüber nach. Er dachte sehr gut darüber nach.

Es war immerhin eine ganze Weile her. Menschen konnten sich in solchen Zeitspannen gewaltig verändern.

Manche jedoch änderten sich nie.

»Nun?« stocherte McCoy.

Kirk sah ihn an. Er wußte nicht, was er sagen sollte.

McCoy nickte. »So wie ich dich kenne, war das ein Ja.«

David bemühte sich, nicht zu zeigen, wie müde er war, als er in das warme, kuschelige Quartier kam, das er mit seiner Mutter teilte. Sie saß in der für das Datenterminal eingerichteten Ecke und ging Berechnungen durch, die sie tagsüber aufgestellt hatte.

Als sie hörte, daß er hereinkam, drehte sie sich um.

»Hallo. Da *bist* du ja.«

Ihr Tonfall verängstigte ihn. Sie hatte einen Unterton in der Stimme, der nicht Gutes verhieß. Hatte sie etwa herausgefunden, wo er sich herumgetrieben und was er angestellt hatte?

Sie zeigte auf die Uhr, die an der sanft gewölbten Wand hing.

»Du kommst in letzter Zeit immer später, junger Mann. Es ist fast Essenszeit.«

David ächzte erleichtert. Freilich wäre er weitaus erleichterter gewesen, wenn sie erfahren hätte, wo er sich herumgetrieben hatte. Dann hätte er wenigstens kein Geheimnis mehr daraus machen und es mit sich herumschleppen müssen.

So lange er denken konnte, war seine Mutter sein bester Freund gewesen. Manchmal, wenn sie in kinderlosen Kolonien gelebt hatten, war sie sogar sein einziger Freund gewesen.

Es gefiel ihm nicht, ihr nichts von der Erdspalte erzählen zu können. Aber es war auch gut, daß sie es nicht erfahren hatte.

Ihm gefiel die Gesellschaft der anderen Kinder auf Beta Canzandia. Auch wenn sie nicht immer nett zu ihm waren. Sogar Riordan konnte er akzeptieren. Es war besser, als völlig allein zu sein und niemanden zu haben, mit dem man spielen konnte.

»Was hast du heute nach der Schule getrieben?« fragte seine Mutter. »Wie hat dich Timmy Riordan behandelt?«

»Er war ganz nett, Mama.« Er öffnete den Druckverschluß seines Parka, zog ihn aus und hängte sie weg. »Wirklich Mama«, fügte er hinzu.

Seine Mutter musterte ihn ganz genau. Es schien, als spüre sie etwas.

»Stimmt das auch? Ich habe keine Angst vor ihm. Du weißt, daß ich mit seinen Eltern reden könnte...«

David hob die Arme, um sie zu unterbrechen.

»Nein«, sagte er etwas zu laut. »Alles ist in bester Ordnung. Wir kommen jetzt gut miteinander aus«, fügte er hinzu.

Sie wirkte nicht überzeugt.

»Bestimmt, Lämmchen?« fragte sie.

Innerlich verneinte er die Frage.

»Bestimmt, Mama. Und du wolltest mich doch nicht mehr so nennen«, sagte er leicht beleidigt.

»Ach ja. Du bist ja schon zu groß«, sagte sie. »Da

kann man dich nicht mehr Lämmchen nennen. Wo du doch schon ganze zehn Jahre alt bist.«

»Also, wirklich, Mama. Gönn mir doch mal 'ne Pause.«

Einen Moment lang sah es aus, als sei sie traurig. David hatte diesen Blick schon vorher gesehen. Aber immer nur dann, wenn sie nicht wußte, daß er sie ansah.

»Okay. Ich gewähre dem harten Burschen eine Pause«, sagte sie. »Allerdings muß er sich erst mal die Hände waschen. Es gibt gleich Essen.«

David machte sich auf. Er war froh, daß sie nicht weitergebohrt hatte, um herauszukriegen, wo er den ganzen Tag gesteckt hatte. Oder wie es um ihn und Timmy Riordan stand.

Auf halbem Weg blieb er jedoch wie angewurzelt stehen. »Mama?«

*Halt's Maul, David,* sagte er zu sich selbst. *Was machst du da? Du hast es doch sauber hingekriegt.*

Seine Mutter drehte sich herum und sah ihn an.

»Ja?«

Der Junge schluckte.

»Mama, braucht man einen Vater? Ich meine, um ein Mann zu werden?«

Ihr Gesicht schien schlagartig an Farbe zu verlieren.

»Einen Vater?« wiederholte sie. »Woher hast du denn diese Idee?« fragte sie.

Er runzelte die Stirn. Warum hatte er nicht die Klappe gehalten? »Ich habe heute zufällig jemanden sagen hören, daß man einen Vater haben müßte. Es soll wichtig sein, einen zu haben.« Er leckte sich die Lippen. »Und ich frage mich, ob ich nicht auch einen brauche, wie die anderen Kinder.«

»Ich wußte doch, daß etwas nicht stimmt«, seufzte seine Mutter. »Die Kinder haben dich wieder geärgert, stimmt's?«

David nickte. »Ja. Irgendwie schon.«

Sie stand von der Konsole auf, kam auf ihn zu und umarmte ihn. »Ich weiß, daß es nicht einfach ist, wenn man anders ist als die anderen. Aber man muß das Beste daraus machen. Man muß sich immer bewußt sein, daß man so gut ist, wie man sich fühlt, und *nicht* so, wie die anderen einen hinstellen.«

David nickte. Es war gut, aber es half nicht so, wie seine Mutter es sich erhofft hatte. Er wollte nicht anders sein als die anderen. Er wollte auch einen Vater haben. Wenn schon nicht seinen vor Jahren gestorbenen echten Vater, dann eben einen anderen.

Seine Mutter schob ihn ein Stück von sich und sah ihn an. »Du verstehst doch, was ich meine, oder? Ob du einen Vater hast oder nicht, du bist immer noch der beste Junge in der Gegend.«

»Ja, klar«, brachte er heraus. Aber mehr als alles andere in der Welt wünschte er sich einen Mann, zu dem er aufschauen konnte.

# 3

So dunkel und unbemannt wirkte die Brücke der *Kadn'ra* noch spartanischer als sonst. Sie war eben ein klingonisches Schiff. Vheled betrat die Brücke und setzte sich in seinen Kommandosessel. Auf dem Hauptschirm sah er Alalpech'ch, die Lehnswelt, auf der sie Station gemacht hatten, weil sein Schiff mit einer neuen Photonentorpedoart ausgerüstet worden war.

Nicht, daß es der Neuerung bedurfte. Gefechte wurden schließlich vom Captain und der Mannschaft geschlagen, nicht von Maschinen.

Als er seine langen Arme und Beine ausstreckte, spürte er noch immer die halbverheilten Wunden von der letzten Prügelei in der Taverne von Alalpech'ch. Auch wenn die Mannschaft und er nicht siegreich aus der Keilerei mit den Kamorh'dag-Lumpen hervorgegangen waren, sie standen gar nicht so übel da. Bei Auseinandersetzungen wurden am Schluß immer nur die gezählt, die noch auf den Beinen standen. Die Prügelei war das beste an diesem Landeurlaub gewesen.

Vheled, der Captain der *Kadn'ra,* vergoß das Blut der Kamorh'dag gern. Es war ehrenvoll, hochnäsigen Tölpeln und Intriganten des Nordkontinents wie Kiruc vom Faz'rahn-Clan zu zeigen, wie echte Klingonen sich im Gefecht behaupten konnten.

Er grinste, als er sich daran erinnerte, wie einer der Kamorh'dag-Idioten sein Messer gezogen hatte, um ihm die Klinge in den Leib zu jagen. Am Ende war er selbst von einem abgebrochenen Stuhlbein aufgespießt worden.

Nun aber genug der Sentimentalitäten, sagte er sich. Es war wieder an der Zeit, sich dem wichtigen Weg der Ehre zu widmen, dem er sich verschrieben hatte, als er in die Flotte eingetreten war. Er veränderte die Bildeinstellungen des Hauptschirms an der Konsole der Armlehne. Der Bildschirm zeigte nun nicht mehr die wolkenreiche Atmosphäre Alalpech'chs, sondern das altbekannte Gesicht Dumerics, seines Onkels mütterlicherseits, des neuesten Mitglieds im Hohen Rat der Klingonen.

Dumeric war eine ältere Ausgabe Vheleds. Dunkelhäutig, kämpferisch und stark, obwohl er schon viele graue Stellen im Haar hatte. Sein Grinsen war hart. Eine Fackel in der Nähe warf einen roten Schein auf sein unheimliches Gesicht.

»Ah«, sagte Dumeric. »Genau zur rechten Zeit, Neffe. Ich schätze deine Pünktlichkeit.«

Vheled neigte den Kopf. »Ich bin dein Diener«, antwortete er, was die passende Antwort war.

»Gut.« Dumeric hielt inne. »Weißt du genau, daß dieser Kanal abhörsicher ist?«

»Er ist sicher. Ich habe ihn selbst überprüft und wette um mein Leben, daß uns niemand zuhört«, antwortete Vheled.

Sein Onkel grunzte zufrieden. »Ich nehme die Wette an. Wenn die Kamorh'dag diesen und auch andere Kanäle abhören, bringt es unsere gesamte Bewegung in Gefahr.«

»Ich weiß. Ich gebe nochmals mein Wort. Du brauchst dir keine Gedanken zu machen, was die Sicherheit dieses Kanals angeht«, bestätigte Vheled.

Dumeric lehnte sich zurück. Er saß vor einer schattigen Wand seines Landsitzes auf der Insel Tiv'ranish, vor der Küste des Südkontinents.

Vheled war mehrmals dort zu Besuch gewesen. Der

letzte Besuch mußte etwa ein Jahr zurückliegen. Er konnte die roten gekreuzten Schwerter hinter Dumeric sehen, die ihn für die Tapferkeit und Ehre der Ia'kriich-Feldzüge ehrten. Es war vor langer Zeit gewesen, noch vor der Formierung der Gavish'rae.

»Kennst du die Welt Pheranna?« fragte Dumeric.

Vheled dachte einen Moment lang nach.

»Im neunzehnten Ring, nicht wahr? In dem Sektor, den die Föderation *beansprucht?*«

Natürlich hatten die Klingonen keinen berechtigten Anspruch auf dieses System, was sie auch wußten. Aber Vheled sprach diesen Satz mit einem ironischen Unterton aus.

»Es ist die Welt, die die Menschen und ihre Verbündeten Beta Canzandia III nennen. Laut Informationen unserer Agenten hat die Föderation dort eine wichtige Forschungskolonie gegründet«, bestätigte Dumeric.

»In welcher Weise ist sie wichtig?« fragte Vheled.

»Man ist dort im Begriff, eine Technologie zu entwickeln, die es ermöglicht, tote Planeten nach dem Ebenbild der Erde zu beleben. Man hat sich auf Pheranna zusammengefunden, um diese Technologie gründlich zu studieren. Wenn man erst einmal alles über sie herausgefunden hat, wird man anfangen, sämtliche Planeten zu beleben.«

Vheled schüttelte ungläubig den Kopf.

»Wie soll es möglich sein, tote Planeten zu einem Lebensraum zu machen, in dem man existieren kann?« fragte er.

»Ich sage auch, es klingt unglaublich«, sagte Dumeric stirnrunzelnd. »Natürlich besteht auch die Möglichkeit, daß das Experiment in einem Fiasko endet. Aber der Imperator interessiert sich für die Technologie und will sie für das Imperium requirieren, solange sie noch einfach zu haben ist. Normalerweise haben wir uns immer erst für neue Technologien interessiert, wenn sie als Waffen eingesetzt werden konnten.«

»Und was hat die ganze Sache mit mir zu tun?« fragte Vheled.

Dumeric lächelte hämisch. »Was du oder ich auch darüber denken, ist unwichtig. Der Imperator ist sehr an der Technologie interessiert. Das hat er im Hohen Rat gesagt.« Er legte den Kopf schief. »Ursprünglich wollte Kapronek die Mission einem Verwandten anvertrauen, aber ich konnte ihn überzeugen, daß es keinen Besseren dafür gibt als meinen Neffen.«

Vheled berührte eine wunde Stelle an seiner Schläfe, die jemand während der Schlägerei mit irgendeinem harten Gegenstand bearbeitet hatte. Sein Onkel hatte recht – er war nicht nur ein besserer Captain als die Captains aus der Sippschaft des Imperators, er war auch mit dem fraglichen Sektor vertraut.

Wenn seine Mission erfolgreich war, würde dies die Position der Gavish'rae im Hohen Rat sehr stärken. Aber andererseits ...

»Ich weiß, was du denkst«, sagte Dumeric mit ernster Miene. »Die Kamorh'dag werden nichts unversucht lassen, um deine Mission zu behindern. Sie lassen sich nicht gern übergehen und werden dir alle möglichen Schwierigkeiten machen. So wie dein Triumph uns stärken wird, kann deine Niederlage uns doppelt schaden. Dann wird man der Meinung sein, daß man den Gavish'rae keine Mission anvertrauen kann, weil wir unglaubwürdig sind. Man wird sagen, man habe es schon immer gewußt – wichtige Staatsgeschäfte sollten lieber in ihren eigenen Händen bleiben. Das ist der Grund, warum ich *dich* ausgewählt habe: Du läßt dich nicht ins Bockshorn jagen und fürchtest dich weder vor der Föderation noch vor den Kamorh'dag ... was sie auch gegen dich unternehmen.«

Vheled nickt kurz. Der Gedanke, nur eine Schachfigur in Dumerics Spielchen zu sein, gefiel ihm nicht. Dumerics Intrigen hatten in seinen Augen nicht viel mit Ruhm und Ehre zu tun. Sie entsprachen nicht den Methoden, die ein Krieger wählte. Nun ja. Dies waren Zeiten der Politik, und Vheled konnte es nur hinnehmen. Wenigstens war es eine Gelegenheit, Kaproneks Kamorh'dag-Nase durch den Schmutz zu ziehen.

»Es ist mir eine Ehre, dem Imperator zu Gefallen zu sein«, sagte Vheled und schlug sich mit der geballten Faust auf die Brust.

Dumeric lachte trocken. »Aber paß auf, daß du ihm nicht zu sehr gefällst.«

Als Kirk die Brücke betrat, hatte er eigentlich damit gerechnet, daß Farquhar in bereits erwartete. Er war angenehm überrascht, als er seinen Irrtum feststellte.

Spock saß im Stuhl des Captains. Als er Kirk bemerkte, stand er auf und trat zur Seite.

»Danke, Spock. Ich hoffe, es hat sich nichts Besonderes ereignet, als ich weg war?« fragte er.

Spock drehte den Kopf in Richtung Hauptschirm, auf dem die Sterne mit nahezu vierhundertfacher Lichtgeschwindigkeit an ihnen vorbeizogen. »Wenn ich es genau nehme«, erwiderte er, »gab es einen *erwähnenswerten* Vorfall.«

Als Kirk sich setzte, kam ihm ein Verdacht, um was es sich handeln konnte. »Sagen Sie's mir nicht. – Botschafter Farquhar hat offiziellen Protest eingelegt, weil die *Enterprise* nur mit Warp sechs fliegt und dies eine unpassend nachlässige Einstellung gegenüber dem Problem auf Alpha Maluria darstellt. Oder so was in dieser Art.«

»Das Wort, das er verwendete, war ›rücksichtslos‹«, sagte der Erste Offizier.

Spocks Nasenlöcher flatterten. Es wäre nicht jedem aufgefallen, aber Kirk schon. »Ich verstehe«, sagte er.

»Ist das alles, Sir?« fragte der Vulkanier.

Kirk warf ihm einen mitfühlenden Blick zu. Der Botschafter versuchte es aber wirklich bei allen. Sogar bei den nichtmenschlichen Besatzungsmitgliedern der *Enterprise.*

Ohne ein Wort zu verlieren, verließ Spock die Brücke.

Kirk schüttelte den Kopf. Er wünschte sich beinahe, sie hätten die Mission nach Beta Canzandia nie bekommen. So hätten sie den Botschafter schnellstmöglich nach Alpha Maluria bringen und ihn loswerden können. Dann hätte er wenigstens nichts zu meckern gehabt.

Aber andererseits hätte er dann nie die Möglichkeit gehabt, seine alte Freundin Carol Marcus wiederzusehen. Und das war immerhin etwas, das er kaum erwarten konnte.

»Carol?«

Als sie ihren Namen hörte, schaute sie auf und sah Dr. Boudreau im Eingang des Innenhofes stehen. Er lächelte, aber sein Lächeln schwand, als er ihren Gesichtsausdruck sah.

»Ist alles in Ordnung?« fragte er. Sein Atem gefror sofort in der kalten Luft.

»Es sind die Feuerblumen«, antwortete sie. Aber sie hatte noch etwas anderes im Kopf: David und das, was er am vergangenen Tag vor dem Abendessen gesagt hatte. Allerdings war dies kein Thema, das sie mit dem Leiter der Kolonie besprechen wollte.

Boudreaus Augen verengten sich, als er näher trat. Seine Thermalkombi war noch fast neu.

»Die klingonischen Pflanzen?« fragte er. »Ich dachte, sie entwickeln sich prächtig.«

»Sie gedeihen auch wunderbar«, erwiderte Carol. »Nur sind sie miese Nachbarn. In ihrem Umkreis wächst nichts anderes.«

»Miese Nachbarn – wie die Klingonen.«

Er kniete sich neben sie hin und berührte eine Pflanze, die sofort blauen Dunst ausstieß.

»Nehmen Sie sie aus dem Programm?« fragte er.

»Nein. Sie sind immer noch die besten Hybriden, wenn es um Anpassungsfähigkeit und Sauerstoffproduktion geht. Es ist eigenartig, daß sie hier mit so wenig Wasser auskommen, wo sie doch einen so üppigen Ursprungsort haben.«

»Um den Vergleich mit den klingonischen Nachbarn nochmals aufzugreifen … Wollen Sie sie zu anderen Nachbarn bringen?« fragte er.

»Das hatte ich vor«, sagte sie und nickte. »Oder haben Sie eine andere Idee?«

»Momentan nicht. Aber vergessen Sie nicht, daß alles umsonst war, wenn sie nicht in der Lage sind, in Koexistenz mit irdischen Pflanzen zu leben. Es ist sehr wichtig für unseren Plan. Vergessen Sie nicht, daß unser Ziel das Terraforming ist. Die Feuerblume und alles andere, was zur Sauerstoffproduktion beitragen kann, beschleunigt den Prozeß.«

Carol brauchte eigentlich nicht an das Ziel ihrer Forschungen erinnert zu werden. Außerdem glaubte sie, daß der Leiter der Kolonie dies wußte. Aber wie die meisten ihr bekannten Forscher gehörte auch Boudreau zu der Sorte, die sich ständig laut wiederholen mußten. Wahrscheinlich half ihm dies ein wenig, sich selbst zu bestätigen.

Boudreau versuchte den Staub der Feuerblumen von seiner Hand zu blasen. Aber ein Rest blieb trotzdem haften.

»Selbst ihre Pollen sind hartnäckig«, sagte er.

»Natürlich«, sagte Carol. Sie stand auf und wischte den roten Staub von ihrem Thermalanzug.

»Was führt Sie so früh am Tag hier heraus?« fragte sie. »Ich dachte, Sie können die Kälte nicht ausstehen.«

»Stimmt. Allerdings habe ich ein paar Neuigkeiten, die ich Ihnen erzählen wollte, bevor es ein anderer tut. Wir erwarten Besuch.«

Sie sah ihn an. »Medizinische Überprüfung, was? Mir kommt es so vor, als wären wir erst gestern hier angekommen.«

»Es ist wieder mal soweit«, sagte er. »In Wirklichkeit

sind wir schon überfällig. Aber sie kommen nicht nur, um uns zu untersuchen. Sie wollen auch wissen, wie weit wir mit unseren Forschungsarbeiten sind.«

Carol verschränkte die Arme vor ihrer Brust. Kurz darauf erkannte sie, daß sie ihre typische Verteidigungshaltung eingenommen hatte. Als es ihr auffiel, ließ sie ihre Arme wieder sinken.

Aber es war schon zu spät. Boudreau hatte ihre Haltung längst erkannt. »Sie interessieren sich nicht sonderlich für die Sicherheit, oder?« fragte er.

»Kann sein. Ich habe ständig den Hintergedanken, daß die Föderation andere Ziele verfolgt als wir. Wie lange haben wir geackert, bis man uns das Projekt finanziert hat? Und plötzlich bekommen wir von allem, was wir erbeten haben, das doppelte. Was hat die Föderation dazu gebracht, das Terraforming auf die Prioritätenliste zu setzen? Ist es nur ein bürokratischer Zufall – oder geht es um Ziele, die wir nicht kennen? Sicher, es mag alles leicht paranoid klingen, aber ich werde den Gedanken nicht los, daß an der Sache etwas faul ist.«

Boudreau sah sie verständnisvoll an.

»Ich habe nie ganz kapiert, was eigentlich genau die Ziele der Föderation sind. Allerdings habe ich auch nie ernsthaft versucht, es zu ergründen. Man zermartert sich das Gehirn – und das sollte man doch für bessere Zwecke verwenden.«

»Sie haben recht«, sagte sie und lächelte wieder. »Um welches Schiff handelt es sich?«

Sie war sicher, daß Boudreau wußte, warum sie fragte. Anhand des Schiffes, das die Föderation schickte, konnte man erkennen, wie wichtig ihre Forschung zu Hause eingestuft wurde.

»Es ist ein gutes Omen«, sagte Boudreau. »Es ist die *Enterprise.*«

Carol verspürte einen innerlichen Schauer. »Oh«, sagte sie.

Boudreau drehte den Kopf. »Glauben Sie nicht, daß

es ein gutes Zeichen ist? Schließlich ist die *Enterprise* ein Schiff der Constitution-Klasse.«

Gegen ihre innere Überzeugung sagte sie: »Doch, es ist bestimmt ein gutes Zeichen.«

»Aber?«

»Kein Aber. Zufällig kenne ich den Captain des Schiffes. Er heißt Jim Kirk.«

»Wirklich? Ich habe nie gehört, daß Sie ihn erwähnt haben«, sagte Boudreau.

»Ich kannte ihn vor langer Zeit«, sagte sie. »Vor *sehr* langer Zeit.« Und sie wandte sich wieder den Feuerblumen zu.

# 4

Der Raum war rund und bestand aus rotgeäderten Steinen und Säulen, die an manchen Stellen halb aus dem Mauerwerk hervortraten, um die große Sandglaskuppel zu stützen. Der Raum wurde vom roten Licht der untergehenden Sonne überflutet.

Als Kiruc eintrat, sah er eine Tänzerin. Sie war von den scharlachroten Schleiern, die sie beim Tanz um sich her wirbelte, nur halb verhüllt.

An den Tischen und Bänken, die die Wände des Raumes einnahmen, saßen zahlreiche Klingonen, die sie mit großem Interesse beobachteten und ihren Tanz verfolgten. Man hörte anfeuernde Rufe und obszöne Kommentare, und das Gelächter über irgendeinen Witz bestimmte die allgemeine Atmosphäre.

So geschmeidig wie die Tänzerin sich bewegte, nahm Kiruc zuerst an, sie sei Orionerin. Doch als sie sich mit den Schleiern mehr ins Licht bewegte, sah er, daß Ihre Haut eher blau als grün war. Außerdem war ihr Aussehen nicht ganz korrekt. Ihre Augen standen zu weit auseinander, ihre Lippen waren zu voll und ihre Haarpracht gut eine Handbreit zu kurz.

Bestimmt eine Lauruditin, dachte er. Sie mußte aus der zweiten Generation stammen. Es war schon viele Jahre her, seit man zuletzt ein Schiff der Lauruditen gesichtet hatte.

Allerdings war es eine gute Orion-*Imitation,* die sich da zum Rhythmus eines versteckten Trommlers beziehungsweise einer Aufzeichnung bewegte. Kiruc griff in den unter seiner Jacke hängenden Beutel, entnahm ihm einen Imperial und warf ihn der Lauruditin zu. Sie schaute ihn kurz an, ihre Augen schienen in der flackernden Beleuchtung goldenes Feuer zu versprühen. Sie verbeugte sich und griff nach dem Geldstück, als gehöre es zum Tanz. Mit gespielter Lüsternheit ließ sie die Münze in einem versteckten Fach zwischen ihren Brüsten verschwinden, das Kiruc gar nicht bemerkt hatte. Es war ein gutes Versteck zwischen den wehenden Schleiern.

Kiruc lächelte vor sich hin. Es war schon lange her, seit er zum letzten Mal in der Lusthöhle auf Tisur gewesen war. Normalerweise trafen sich hier nur die Jungen, die noch keinen rechten Geschmack entwickelt hatten, wenn sie weibliche Gesellschaft suchten. Man bemerkte es schon daran, daß hier eine Lauruditin statt einer Orionerin tanzte.

Es war nicht so, daß Kiruc nichts für Läden dieser Art übrig gehabt hätte. Hätte er keinen bestimmten Grund für sein Hiersein gehabt, hätte er sich sicherlich die Zeit genommen, sich wie in alten Zeiten zu vergnügen. Möglicherweise hätte er sich auch eine Tänzerin für die Nacht gemietet. Der Glanz ihrer Augen hatte ihm *wirklich* gefallen.

»Herr?« sagte eine heisere Stimme.

Er wandte sich zu der blassen, fast weißen Mitachrosierin um, die hinter ihm stand. Ihre schlanke Gestalt war in eine lange blaue Robe gekleidet, ihr Haar fast silbern. Vermutlich war sie hier angestellt – als Geschäftsführerin des Besitzers, der angeblich Mitglied des Rates war, was aber niemand genau wußte. Wie alle Mitachrosier war sie schlank und hochgewachsen; ihre Augen leuchteten so blau wie ihr Gewand, und sie war fast so groß wie Kiruc. Zu beiden Seiten ihres Kinns ragten zwei Fühler aus ihrem Gesicht hervor; sie zuckten, wenn sie sprach.

Nicht besonders attraktiv, dachte Kiruc. Aber das brauchte sie in ihrer Position auch nicht zu sein.

»Möchten Sie, daß man Ihnen einen Diwan hinausbringt, Herr? Die vorhandenen sind bereits alle besetzt. Oder darf ich Ihnen einen Privatraum anbieten?«

Sie hätte ihm noch andere Dinge anbieten können, aber sie tat es nicht. Es galt als unhöflich, denn manche Leute kamen wirklich nur wegen der Musik, dem Tanz und der Getränke. Klingonen mußten im Laufe ihres Leben schon genug Befehle ausführen. Sie kamen nicht gern in Läden wie diesen, um sich sagen zu lassen, was sie tun sollten, oder um sich diesbezügliche Vorschläge anzuhören.

»Einen Privatraum«, sagte er und beugte sich vor, damit sie ihn über den Lärm hinweg hörte. »Ich treffe mich mit jemandem, der schon hier sein müßte.«

Die Mitachrosierin nickte. Sie duftete leicht nach Feuerblumen. »Ja, ein junger Mann. Er kam einige Minuten vor Ihnen und sagte, Sie würden nachkommen. Ich führe Sie zu ihm.«

Sie geleitete Kiruc aus dem großen Hauptsaal und durch einige Gänge, die wie Radspeichen von ihm fortführen. In jedem Gang gab es links und rechts kleine Privatgemächer. Die Mitachrosierin machte an der vierten Türe halt und klopfte an den Holzrahmen. Kurz darauf schwang der undurchsichtige blutrote Vorhang zu Seite. Ein funkelndes Augenpaar, das zu einem Klingonen mit ziemlich langem Haar gehörte, wies sie an einzutreten. Der Mann trug Perlen an den Haarspitzen, die ihn als einen Gavish'rae auswiesen.

»Bringen Sie mir das gleiche wie ihm«, sagte Kiruc zu der Mitachrosierin.

Sie nickte und verschwand diskret durch den Vorhang. Kiruc betrat den kleinen Raum und beobachtete die gelben Augen, die auf ihn gerichtet waren. Im Schein der Kerze, die auf einem silbernen Halter stand, blitzten sie auf.

»Sie sind Kiruc?« sagte der junge Klingone.

»Ja. Und Sie sind Grael«, antwortete Kiruc. Eine Sekunde lang ließ er die Antwort so im Raum stehen.

»Haben Sie mich herbestellt, weil Sie etwas besprechen wollen, oder sind wir hier, um Höflichkeiten auszutauschen?« erkundigte sich Grael leicht verstimmt. Dabei wußte er genau, worum es ging, denn Kiruc hatte in seiner Nachricht an ihn nur drei Worte verwendet. »Ich weiß alles«, hatte er ihm übermitteln lassen.

»Nein, wir sind nicht hier, um Höflichkeiten auszutauschen«, sagte Kiruc endlich. »Ich habe Arbeit für Sie, die Sie gefälligst erledigen werden, ohne einen Fehler zu machen. Es wäre nicht klug, sich mir zu widersetzen, denn wer will schon vom eigenen Clan gejagt werden?«

Graels Augen blitzten auf. »Was sollte meinen Clan dazu veranlassen, dies zu tun?« fragte er.

Kiruc grinste. »Das wissen Sie doch; sonst wären Sie nie die Schmach eingegangen, die Einladung eines Kamorh'dag anzunehmen und hierherzukommen. Aber ich glaube, Sie wollen nur prüfen, wieviel ich weiß.« Kiruc setzte sich gemütlich zurück. »Vor etwa einem Jahr haben Sie versucht, Ihren älteren Vetter durch ein Attentat aus dem Weg zu räumen. Ich glaube, er hieß Teshrin. Wenn es Ihnen gelungen wäre, wären Sie zum Führer Ihres Clans geworden.«

»Sie lügen!« schrie Grael.

Kiruc beugte sich vor. Er fletschte die Zähne, aber seine Stimme blieb ruhig. »Wenn Sie mich noch einmal unterbrechen, Gavish'rae, werden Sie es bereuen.«

Graels Augen flackerten, aber er verhielt sich ruhig.

»Wie schon gesagt«, fuhr Kiruc fort. »Als Ihr Vetter nach Szlar'it reiste, um an einem geheimen Treffen der Clan-Ältesten teilzunehmen, haben Sie eine Handvoll Männer angeheuert und sie instruiert, ihn bei einem vorgetäuschten Raubüberfall umzubringen. Leider sind Ihre Mietlinge gar nicht so weit gekommen; sie haben sich betrunken und sich unterwegs auf einen anderen

Kampf eingelassen, den nur einer überlebte. Und so hat auch Ihr Vetter überlebt. Und natürlich erfuhr er auch nicht, daß Sie ihn ausbooten wollten.«

Graels Kiefer zuckten. »Wie haben Sie davon erfahren?« fragte er.

Kiruc zuckte die Achseln. »Natürlich vom einzigen Überlebenden. Ein paar Monate später fand er sich aus Gründen, die ich nicht näher erklären will, in einem komfortablen Kamorh'dag-Gefängnis wieder. Und um eine Verhandlungsbasis zu schaffen, bot er uns Informationen an. Sie reichten zumindest, um wieder auf freien Fuß zu kommen.«

Grael nickte. »Wieviel wollen Sie?«

Kiruc sah ihn an. »Wieviel? Geld?«

»Wenn Sie kein Geld wollen«, knurrte Grael, »was wollen Sie dann hier?«

Kiruc setzte zu einem Lächeln an. »Warum ich hier bin? Natürlich, weil ich Ihre Mitarbeit brauche. Es ist nur eine Kleinigkeit im Vergleich mit dem, was Sie getan haben.«

»Ich habe gar nichts getan«, sagte Grael. »Mein Vetter lebt noch.«

»Und ich nehme an«, fuhr Kiruc fort, »jetzt freuen Sie sich darüber. Sie haben gesehen, daß die Herrschaft über einen Clan nicht einfach ist. Sie ist eine schwere Last und würde Ihnen die Freuden einer Lusthöhle wie dieser nehmen – und genau das ist es doch, was die meisten Klingonen Ihres Alters *wirklich* wollen. Und nachdem Ihnen dies klar geworden ist, würden Sie alles Mögliche tun, damit Ihr Vetter am Leben bleibt.« Kiruc legte eine effekthascherische Pause ein. »Aber was Sie getan haben, haben Sie getan. Es würde Teshrin nicht mal interessieren, daß der Versuch fehlgeschlagen ist. Das einzige, was ihn interessiert, ist, daß sein Vetter versucht hat, ihn aus dem Weg zu räumen.«

Der jüngere Klingone wurde bei Kirucs Worten um eine Nuance blasser. Er leckte sich die Lippen. »Wenn ich tue, was Sie verlangen«, sagte er, »wie kann ich sicher sein, daß mein Geheimnis auch eins bleibt?«

Kiruc nickte. Er hatte die Frage erwartet. »Zwei Wochen nachdem Sie den Auftrag ausgeführt haben, werden Sie den Kopf des einzigen Überlebenden Ihres Mordkommandos unter dem Im'pacbaum Ihres Anwesens finden.«

Grael schüttelte den Kopf. »Und was garantiert mir, daß die Sache damit ausgestanden ist? Wenn er mit Ihnen und dem Kamorh'dag gesprochen hat, der ihn eingekerkert hat, wie kann ich sicher sein, daß nicht auch andere davon wissen? Wie kann ich sicher sein, das Sie mich nicht betrügen und mich später wieder erpressen?«

Kiruc schnaubte. »Es gibt keine Garantie. Aber Sie sind der Sache einen Schritt nähergekommen, sie endlich zu begraben. Ist das nicht auch etwas?« Er lehnte sich wieder zurück. »Außerdem haben Sie keine Wahl. Wenn Sie nicht mitmachen, verrate ich Sie mit Sicherheit.«

Der Gavish'rae nickte zustimmend. »Ich verstehe.« Er musterte die Kerzenflamme. »Dann also den Kopf des Verräters. Sagen Sie mir, was ich tun soll.«

Kiruc weihte ihn ein. Während der ganzen Zeit blickte Grael in die flackernde Kerzenflamme. Er wirkte so, als könne er nicht gleichzeitig einen Verrat begehen und einem anderen in die Augen schauen.

Kiruc nahm es ihm nicht übel. Er hätte an Graels Stelle wahrscheinlich nicht anders gehandelt.

Als er mit seinen Ausführungen fertig war, nickte der Gavish'rae. »Ich tue es.«

»Wehe, wenn nicht.« Kiruc stand auf. »Übrigens würde ich mich nicht zu sehr auf die Männer verlassen, die draußen stehen. Jene, die Sie angeheuert haben, um mich umzubringen. Ich bin nämlich älter und gewitzter als Sie. Ich konnte es mir leisten, mehr und bessere Leute anzuheuern.«

Man mußte es dem Gavish'rae anrechnen, daß er nichts dazu sagte, sondern sich damit begnügte, ein kleines Lächeln aufzusetzen.

»Vergessen Sie dies nie. Und machen Sie keinen Fehler. Ihr Leben hängt davon ab.«

Dann schob er den Vorhang beiseite, verließ den Raum und schritt durch den langen Gang an den anderen Räumen vorbei, von denen jeder sein eigenes kleines Geheimnis hatte. Er dachte über die Saat nach, die er gerade gelegt hatte.

Würde Grael sich seinen Anweisungen gemäß verhalten? Kiruc nahm es an. Er würde alles tun, um sein Leben zu retten, selbst wenn dies bedeutete, seine alte Intrige durch eine neue zu schützen.

Er hätte sich an Graels Stelle vergiftet. Es war der einzige ehrenvolle Weg.

Allerdings, dachte Kiruc, bin ich auch ein Kamorh'dag und verstehe mehr von Ehre und Respekt.

Als Kirk neben Spock, McCoy und Christine Chapel in der Hauptkuppel der Kolonie materialisierte, standen zwei Personen da, um sie zu begrüßen.

Der eine war Yves Boudreau, den Kirk an den grauen Brauen und den Augen erkannte. Er hatte sein Bild schon in der Datenbank der *Enterprise* gesehen. Er sah in Wirklichkeit viel schmaler aus als in der Hologrammsimulation.

Die andere Person war Carol Marcus.

Doch im Moment konnte Kirk nichts anderes tun, als sich an den Administrator der Kolonie zu wenden und die Hand auszustrecken. »Ich bin Captain James T. Kirk. Es ist mir eine Freude, Sie kennenzulernen«, sagte er und schüttelte die Hand des Wissenschaftlers.

Boudreau nahm seine Hand und nickte. »Ganz meinerseits, Captain. Ich sag's Ihnen gleich: Ich bin keiner jener Administratoren, die glauben, daß regelmäßige medizinische Untersuchungen nur stören und einen von der Arbeit abhalten. Unsere Arbeit ist nicht so dringend, als daß wir dafür keine Zeit hätten.«

Der Mann war direkt und ohne Umschweife. Kirk fand ihn sofort sympathisch.

Boudreau stellte seine Kollegin vor. »Ich glaube, Sie und Dr. Marcus kennen sich von früher?«

Da Kirk nicht genau wußte, was Carol ihm über ihn erzählt hatte, nickte er nur. »Stimmt«, sagte er.

Sie lächelte. »Schön, dich wiederzusehen, Jim.«

Kirk lächelte ebenfalls. »Ganz meinerseits.«

Ihm schien, als sei Carol nicht einen Tag gealtert. Sie trug das Haar etwas kürzer als früher. Und er sah eine haarfeine Narbe an ihrem Mundwinkel, die früher nicht dort gewesen war. Ansonsten sah sie genau so aus wie er sie in Erinnerung hatte.

Was sie wohl von ihm hielt? Er blickte in ihre Augen, aber er konnte es nicht feststellen. Es war, als hätte sie einen Abwehrschirm um sich aufgebaut.

Er hatte sich wohl zu lange mit seinen Beobachtungen beschäftigt, denn ehe er sich versah, war McCoy schon im Begriff, die Hand des Kolonieadministrators zu schütteln. »Leonard McCoy«, sagte er. »Ich führe zusammen mit Schwester Chapel die medizinische Untersuchung durch.«

Chapel sah leicht überrascht aus, als Boudreau auch ihre Hand nahm und sie schüttelte. »Es ist mir eine Freude, Sie bei uns zu haben, Schwester«, sagte er. »Ich finde, man kann nie genug schöne Frauen um sich haben – wie Dr. Marcus bestätigen kann.«

Jeder andere hätte den Ausspruch Boudreaus wie einen Versuch aufgefaßt, Süßholz zu raspeln. Aber nicht Kirk. Er hatte eher den Eindruck, daß der Mann frei von der Leber weg redete.

Auch Christine Chapel faßte es so auf. »Danke, Doktor. Es ist nett, wenn man … geschätzt wird.«

Bei diesen Worten schaute sie zu Spock hinüber, der

sich, während die Menschen um ihn herum Freundlichkeiten austauschten, die ganze Zeit im Hintergrund hielt.

Kirk wechselte rasch das Thema. »Und dies«, sagte er, »ist mein Erster Offizier und Stellvertreter, Mr. Spock. Als Wissenschaftsoffizier der *Enterprise* können Sie ihm von Ihren Fortschritten berichten.«

Boudreau wußte offenbar genug über Vulkanier, so daß er gar nicht erst den Versuch machte, ihm die Hand zu schütteln. »Mr. Spock...«, sagte er nur und neigte den Kopf.

Der Vulkanier reagierte ebenso. »Ich freue mich auf unsere Zusammenarbeit, Doktor. Ich verfolge Ihre Arbeit schon seit geraumer Zeit.«

Boudreau lächelte. »Wirklich?« Er wirkte froh. »In diesem Fall kommen wir bestimmt gut miteinander aus, Mr. Spock. Ganz sicher.«

»Es freut mich, dies zu hören«, antwortete Spock. Und dann: »Es würde mich freuen, wenn wir so bald wie möglich mit der Arbeit anfangen könnten.«

»Natürlich«, versicherte Boudreau. »Ich werde Ihnen gleich alles zeigen.« Er wandte sich an McCoy. »Wir haben einen unbenutzten Lagerraum für Sie freigemacht. Ich hoffe, er wird ihren Ansprüchen genügen.«

McCoy zuckte die Achseln. »Solange er sauber ist...«, sagte er.

»Er ist sauber«, sagte Boudreau. »Carol, zeigen Sie Dr. McCoy und der Schwester bitte die Räumlichkeiten? Später könnten Sie dann Captain Kirk den Bois de Boulogne zeigen.«

»Bois de Boulogne?« fragte Kirk. »So wie der Park am Stadtrand von Paris auf der Erde?«

»Genau so«, bestätigte Administrator. »Dieser Teil meiner Heimat fehlt mir am meisten. Unser Bois de Boulogne ist zwar im Gegensatz zum Original in Paris winzig, aber der größte Wald, den man auf diesem Planeten finden kann.«

Kirk nickte. »In diesem Fall sehe ich ihn mir mit Vergnügen an.«

»Dann ist alles klar«, sagte Boudreau. »Sobald Sie und Ihre Begleiter versorgt und untergebracht sind, treffen wir uns zum Abendessen wieder. Einverstanden?«

McCoy schaute Kirk an, als wolle er sagen: Je später wir zurück an Bord kommen, desto besser.

»Wir nehmen ihr Angebot natürlich an«, sagte Kirk.

Wie aufs Stichwort piepste sein Kommunikator. Er warf McCoy einen Blick zu und schnippte ihn auf.

»Was gibt's, Scotty?«

»Sir, es tut mir wirklich leid, Sie wieder stören zu müssen ...« Scotty hielt inne. »Aber es handelt sich wieder um den Botschafter.«

Kirk seufzte. »Was will er denn jetzt?«

»Er besteht darauf, daß ich Sie dort unten lasse und das Schiff zur Sternbasis VII bringe.«

»Sternbasis VII?« Kirk war sprachlos.

»Aye, Captain. Er hat sich ausgerechnet, daß er mit der *Hood* schneller ist. Sie macht gerade Landeurlaub auf Sternbasis VII.«

Kirk runzelte die Stirn. Es klang so, als hätte er es hier mit einem Problem zu tun, das er besser persönlich löste. Es sei denn, er wollte, daß man ihm das Schiff unter dem Hintern wegstahl.

»Kyle soll mich hochbeamen«, sagte er. »Und sagen Sie dem Botschafter, ich werde ihn in fünf Minuten im Konferenzraum treffen.«

»Aye, Sir«, sagte Scotty in erleichtertem Tonfall.

Kirk wandte sich zu Boudreau und Carol um. »Es tut mir leid, aber es sieht so aus, als hätten wir ein bürokratisches Problem.«

»Ist schon in Ordnung«, sagte der Administrator. »Mit so was kenne ich mich aus.«

Kirk lächelte Carol sehnsüchtig zu. »Tut mir leid, daß ich nicht mitkommen kann, aber mit etwas Glück bin ich zum Abendessen wieder hier.«

Sie nickte. »Ich verstehe.«

Es war nicht das erste Mal, das er sie dies sagen hörte. Aber Verständnis war eine ihrer guten Eigenschaften.

Boudreaus Labor war im größten mittleren Kuppelgebäude der Kolonie untergebracht. Als Spock ihm dorthin folgte, nahm er die Einrichtung in Augenschein.

In einer Ecke des Raumes befanden sich mehrere Arbeitsplätze, von denen zwei Drittel besetzt waren. Einige der dort tätigen Kolonisten schauten ein, zwei Sekunden auf und machten sich dann wieder an ihre Berechnungen. Andere beobachteten die beiden etwas länger.

»Mein Stab«, sagte Boudreau zu Spock. »Alles Experten auf ihrem Gebiet. Sie haben gesagt, daß Sie meine Arbeit schon lange verfolgen? Das haben Sie doch nicht nur aus Höflichkeit gesagt, oder?«

»Keineswegs«, erwiderte Spock. »Ich habe jede Ihrer Veröffentlichungen eingehend studiert.«

Boudreau verzog das Gesicht. »Auch die allerersten, in denen ich schrieb, man könne Strahlung verwenden, um Aminosäuren zu verbinden?«

Spock nickte. »Ja, auch die allerersten. Sie haben aber keinen Grund, verlegen zu sein, Doktor. Auch wenn Sie sich hier und da geirrt haben, kamen ihre Thesen der Realität sehr nahe. Ich fand ihre Ideen recht faszinierend.«

Boudreau schüttelte sich. »Sie sind zu gütig, Mr. Spock. Aber *faszinierend?* Na, ich weiß nicht.«

»Meiner Meinung nach paßt dieses Wort am besten«, sagte Spock. Er richtete seine Aufmerksamkeit auf einen glatten, glänzenden Zylinder, der zwischen Boden und Decke an einem Netzwerk aus langen, schmalen Röhren hing. »Immerhin waren Ihre ersten Errungenschaften die Grundlage für die G-7-Einheit.«

Auch Boudreau wandte sich der Einheit zu. »Ja, so war es wohl.«

Sie gingen zusammen auf den G-7-Zylinder zu und

nahmen ihn näher in Augenschein. Er war etwa einen Meter lang, sein Durchmesser betrug knapp die Hälfte. Ihre Gesichter spiegelten sich auf der glatten Oberfläche.

»Sind sie mit den Ergebnissen zufrieden?« fragte Spock.

»Ja, rundherum. Allerdings sind die Ergebnisse der Reproduktionsraten nicht ganz so gut, wie ich erhofft hatte. Im Bois de Boulogne, unserem ersten Versuch, haben wir in kaum mehr als einem Jahr sechs vollständige Jahreszyklen erlebt. Und im Sherwood Forest, wie ihn unser Chefmathematiker Dr. Riordan getauft hat, haben wir sogar eine Reproduktionsaktivität von sieben Zyklen beobachtet.«

»Beeindruckend«, sagte Spock.

»Der Meinung bin ich auch. Wenn sie aber Dr. Marcus fragen, wird sie Ihnen sagen, daß die Sauerstoffproduktion der von uns überwachten Pflanzen nicht das ist, was es sein könnte. Ich muß ihr leider zustimmen, wenn ich auch glaube, daß sie ohnehin limitiert ist. Wenn die Pflanzen sich wie verrückt vermehren und dabei Sauerstoff erzeugen, wen juckt es dann, wenn die eine oder andere nicht ganz schnell ist wie die anderen? Am Ende kriegen wir trotzdem, was wir haben wollen: Eine Atmosphäre, die von den meisten Völkern der Föderation geatmet werden kann.«

Spock hatte sich zu diesem Thema noch eine Frage aufgespart. »Und was ist mit dem Strahl? Ich habe gehört, Sie wollen seine Streufähigkeit und damit seine Effektivität erhöhen?«

»Stimmt. Wir konnten in dieser Hinsicht wirklich gute Erfolge verzeichnen. Als wir damit anfingen, konnten wir gerade mal hundert Meter im Umkreis bearbeiten. Nun haben wir die Möglichkeit, einen Radius von drei Kilometern zu beleben.«

»Und die tatsächlich betroffenen Gebiete? Ist die Wirkung gleich geblieben, seit Sie die Streuwirkung des Strahls erweitert haben?«

»Die betroffenen Gebiete halten den gleichen Standard wie zuvor. Wir haben eine Methode gefunden, um die Eingangs- und Ausgangsleistung zu verstärken. Ich zeige Ihnen gern, wie wir es gemacht haben, wenn Sie wollen.«

»Es würde mich wirklich sehr interessieren«, sagte Spock.

»Dann kommen Sie bitte mit. Ich bin sicher, Dr. Wan, der leitende Kopf dieser Idee, wird seine Berechnungen bestimmt gern mit Ihnen durchgehen.«

Kirk musterte den Botschafter über den Konferenztisch hinweg. »Ich habe gehört, Sie haben hinsichtlich unserer Vorgehensweise einen neuen Einwand«, sagte er.

»So kann man es ausdrücken«, erwiderte der Botschafter. Er beugte sich vor, stützte demonstrativ die Ellbogen auf den Tisch und faltete die Hände. Kirk wußte genau, wem er jetzt am liebsten auf den Kopf gehauen hätte.

»Ich habe mit Hilfe des Schiffscomputers einige Berechnungen angestellt«, sagte Farquhar, »und bin zu dem Ergebnis gekommen, das es wohl am besten wäre, wenn ich mich mit einem anderen Schiff auf den Weg mache. Sternbasis VII ist nur eine Tagesreise entfernt von hier.«

»Und die *Hood* macht dort Landeurlaub. Mr. Scott hat mich bereits darüber aufgeklärt.«

»Gut, dann sehen Sie also ein, daß es keinen Grund gibt, sich meinen Wünschen zu widersetzen. Sie könnten mich dort absetzen und wieder hier sein, bevor Dr. McCoy mit den Untersuchungen fertig ist. Außerdem hat die *Hood* momentan keinen Auftrag. Sie könnte mich sofort nach Alpha Maluria bringen.«

Kirk zuckte die Achseln. »Die Idee ist gar nicht übel. Wenn es nicht die winzige Kleinigkeit gäbe, daß die *Hood* ein Problem mit einem Virus hat, das unter der Mannschaft wütet. Ein ziemlich böses Virus, obwohl ich gehört habe, daß die medizinischen Behörden es nun unter Kontrolle haben. Man hat den Landeurlaub nur vorgeschoben, um die Mannschaft der Sternbasis nicht in Panik zu versetzen.«

Der Botschafter schaute Kirk an. »Können Sie das beweisen?«

»Natürlich nicht. Ich habe die Information unter der Hand bekommen. Wären Sie mit Ihrem Anliegen vor ein paar Tagen zu mir gekommen, hätte ich Ihnen nicht mal das sagen können.«

»Dann ist die Krise also überwunden?«

»Ja.« Kirk wußte, wie Farquhars nächste Frage ausfallen würde. »Aber glauben Sie nicht, daß die Hood ohne weiteres nach ihrem Eintreffen starten kann. Die Leute brauchen etwas Zeit, um sich von der Krankheit zu erholen.« Kirk lächelte.

»Denken Sie nicht auch, Botschafter, daß die Flotte, hätte sie ein Schiff zur Verfügung, es nicht schon längst für Sie geschickt hätte? Sie sind auf der *Enterprise,* weil alle anderen Schiffe noch wichtigere Aufträge haben.«

Farquhar erwiderte sein Lächeln, aber irgendwie wirkte es frustriert. »Sie sollten lieber die ganze Wahrheit über die *Hood* sagen, mein Freund. Ich mag es nicht, wenn ich angeflunkert werde.«

*Bleib ruhig, Jim,* dachte Kirk. *Schon ganz andere haben versucht, dich zu provozieren, und sind gescheitert.*

»Ich habe keinen Grund, Sie anzulügen«, erwiderte Kirk sehr gelassen, was sogar ihn überraschte. »Und falls Sie sonst nichts mehr auf dem Herzen haben, kehre ich wieder zur Kolonie zurück.«

Der Botschafter setzte eine finstere Miene auf. Doch in seinem Arsenal befand sich noch eine Gehässigkeit. »Nehmen Sie sich ruhig Zeit«, zischte er.

Da Kirk keinen Sinn darin sah, ihn einer Antwort zu würdigen, ging er an Farquhar vorbei und verließ den Konferenzraum.

# 5

»Noch mehr Chondrikos, David?« Dr. Medford hielt ihm einen Teller mit dem Zeug hin. Sie rochen grauenhaft, überhaupt nicht wie die fremden Früchte, aus denen sie gewonnen wurden.

David blickte auf seinen Teller, auf dem gebackene Chondrikos in unindentifizierbarer gelber Soße herumschwammen. »Nein Danke, Sir«, erwiderte er schnell. »Ich hab schon mehr bekommen, als ich überhaupt verdrücken kann.«

Die Augen des großen Mann verengten sich unter den langen Brauen und über dem noch längeren Schnauzbart. Die Deckenbeleuchtung spiegelte sich auf der kahlen Stelle an seinem Kopf.

Er sah David an, dann seine Tochter, dann wieder David. »Heißt das, es hat dir geschmeckt, und du kannst jetzt nicht mehr?«

David rutschte unruhig auf seinem Stuhl herum. Er wußte nicht, was er antworten sollte. Seine Mutter hatte ihm stets gesagt, er solle immer die Wahrheit sagen. Doch die Umstände verlangten nach etwas anderem. Er tat so, als hätte er sich an einem der Chondrikos verschluckt und müsse ihn ausspucken, um wieder Luft zu bekommen.

Endlich sprang Medford ihm bei. »Er kann das Zeug nicht ausstehen, Papa. Ich hab es dir doch *gleich* gesagt.« Sie lehnte sich lächelnd zu David hinüber. »Mach dir keine Sorgen. Meine Mutter mag sie auch nicht. Deshalb macht Papa sie nur, wenn Mutter Spätschicht hat.«

»Laß ihn doch für sich selbst reden, Keena«, sagte Dr. Medford und stützte die Ellbogen auf den Tisch. »Nun, David? Schmecken sie oder nicht?«

»Ist schon in Ordnung«, sagte Medford. »Du kannst es ihm ruhig sagen. Er wird dir schon nicht den Kopf abreißen.« Dabei legte sie ihre Hand auf seinen Arm.

»Nun ja... Ich... ähm... mag sie eigentlich nicht«, antwortete David

Eine ganze Zeit tat sich nichts. Dr. Medford schwieg. David fragte sich, ob Keena Medford sich eventuell geirrt hatte und man ihn nun aus dem Haus warf, weil er etwas gegen den Koch gesagt hatte.

Dann jedoch änderte sich schrittweise das Antlitz des Mannes und verzog sich zu einem Grinsen. »Wenigstens bist du ehrlich.« Er seufzte. »War es wirklich so scheußlich?«

Vom Lächeln des Mannes ermutigt, nickte David. »Es war das Scheußlichste, was ich je gegessen habe.«

Keena wieherte los, schlug sich beide Hände vor den Mund und prustete, als hätte sie Schmerzen. Dann fing auch ihr Vater an.

David kicherte, er konnte einfach nicht anders. »Um die Wahrheit zu sagen, es war schlimmer als scheußlich. Es war...«

»Genug«, sagte Dr. Medford und hob grinsend eine Hand. »Es ist mehr Kritik, als ein Mann verkraften kann.« Er richtete sich auf. »Keine Kommentare mehr, sonst gibt's keinen Nachtisch.«

Seine Tochter bekam ihr unkontrolliertes Lachen nun wieder unter Kontrolle und schenkte David einen spöttisch warnenden Blick.

David wurde wieder ernst und wartete ab, was Dr. Medford noch zu sagen hatte.

»So ist es besser«, sagte er und streckte die Beine aus. »Rührt euch nicht von der Stelle. Ich hole nun die hausgemachte Eiscreme.« Er blickte seine Tochter an. »Oder schmeckt ihm so was etwa auch nicht?«

Sie schüttelte den Kopf. »Aber nein.«

Dr. Medford nickte beifällig. »Gut, ich will nicht riskieren, das er seiner Mama erzählt, wir hätten ihn hier vergiftet. Nicht wahr, David?«

David nickte zustimmend.

Als Dr. Medford sich auf den Weg in die Küche machte, um das Eis zu holen, lehnte sich Keena zu David über den Tisch. »Ich glaube, er mag dich. Das ist ein gutes Zeichen. Er mag nämlich nicht jeden.«

David schaute zu, wie Dr. Medford den Kühlschrank öffnete und einen Behälter herausnahm. »Ich mag ihn auch. Er ist ...«

*... der richtige Mann zu dem ich aufschauen könnte ...* Der Satz huschte ihm durch den Kopf.

»... witzig.« Er ignorierte seinen spontanen Gedanken.

Keena nickte. »Ja, der Meinung bin ich auch.«

David sah sie an. »Es ist nett, daß du mich eingeladen hast«, sagte er.

Sie zuckte die Achseln. »Als meine Mama zu dem Abendessen mit den Leuten aus dem Raumschiff eingeladen wurde und hörte, daß auch deine Mutter eingeladen ist ...« Sie zuckte erneut die Achseln. »... wollte sie nicht, daß du allein zu Hause essen mußt.«

Eigentlich hatten die Pfeffers und die Chiltons auch angefragt, ob David zum Essen herkommen würde, aber er war froh, daß seine Mutter sich für das Angebot der Medfords entschieden hatte. Außerdem konnte er Keena Medford besser leiden als Will Pfeffer.

Wenn er natürlich einen Vater wie alle anderen gehabt hätte, hätte er mit ihm zu Abend essen können. Dann wäre keine Suche nach einer anderen Familie nötig gewesen.

Aber so war's nun mal nicht. Es hatte keinen Sinn, sich etwas anderes zu wünschen.

»Deine Mutter war sehr aufmerksam«, sagte David.

»Ich war nicht ganz unschuldig daran«, sagte Keena.

»Du bist doch mein Freund. Und Freunde müssen zusammenhalten.«

David lächelte. »Das ist wahr. Wir halten zusammen.«

Medford wurde leiser. »Und? Hast du schon welche von ihnen gesehen? Ich meine – die Leute vom Raumschiff?«

David schüttelte den Kopf. »Nein. Meine Mutter hat gesagt, ich soll mich von ihnen fernhalten. Und genau das tue ich.«

»Bist du nicht neugierig auf sie? Nicht mal ein kleines bißchen?« fragte Medford.

David dachte nach. »Eigentlich nicht. Meine Mutter sagt, es sind Menschen wie du und ich.«

»Tja, ich bin aber neugierig. Ich habe gehört, sie sind nicht nur wegen der medizinischen Untersuchung hier.«

David sah sie an. »Warum sollten sie sonst hier sein?«

Sie schaute zu ihrem Vater hinüber. Als sie glaubte, er könne sie nicht hören, fuhr sie fort: »Ich habe gehört, sie sind hier, um uns zu bewerten. Wie in der Schule. Wenn wir keine gute Bewertung kriegen ...« Sie fuhr sich mit dem Finger über die Kehle. »... sind wir erledigt.«

»Erledigt?« fragte David.

»Dann ist die ganze Kolonie erledigt. Sie stoppen die ganze Finanzierung, und zwar schneller, als du Auweia sagen kannst. Das hat meine Mutter jedenfalls zu meinem Vater gesagt.«

David verarbeitete den Satz erst einmal. Die Finanzierung stoppen? Und das, obwohl seine Mutter so schwer dafür gearbeitet hatte?

»Das ist unfair«, sagte er.

Er hatte den Satz kaum ausgesprochen, als Dr. Medford um die Ecke bog. Er trug drei große Schalen mit kalter, gelber Eiskrem.

»Da ist es«, verkündete er. »Wie versprochen.«

Er beugte sich über den Tisch und reichte David den

ersten Becher. Seine Tochter kam als nächste an die Reihe, und dann er selbst. Das Eis sah lecker aus. Es sah sogar so gut aus, daß David das Raumschiff und die Sache mit der Kolonie wieder vergaß.

»Haut rein«, sagte Dr. Medford, als er sich setzte. »Ich hoffe, du magst das braune Zeug auf deiner Portion. Es sind Chondrikos. Wir hatten nämlich keine Schokolade mehr.«

David erstarrte mitten im Kauen. Medford schlug ihrem Vater leicht auf den Arm. »Papa! Hörst du endlich auf?«

Dr. Medford grinste David an. »Keine Bange. Die Chondrikos sind alle. Ich hoffe, du magst Vanille?«

David kicherte. »Vanille ist Spitze, Sir.«

Das Abendessen, das man in einer Art Freizeitkuppel auf ausgeklappten Tischtennisplatten servierte, war zwar bescheiden, aber schmackhaft. Kirk saß zwischen Spock und McCoy – Boudreau, Carol und eine Frau Namens Medford saßen ihnen gegenüber.

»Gehe ich recht in der Annahme, das Sie das kleine Bürokratieproblem gelöst haben?« fragte Boudreau.

»Im Moment ist es gelöst. Aber wie alle bürokratischen Probleme, hat auch dieses die Angewohnheit, wieder aufzutauchen«, antwortete Kirk.

»Diesmal haben wir einen verrückten Botschafter an Bord, der es nicht erwarten kann, nach Alpha Maluria VII zu kommen«, erläuterte McCoy.

Kirk warf ihm einen tadelnden Blick zu. Was die Mannschaft auch über den Botschafter dachte – es war nicht die feine Art, sich hinter seinem Rücken über ihn lustig zu machen.

McCoy grunzte zwar unter der erbetenen Selbstzensur, aber er gehorchte der Anweisung seines Captains. »Ich sollte wohl nicht aus dem Nähkästchen plaudern«, sagte er schließlich.

»Alpha Maluria?« Boudreau schüttelte den Kopf. »Ich

glaube, das System kenne ich nicht. Allerdings kann ich Ihnen auch nicht genau sagen, wo Beta Canzandia liegt.«

»Wenn Sie wollen, kann ich Ihnen die Position auf einer Sternkarte zeigen«, sagte Spock.

»Danke Mr. Spock. Nur fürchte ich, daß dieses Wissen nutzlos sein wird, denn ich bin nicht gerade der Beste in Astronomie.«

McCoy grunzte. »Schon okay. So geht's mir auch. Wenn der Captain mich navigieren ließe, würden wir wahrscheinlich jetzt die Heimatwelt der Klingonen umkreisen.« Er stand auf. »Allerdings kenne ich mich bestens am Buffet aus. Hat jemand Lust, mich zu begleiten?«

Carol schüttelte den Kopf. »Ich nicht, Doktor. Ich habe für eine Weile genug auf dem Teller.«

»Sieht so aus, als müßtest du allein gehen, Pille.«

»Macht nichts«, sagte McCoy. »Wenn ich zu lange wegbleibe, setz die Hunde auf meine Fährte.«

Mrs. Medford schaute dem entschwindenden Bordarzt kichernd hinterher. »Ein amüsanter Mann, dieser Dr. McCoy.« Sie wandte sich an Spock. »Er hält Sie alle bestimmt ordentlich auf Trab, nicht wahr?«

Spocks Antwort fiel, wie immer, trocken aus. »Dr. McCoy sieht manche Dinge eben anders«, sagte er.

Nach Kirks Meinung war nun der richtige Zeitpunkt, um das Thema zu wechseln. »Mr. Spock berichtet, daß ihre Arbeit sehr gut vorangeht«, sagte er zu Boudreau.

Boudreau wandte sich zu Carol um. »Was meinen Sie dazu, Dr. Marcus?«

»Momentan ist dies der Zankapfel, über den die beiden sich ständig streiten«, sagte Medford lächelnd.

»Aber immer freundlich«, sagte Boudreau.

»Es ist und bleibt ein Zankapfel«, sagte Carol. Sie sah Kirk an. »Es liegt an dem Problem mit der Herstellung von Sauerstoff. Unsere Pflanzen wollen einfach nicht so viel produzieren, wie sie sollten.«

Spock nickte. »Dr. Boudreau sagte schon, daß es auf diesem Sektor noch Probleme gibt. Ich bin sehr neugierig, mehr darüber zu erfahren.«

Carol zuckte die Achseln. »Ganz einfach. Bevor wir die Pflanzen ins Feld setzen, beobachten wir sie unter gesteuerten Bedingungen in einem kleinen Garten, den ich angelegt habe. Und in diesem Garten sind ihre Sauerstoffproduktionswerte wunderbar. Wenn wir sie dann im Feld einpflanzen, fällt die Sauerstoffproduktion ziemlich ab. Meine momentane Theorie ist, daß die Strahlung der G-7-Einheit ihre DNS verändert. Allerdings kann ich es nicht belegen. Ich habe keine Differenzen in den DNS-Mustern erkennen können. Weder bei der ersten Generation noch bei den folgenden.«

Spock wirkte mehr als nur beiläufig interessiert. »Faszinierend. Kann ich ihre Berechnungen einsehen?« fragte er.

»Selbstverständlich«, erwiderte Carol. Ihre Nasenflügel vibrierten leicht. Dies zeigte Kirk, daß sie von seiner Bitte mehr als nur leicht überrascht war. Doch warum? Etwa, weil sie befürchtete, daß er den Fehler eher fand als sie?

Kirk fragte sich, ob er der einzige war, der dieses kleine Zittern deuten konnte. Schließlich hatte er lange gebraucht, um Carols Körpersprache zu erlernen, und immerhin hatte sie beide ja auch etwas mehr als eine normale Partnerschaft verbunden.

»Hat mich jemand vermißt?«

Kirk und die anderen schauten zu McCoy hinüber, der gerade im Begriff war, sich an den Tisch zu setzen. Wie schon zuvor war sein Teller auch diesmal mit den pikantesten Leckereien des Buffets gefüllt.

»Die Herrschaften werden annehmen, daß Sie bei uns auf dem Schiff nichts zu futtern kriegen, Doktor«, sagte Kirk.

»Hah«, erwiderte McCoy. »Nur ein Trottel weist Hausgemachtes zurück.« Er beugte sich über den Tisch.

»Allerdings muß ich gestehen, daß eins der Gerichte wohl schlecht geworden ist. Zumindest roch es so.«

Medford schaute ihn an. »War es gelb und sah leicht ölig aus?«

»Genau das«, bestätigte McCoy. Dann erbleichte er. »Bitte, sagen Sie jetzt nicht, das Sie es gekocht haben. Ich würde nur sehr ungern Asche auf mein Haupt streuen.«

Die schwarze Frau schüttelte den Kopf. »Nein, ich habe es nicht gekocht.«

»Welche Erleichterung«, sagte McCoy.

»Es war mein Mann.«

McCoys Kinnlade sank herab.

Medford fing laut an zu lachen. Als sie sich wieder in der Gewalt hatte, fügte sie hinzu: »Ist schon in Ordnung. *Alle* sagen, daß es scheußlich riecht. Aber mein Mann mußte heute für ...«

Sie tauschte einen schnellen Blick mit Carol, den Kirk nicht deuten konnte.

»... unsere Tochter kochen und bestand darauf, daß ich etwas davon mit zum Buffet nehme. Er glaubt, den Leuten würde es *schmecken.*«

Kirk lächelte. Boudreau und Carol ebenfalls. Dann lächelte auch McCoy wieder. Nur Spock blieb, wie immer, ausdruckslos.

»Nun denn ...«, sagte McCoy. »Ich bin froh, das ich niemanden beleidigt habe.«

»Nur meinen Ehemann«, erwiderte Medford. »Aber seien Sie unbesorgt. Keiner wird es ihm sagen. Niemand traut sich.«

Der gesamte Tisch lachte nun, mit Ausnahme von Spock. Kirk sah Carol an. Er hatte ihr Lächeln immer geliebt, und nun wußte er auch, warum.

Er hätte sie gern öfter lächeln sehen. Aber vielleicht lächelte sie nur, wenn sie nicht gerade einem Exgeliebten gegenübersaß.

Sie wandte sich zu Kirk um und sah, daß er sie beobachtete. Sie wirkte nicht überrascht. Sie erwiderte einfach seinen Blick. Und dies überraschte *ihn.*

»Wenn du dich noch umsehen willst, Captain, mußt du dich beeilen, damit wir nicht in den Regen kommen«, sagte sie.

Kirk nickte. »In diesem Fall können wir uns sofort auf den Weg machen, wenn du fertig bist.«

Sie nickte. »Ich bin fertig.«

Vheled war in seinem Quartier und schärfte gerade sein Lieblingsmesser, als jemand an die Tür klopfte. Er stand auf und legte den Wetzstein dorthin, wo er immer lag.

Dann schob er das Messer in eine versteckte Tasche an seinem Rücken. Nun, da er sich wieder sicher fühlte, bellte er »Herein«, und wartete ab, was auf ihn zukam.

Auf seinen Befehl hin glitt die schwere Kabinentür beiseite und enthüllte die hagere, stolze Gestalt des Geschützoffiziers. Den Kopf zum Gruß geneigt, trat der junge Mann ein und kam zwei Schritte vor; die Türe schloß sich hinter ihm.

Keine Bedrohung, dachte Vheled. Er nahm das Messer aus dem Versteck und warf es auf die Zielscheibe, die an der Wand hing. Es schlug mit einem sanften Klopfen auf und blieb in einer der vielen Kerben stecken.

Der junge Offizier lächelte beifällig. »Sie sind geschickt mit dem Messer«, sagte er. »Aber ich nehme an, es ist nicht die einzige Waffe.«

Er hatte recht. Wenn sich ein Krieger nicht auf seine eigenen Sinne verlassen konnte, welchen Nutzen hätten dann Waffen?

»Natürlich nicht«, log Vheled. Er deutete auf einen Stuhl in der Nähe des Wandteppichs, der sich seit zwölf Generationen im Besitz seiner Familie befand. Der Mann nahm dort Platz, doch erst, nachdem Vheled sich gesetzt hatte. Sie saßen einen Moment lang schweigend da.

»Was wollen Sie?« fragte der Captain schließlich.

»Ein Mord ist geplant«, antwortete der junge Offizier.

Vheleds Blick verengte sich. Es interessierte ihn, aber er wollte nicht zeigen, *wie sehr.* Es war nicht gut, wenn Untergebene glaubten, den Captain in der Hand zu haben. »Sind Sie der Sicherheitsoffizier, daß Sie mich über so etwas unterrichten?«

»Nein, Herr. Aber ich habe einige Erfahrung in diesen Dingen.«

Vheled wußte es natürlich. »Also gut. Wer soll getötet werden?«

Nach nur kurzem Zögern sagte der Geschützoffizier: »Gidris.«

Der Captain grunzte. Gidris war der Erste Offizier. Ein durchaus fähiger und guter Mann. Er war zwar nicht übermäßig beliebt, aber das brauchte er auch nicht zu sein. Beliebtheit war an Bord eines Raubvogels nicht unbedingt eine Tugend.

»Und wer ist der Mörder?«

Die hageren Gesichtszüge des Mannes verhärteten und verfinsterten sich.

»Der Zweite Offizier ist auf Beförderung aus. Ich schätze, er wird in den nächsten Tagen eine Gelegenheit dazu suchen.«

Vheled schaute ihn schief an. »Gibt es Beweise? Oder hat der Zweite Offizier sie eingeweiht?«

Der Geschützoffizier zuckte die Achseln und ignorierte den kleinen Tadel. Seine Selbstbeherrschung beeindruckte Vheled. »Keine Beweise, aber es ist trotzdem sicher.«

Vheled akzeptierte es. Dieser Mann hatte lange genug unter ihm gedient. Der Captain wußte um seine Fähigkeiten.

Außerdem überraschte ihn seine Meldung nicht. Der Zweite Offizier war ein Ehrgeizling; durch und durch ein Gavish'rae.

Unter normalen Umständen hätte Vheled den Mord gestattet. Schließlich war es ein normales Verfahren, denn man konnte nur aufsteigen, wenn man den Vorgesetzten, dessen Posten man haben wollte, umbrachte. So stellte man sicher, daß nur die härtesten Krieger an der Spitze blieben.

Doch im Moment herrschten keine normalen Umstände. Er wollte, daß seine Mannschaft so stark wie möglich war, wenn sie Pheranna erreichten. Er konnte keine Unterbrechungen dulden. Nicht bei dieser heiklen Mission. Es stand zuviel auf dem Spiel, als daß man sich um den Aufstiegswunsch eines Mannes hätte kümmern können.

Er nickte dem Mann zu. »Sie haben Ihre Meldung gemacht. Sie können gehen.«

»Zu Befehl, Herr.« Er drehte sich um und verließ den Raum. Vheled beobachtete ihn beim Hinausgehen und war irgendwie zufrieden. Haastra, der Sicherheitschef, war alt geworden. Dieser Mann konnte sein Nachfolger werden.

Schließlich war auch Grael ein Gavish'rae.

Boudreau hatte recht gehabt. Der Bois de Boulogne war im Gegensatz zum irdischen Original winzig.

Er bestand nur aus einer kleinen Ansammlung von etwa fünfzig goldnadeligen Koniferen, von denen keine mehr als vier Meter hoch war. Als Kirk mit Carol durch den Wald ging, war das Geäst nicht mal so dicht, um ihnen die Sicht auf die Kolonie zu verbauen.

»Und es sind alles Hybriden?« fragte er.

Carols Wangen wurden von der Kälte schon rot. Kirk fiel ein, wie herrlich sie immer ausgesehen hatte, wenn sie ihm mit roten Wangen und ihren schönen Augen gegenüberstand.

»Halb aldebaranische Eristoi und halb marraquitische Casslana«, erwiderte sie. Sie sprach ganz sachlich, als wäre er ein Fremder.

»Wir haben anfangs nur vier eingepflanzt. Keine war am Anfang höher als dreißig Zentimeter. Wahrscheinlich mögen sie die Umgebung. Außerdem sprachen sie hervorragend auf den G-7-Strahl an. Außerdem glauben wir, daß sie sehr gut mit irdischen Pflanzen auskommen. Aber wie ich schon beim Essen sagte – sie produzieren nicht so viel Sauerstoff, wie wir uns erhofft haben ... wie ich mir erhofft habe. Ich setze nun mal die Werte fest, und in dieser Hinsicht sind sie eine herbe Enttäuschung. Die Produktion von Sauerstoff gehört zu den wichtigsten Elementen unseres Projekts.«

»Dann war dieser Versuch ein Fehlschlag?«

»Das würde ich nicht sagen«, entgegnete sie kopfschüttelnd. »Aber ich möchte ihn auch nicht erfolgreich nennen. Es liegt irgendwo in der Mitte.«

»Ein Schritt in die richtige Richtung?«

»Ja. Ein Schritt in die richtige Richtung. Wenn wir die Hürde bewältigt haben, wird es uns einen gewaltigen Schritt voranbringen.«

»Also bist du optimistisch?«

»Sehr optimistisch«, sagte Carol nickend. »Wir hatten schon viel schwerere Hürden vor uns – und wir haben sie alle überwunden. Ich zweifle nicht daran, daß wir auch diese nehmen werden. Und dann haben wir das Ziel erreicht.«

»Eine Pflanze, die in der Lage ist, wie wild Sauerstoff zu produzieren, um aus einem kalten Matschklumpen einen Klasse M-Planeten zu machen«, sagte Kirk.

Carol sah zu Kirk auf. »Habe ich das so gesagt?«

»Ja, als du den Job bei Schwimmers Terraforming-Projekt bekamst. Ich habe es nur über Subraumfunk verfolgt, aber ich werde nie vergessen, wie enthusiastisch du warst.«

Für einen Moment herrschte Stille in der frostigen Luft. Auf gewisse Weise war diese Stille persönlicher als jedes Wort, das sie miteinander gewechselt hatten. Dann war der Moment wieder vorbei.

»Jedenfalls haben wir uns seit diesen Experimenten nicht mehr sehr viel mit dem Bois de Boulogne, dem Sherwood Forest und den anderen Wäldchen, die wir überall hier unten im Tal angelegt haben, beschäftigt«, sagte Carol. »Wir haben unsere Arbeit auf einige Projekte in den Bergen konzentriert – um die Reichweite der G-7-Einheit zu testen.«

Kirk nickte. »Habt ihr auch einen neuen Satz Hybriden?«

»Nein, das letzte, was mich momentan interessiert, sind neue Hybriden. Hast du schon mal klingonische Feuerblumen gesehen?«

Kirk deutete ein Lächeln an. »Nein, nicht daß ich wüßte.« Und dann: »Wie bist du an eine klingonische Pflanze herangekommen?«

»Nicht nur an eine. Eine ganze Ladung. Erinnerst du dich noch an das klingonische Schiff, das die *Potemkin* vor ein paar Monaten entdeckte? Oder soll ich lieber sagen, das *Wrack* eines klingonischen Schiffes?«

»Sicher. Sein Impulstriebwerk war explodiert. Die Sache hat die Köpfe unserer Admiräle ganz schön zum Rauchen gebracht. Aber …«

»Einige Sektionen des Schiffes waren noch intakt. Unter anderem die Kabine des Captains. Eins seiner Hobbys war wohl die Aufzucht von Feuerblumen.«

Kirk lachte leise. »Ach so. Wie günstig.«

»Das Komische an der Blume ist, daß alle anderen in ihrer Umgebung eingehen. Ich weiß noch nicht, ob irgendein Gen dafür verantwortlich ist. Jedenfalls hat sie ziemlichen Ärger mit ihren Nachbarn. Vielleicht finden wir Nachbarn, mit denen sie etwas besser auskommt.«

Kirk musterte die goldenen Wipfel der Koniferen, die sich vor dem kalten blauen Himmel in die Höhe reckten. »Na gut. Angenommen, du findest eine Möglichkeit, Feuerblumen zu zähmen, oder erschaffst einen Hybriden, der tut, was du willst. Oder ihr findet den Fehler in der G-7-Einheit. Was kommt dann?«

»Du meinst, wie es weitergeht?«

»Ja. Was ist der nächste Schritt?«

Carol zuckte die Achseln. »Wenn wir die Föderation dazu bringen können, an uns zu glauben, suchen wir uns einen neuen Planeten. Keinen wie den hier, der schon eine Atmosphäre hat, auch wenn keine Organismen hier leben. Einen anderen, der nicht einmal genug Wärme hat, um eine Lebensform am Leben zu erhalten. Wir werden ihn *formen.*« Sie lächelte, als sie an dieses ferne Paradies dachte.

Kirk lächelte ebenfalls. Die Sonne zog sich hinter die Hügel zurück. Das schwindende Licht hüllte die Kuppeln der Kolonie in purpurfarbenes Licht.

»Du klingst so fröhlich«, sagte Kirk.

Sie musterte ihn. Und zum ersten Mal seit seiner Ankunft erblickte er Carol, nicht Dr. Marcus.

»So fröhlich wie ich schon lange nicht mehr war. Auch wenn ich über das Sauerstoffproblem nörgle, Jim, wir machen hier wichtige Fortschritte. Wir sind ganz nah am Ziel. Ich weiß nun, daß ich erleben werde, wie man einen leblosen Planeten in ein lebendes Paradies verwandelt.«

»Es ist schwer zu glauben«, sagte Kirk.

»Trotzdem wird es geschehen. Ich weiß zwar nicht wann, aber es wird auf jeden Fall geschehen.« Sie schaute ihn eingehend an. Das Abendlicht spiegelte sich in ihren Augen. »Und ich habe wenigstens eine kleine Chance, ein Teil davon zu sein. Es ist das Aufregendste, was ich mir vorstellen kann, alles, wofür ich mein Leben lang gearbeitet habe.«

Kirk sah sie an. »Gut. Gott weiß, daß du es verdient hast. Niemand hat schwerer gearbeitet als du, um aus dem Terraforming eine Priorität der Föderation zu machen.«

Carol zuckte die Achseln. »Da bin ich mir *nicht* so sicher. Dr. Boudreau hat die Kolonie aus dem Boden gestampft. Ohne ihn würde ich mit Sicherheit in irgendeinem Labor auf der Erde Proben untersuchen.« Sie hielt inne. »Und was ist mit dir Jim? Bist *du* glücklich?«

Kirk dachte darüber nach. »Ich schätze, ja. Jedenfalls meistens. Captain zu sein, besteht nicht nur aus Abenteuern und Ruhm. Manchmal sterben Menschen, die einem untergeben sind, und dann schauen die anderen zu einem auf und fragen sich, wie es weitergeht. Meist muß man Kompromisse mit seinen Idealen eingehen und das Gefühl für Gerechtigkeit zurückstellen. – Alles im Namen der Politik.« Er saugte die ständig kälter werdende Luft ein. »Allerdings hat man auch schöne Zeiten. Man kann fremde Sonnensysteme besuchen. Man hat die Chance, jeden Tag etwas Neues zu sehen. Manchmal sogar Dinge, die keiner zuvor gesehen hat. Und manchmal kann man sogar etwas tun, das einem wichtig ist.«

Sie nickte und wandte sich ab, als hätten die wehenden Bäume ihr ein Zeichen gegeben. Als sie wieder sprach, klang in ihrer Stimme ein sanfter Unterton mit, wie ein Anflug von Emotion.

»Würdest du es für etwas anderes aufgeben?« fragte sie.

Kirk hielt einen Moment inne. Er hatte die Frage klar verstanden. Und diese Frage hatte er schon einmal vor langer Zeit gehört. Aber es gab immer noch die gleiche Antwort darauf.

Er schüttelte den Kopf. »Nein, würde ich nicht. Oder besser gesagt: Ich kann's nicht.«

Es war eigentlich nicht das, was er ihr sagen wollte, und vielleicht auch nicht das, was sie hören wollte. Aber es war die Wahrheit. So wie schon vor elf Jahren.

Carol nickte und sah ihn an. »Ich wußte, daß du es sagen würdest.«

Kirk bedauerte sofort, daß er die Konversation auf eine persönliche Ebene gebracht hatte. Er hatte gefragt, ob sie glücklich sei. Und dann noch der Satz mit dem Matschklumpen, aus dem ein Planet werden sollte.

Er hätte die Dinge so lassen können, wie sie gewesen waren. Er hätte die Vergangenheit auf sich beruhen lassen können. Aber nun kamen alle Emotionen und Erinnerungen wieder ans Licht. Unerwünscht.

Er fühlte sich leicht daneben. Aus dem Gleichgewicht gebracht, etwas traurig. Eher etwas mehr als ein wenig. Er konnte nur ahnen, was sie jetzt empfand. Die Gedanken, die ihr nun durch den Kopf gehen mußten.

Es war ein Fehler gewesen, die alten Zeiten zu erwähnen. Wenn er die Möglichkeit gehabt hätte, seine Worte zurückzunehmen, er hätte es getan. Aber es war zu spät. Verdammt, es war zu spät für so vieles.

»Entschuldige, ich wollte nicht alles wieder aufleben lassen«, sagte er.

»Ist schon in Ordnung. Wenn du nicht damit angefangen hättest, hätte ich es wahrscheinlich getan.« Sie seufzte. »Wie es aussieht, haben wir uns nicht sehr verändert. Wir sind immer noch zwei Menschen, die in verschiedene Richtungen gehen, auch wenn wir uns vielleicht wünschen, es wäre anders.« Mit einem reuigen Lächeln fügte sie hinzu: »Es ist schon seltsam, daß das Leben einem das gibt, was man verdient.«

Kirk wußte nicht, was er erwidern sollte. Er stand nur da und beobachtete sie.

»Hast du Lust, dir den Sherwood Forest anzusehen, bevor es zu dunkel wird?« fragte Carol.

Da gab es nicht viel nachzudenken. Alles war besser, als hier in der Kälte herumzustehen. »Also gut. Gehen wir zum Sherwood Forest«, erwiderte er.

Sie gingen los. Kurz darauf verließen sie den Bois de Boulogne und spürten wieder den Windzug auf ihren Gesichtern. Es war, als reinige er die Atmosphäre – zwar nicht ganz, aber genug, daß sie sich zusammen wohl fühlen konnten.

Als sie um die Kolonie herumgingen und auf eine kleinere Ansammlung von Bäumen zuhielten, wurde Kirks Aufmerksamkeit von einer Bewegung auf den

Hügeln geweckt. Als er genauer hinsah, bemerkte er, daß es nur ein kleiner Kunstspielplatz war, auf dem sich einige Schaukeln im Wind bewegten.

Der Spielplatz war natürlich ein Standardmodell. Er kannte ihn von Dutzenden anderer Kolonialwelten. Auch an den Schaukeln war nichts sonderlich bemerkenswert.

Aber aus irgendeinem Grund erregten sie seine Aufmerksamkeit. Ihm war, als könne er etwas erfahren, indem er sie beobachtete, als enthielten sie eine Art Schlüssel zu obskurem Wissen.

Dann jedoch schwand die Faszination wieder, und der Spielplatz war wieder ein normaler Spielplatz. Er wandte sich zu Carol um.

Sie hatte ihn die ganze Zeit beobachtet. Nicht nur so, sondern mit deutlichem und erschrecktem Interesse. Dann sah sie den Blick in seinen Augen und interessierte sich plötzlich für etwas anderes – oder tat zumindest so.

Eine Röte war auf ihren Wangen, die viel tiefer war als jene, die das rauhe Klima hier erzeugte. Und sie preßte die Lippen auf eine Weise zusammen, die er noch aus den alten Zeiten kannte: Wenn sie wütend auf ihn gewesen war, irgendwelcher Dinge wegen, die außerhalb ihres beiderseitigen Einflußbereiches lagen.

»Ist was?« fragte Kirk.

Sie schüttelte den Kopf. »Nein, gar nichts.« Als sie ihn wieder ansah, lächelte sie, aber er hatte das Gefühl, daß sie ihn nur ablenken wollte. »Wirklich nicht.«

Kirk wollte nicht weiterstochern. Er hatte für heute schon genug verbockt.

Ohne ein Wort zu sagen, ließ er sich von Carol in den Sherwood Forest führen.

# 6

Es war eine einsame Nacht gewesen. Und eine ruhelose noch dazu.

Ächzend setzte sich Kirk in seinem Bett auf und sah sich in seinem Quartier um. Es hatte das typische Wo-bin-ich-Aussehen. Das typische Ergebnis einer schlaflosen Nacht.

»Verdammt«, sagte er laut.

Es war seine eigene Schuld. Hätte er doch bloß nicht von der Vergangenheit angefangen. Hätte er doch alles auf sich beruhen lassen. Hätte er es doch nur getan. Aber vielleicht hat ihr bloßer Anblick im schwindenden Tageslicht schon genügt, um alles aus ihm heraussprudeln zu lassen. Wenn nicht, war der Klang ihrer Stimme daran schuld.

Kirks Gedanken wurden vom Signalton des Monitors auf dem Tisch gestört. Er stand auf und schlurfte zum anderen Ende des Raumes, um ihn einzuschalten.

Das vertraute Gesicht von Lieutenant Uhura tauchte auf. »Entschuldigung, Sir, daß ich Sie so früh schon störe, aber Mr. Spock meldet sich aus dem Kommunikationszentrum der Kolonie.«

»Spock?« Kirks Hirn schaltete sofort wieder in den Befehlsmodus um und berechnete ein Dutzend möglicher Gründe, aus denen Spock um diese Zeit anrufen könnte. »Ist etwas nicht in Ordnung da unten?« fragte er.

»Ich glaube nicht, Sir.«

»Stellen Sie ihn durch, Lieutenant.«

Im nächsten Moment wurden Uhuras schöne Züge

durch Spocks Pokergesicht ersetzt. »Guten Morgen«, sagte er.

»Ist er *wirklich* gut? Es ist ziemlich schwer, dies von hier aus festzustellen«, sagte Kirk mit leicht säuerlicher Stimme. »Ich bin nämlich gerade erst aufgestanden.«

Der Vulkanier zog nur eine Augenbraue hoch. Schlaf war für ihn etwas, das man nicht unbedingt alle Tage brauchte, und manchmal übersah er die Tatsache, daß Menschen anders waren.

»Entschuldigen sie«, sagte er, als er seinen Irrtum erkannte. »Wenn Sie wollen, melde ich mich später noch einmal.«

»Nein. Ich müßte mich entschuldigen. Ich habe nicht gerade viel geschlafen. Was haben Sie auf dem Herzen?«

»Ich möchte eine Bitte aussprechen«, sagte Spock.

»Eine Bitte? Aber gern, Commander. Bitten Sie.«

Der Vulkanier zögerte einen Moment, als sammele er seine Gedanken. »Ich bin mit Dr. Marcus der Meinung, daß sich in die G-7-Steuerung ein Fehler eingeschlichen hat, der dazu führt, daß die Pflanzen nicht genügend Sauerstoff produzieren. Ich würde gern die Gelegenheit wahrnehmen, in der Kolonie zu bleiben und dabei zu helfen, ihn zu finden.«

Kirk runzelte die Stirn. »Sie wollen in der Kolonie bleiben?«

»Ja. Zumindest so lange, bis der Botschafter seine Mission auf Alpha Maluria VI beendet hat. Sie können mich auf dem Rückweg wieder an Bord nehmen, wenn Sie durch diesen Sektor kommen.«

Kirk überdachte diese Möglichkeit. Er konnte den Gedanken nicht ertragen, einen Offizier wie Spock zu entbehren. Auch wenn es nur für kurze Zeit war.

Andererseits jedoch war Politik nicht gerade das, was den Vulkanier sehr interessierte. Eigentlich wollte Kirk, daß Spock mit der Verhandlungsgruppe auf Alpha

Maluria VI landete, aber seine Anwesenheit war dort nicht so wichtig.

»Glauben Sie, daß Sie da was ändern können?« fragte er.

»Ich halte es für möglich«, antwortete Spock.

»Na, dann haben sie meinen Segen«, sagte Kirk.

»Ich danke Ihnen, Captain.«

»Kein Problem. Aber finden Sie bitte den Fehler.«

»Ich werde mein möglichstes geben, um ihn aufzuspüren«, erwiderte der Vulkanier. »Spock, Ende.«

Einen Moment später wurde der Bildschirm schwarz, und Kirk war wieder allein in seinem Quartier. Allein mit seinen Gedanken.

McCoy war gerade dabei, sich die Hände zu waschen, als die Tür zum Hauptbehandlungsraum zischend aufging und der nächste Patient zur Untersuchung hereinkam. Als er sich umdrehte, um ihn anzusehen, erkannte er überrascht einen kleinen Jungen, der zu ihm aufschaute.

»Mahlzeit«, sagte McCoy.

»Mahlzeit«, wiederholte der Junge und fragte sich offenbar, was das komische Wort bedeuten sollte. Er hatte lockiges blondes Haar und sanfte braune Augen.

»Sind sie der Arzt?« fragte er.

»Einer von mehreren. Mein Name ist Leonard. Und wie heißt du?«

Der Junge schob das Kinn vor. »David.«

Er konnte nicht älter als neun oder zehn Jahre alt sein, aber er war weniger kindlich als die Kinder der Pfeffers und Garcias. Er war nicht so verspielt. Er sah aus, als hätte er die nötige Portion gesunder Neugier.

»David, ein schöner Name«, sagte McCoy. »Bist du ganz allein hier? Normalerweise kommen die Kinder immer mit ihren Eltern zu mir.«

»Eigentlich wollte ich meine Mutter hier treffen«, sagte der Junge. »Aber ich bin ein wenig zu früh dran.«

McCoy sah ihn freundlich an. »Also bist du gekommen, um nachzusehen, was an den medizinischen Untersuchungen so dran ist?«

David nickte. »Ich glaube, ja.«

»Tja«, sagte McCoy. »Hier gibt es eigentlich nicht viel zu sehen.« Er nahm das einzige Instrument, das er vom Schiff mitgebracht hatte, und hielt es dem Jungen hin. »Das ist ein Tricorder. Ich verwende ihn, um ...«

Die Tür zischte erneut auf. Diesmal trat eine Frau ein – und zwar eine sehr attraktive.

McCoy nickte ihr anstelle eines Grußes zu. »Dr. Marcus – kann ich Ihnen helfen?«

Die Frau war leicht außer Atem, als hätte sie sich sehr beeilt. Sie runzelte leicht die Stirn und schaute David an.

David drehte sich um und begrüßte sie. »Hallo, Mama.«

*Hallo, Mama?*

McCoy schalt sich einen Narren. Nun, da er die beiden zusammen sah, gab es keinen Zweifel mehr, daß sie Mutter und Sohn waren. Sie hatten die gleiche rosige Gesichtsfarbe, die gleichen hohen Wangenknochen und die gleiche Haltung.

Nicht, daß der Junge ein Abziehbild seiner Mutter gewesen wäre: Seine Augen waren dunkel, die ihren waren hellblau, und wo seine Haare eine lockige Masse waren, fielen die ihren fast glatt herunter.

Aber die Ähnlichkeit war dennoch verblüffend. Er hätte es bemerken müssen, als David eingetreten war.

Carol Marcus strich über Davids Haar. »Hallo«, sagte sie und drehte sich zu McCoy um. »Wie ich sehe, ist David schon vor mir eingetroffen. Ich hoffe, er hat Ihnen keine Umstände gemacht.«

»Nicht die Bohne«, erwiderte McCoy kopfschüttelnd. Er schaute den Jungen noch einmal an und sah ihn diesmal in neuem Licht. Allem Anschein nach hatte die gute Dr. Marcus nichts anbrennen lassen. Und warum auch? Kirk hatte schließlich seit ihrer Bekanntschaft ebenfalls zahlreiche Liebschaften gehabt. Und was ihm recht war, konnte ihr schließlich billig sein, oder nicht?

Er grunzte leise, als ihm einfiel, wie ihm zumute gewesen, als *seine* Exfreundinnen sich verheiratet hatten. Als das Gesicht Nancys in seinem Kopf auftauchte, tat es ihm sogar noch weh. Aber das war eine andere Geschichte.

McCoy bemühte sich, sich wieder auf seine Arbeit zu konzentrieren. Er lächelte. Kirk hatte noch eine Überraschung vor sich. Oder hatte er David schon gesehen? McCoy hatte keine Ahnung. Er war so mit den medizinischen Untersuchungen beschäftigt gewesen, daß er Jim Kirk den ganzen Tag noch nicht gesehen hatte.

Er drehte sich zu dem Computer um, den Dr. Boudreau ihm freundlicherweise zur Verfügung gestellt hatte. »Nun, dann wollen wir mal.« Er holte das Kolonistenverzeichnis auf den Bildschirm und nahm an, er könne den Jungen allein an seinem Vornamen identifizieren. Doch als er den Namen eingab, meldete der Computer ihm *zwei* Davids.

Natürlich war keiner von ihnen David Marcus. McCoy hatte damit gerechnet. Wenn es zwei Menschen namens Marcus hier gegeben hätte, wäre es ihm schon auf dem Schiff aufgefallen.

Offenbar trug der Junge den Nachnamen seines Vaters. Aber da er Davids Vater nicht kannte, blieb ihm keine andere Wahl, als ihn zu fragen.

»Wie lautet dein Nachname, mein Sohn?«

David schaute seine Mutter an. Es sah leicht verwirrt aus. McCoy wunderte sich darüber. Es war schließlich doch keine schwere Frage für einen Neun- oder Zehnjährigen. Speziell nicht für ein Kind mit einem so offensichtlich intelligenten Blick.

»Sag es ihm«, sagte seine Mutter.

David drehte sich wieder zu McCoy um. »Marcus«, erwiderte er. »Wie meine Mutter.«

McCoy nahm die Information auf. »Ach.«

»Stimmt was nicht?« fragte David. Er hatte eine gute Auffassungsgabe, das fiel McCoy sofort auf.

»Nicht *unbedingt.* Aber du stehst nicht im Verzeichnis.« Er schaute Dr. Marcus an. Sie wirkte keineswegs überrascht. »Könnte David aus irgendwelchen amtlichen Gründen unter einem anderen Namen aufgelistet sein?«

Carol runzelte leicht die Stirn und schaute ihren Sohn an. »Könntest du uns einen Moment lang allein lassen? Ich muß etwas mit Dr. McCoy bereden.«

David maß sie mit dem beleidigten Blick, den Kinder ihren Eltern zuwerfen, wenn sie von einer Unterhaltung ausgeschlossen wurden. Aber er stellte keine Fragen, sondern verließ einfach den Raum.

Als die Tür sich hinter ihm schloß, wandte Dr. Marcus sich wieder McCoy zu. Sie setzte eine Miene auf, die er unter anderen Umständen als trotzig bezeichnet hätte.

»Dr. McCoy«, begann sie. »David steht in der Personalliste der Kolonie. Nur nicht in der, die Ihnen vorliegt. Und der Grund dafür ist, daß Dr. Boudreau mir einen Gefallen erwiesen hat.«

McCoy verstand nicht. »Was wollen Sie damit bezwecken? Daß ich ihn nicht untersuche?«

Sie schüttelte den Kopf. »Nein, natürlich nicht.« Sie hob leicht ihr Kinn, so wie es der Junge kurz zuvor getan hatte. »Vor langer Zeit kannten Jim Kirk und ich uns sehr gut.«

McCoy nickte. »Der Captain hat sie ein- oder zweimal erwähnt. Er hatte immer gut von ihnen gesprochen. Aber das erklärt nicht, warum Sie …«

»Er weiß nicht, das ich einen Sohn habe«, unterbrach sie ihn. »Und ich will, daß das so bleibt.«

McCoy fragte sich nach den Gründen, aber bevor er ein Wort herausbekam, wurde ihm alles klar.

Kirks Beziehung zu Carol Marcus hatte vor knapp zehn Jahren geendet. Und als er nun an die Augen des

Jungen dachte, kam ihm etwas bekannt vor. Er fluchte leise.

»Sie verstehen, was ich sagen will«, sagte sie.

»Vermutlich. Der Junge ist Jims Sohn.«

»Ja, aber nur biologisch. Wie Sie wissen, hat Jim keine Ahnung, daß er einen Sohn hat. Ich wünschte, man hätte ein anderes Schiff mit einem anderen Arzt geschickt, der nicht auf den ersten Blick sieht, daß Davids und Jims Gene zusammenpassen. Einen Arzt, der nichts von unserer Beziehung weiß und deswegen nicht zwei und zwei zusammenzählen kann. Aber man hat Sie und die *Enterprise* geschickt.«

McCoy schaute sie an. »Man hat mich geschickt. Und als Sie erfuhren, daß ich komme, haben Sie Dr. Boudreau gebeten, mir einen Computer zuzuweisen, der nicht an die Hauptdatenbank angeschlossen ist. Außerdem haben Sie ihn gebeten, Davids Daten aus der Liste zu streichen, damit Jim nichts erfährt.« Er schüttelte den Kopf. »Aber warum all die Mühe? Warum wollen Sie nicht, daß er es weiß?«

Sie wandte den Blick von ihm ab. »Das geht Sie nichts an, Doktor.«

McCoy starrte sie an. »Dr. Marcus – er ist Jims *Sohn.* Er hat ein Recht, es zu erfahren.«

Carol schüttelte den Kopf. »Nein«, sagte sie leise. »Hat er nicht. Ich bestimme, was er wissen darf und was nicht.«

»Das ist ungerecht«, protestierte McCoy. »Ich weiß zwar nicht, was passiert ist, daß Sie so verstimmt sind...«

»Ich bin nicht verstimmt«, antwortete sie. Ihr Blick wurde noch härter, aber sie schaute ihn noch immer nicht an.

»Mag sein. Aber Sie haben eine falsche Entscheidung getroffen. Verflixt, versetzen Sie sich doch mal in Jims Lage. Stellen Sie sich vor, man würde *Ihnen* so etwas vorenthalten.«

Sie schaute ihm in die Augen. »Ich brauche meine Entscheidungen nicht zu rechtfertigen, Dr. McCoy, vor niemandem.«

McCoy schnaubte. »So was Stures habe ich …« Es gelang ihm nur mit großer Mühe, seine Emotionen im Zaum zu halten. »Denken Sie um Gottes willen noch einmal darüber nach. In ein paar Tagen fliegt die *Enterprise* wieder ab, egal wie Sie auch entscheiden. Es wäre eine verdammte Schande, wenn der Captain David nicht wenigstens kennenlernen würde.«

Ihre Nasenflügel vibrierten. »Sie müssen mir nicht zustimmen, Dr. McCoy. Aber Sie müssen meine Entscheidungen respektieren. Ich glaube, man nennt das ärztliche Schweigepflicht.«

McCoy biß sich auf die Lippe. Sie hatte ihn am Wickel.

In seinen Schläfen pulsierte es. Er schaute sie finster an. »Ich *kenne* meine Pflichten.« Wenigstens *ich* kenne sie, fügte er in Gedanken hinzu.

Sie nickte. »Gut, ich hole jetzt David.« Als sie sich umdrehte, rief er hinter ihr her: »Denken Sie wenigstens noch mal darüber nach.«

Sie antwortete nicht. Die Tür öffnete sich vor ihr, und damit war die Unterredung beendet.

»McCoy will also, daß Sie es sich noch einmal überlegen?« fragte Boudreau.

Carol nickte. »Ja, das will er.«

»Und? Haben Sie es sich überlegt?«

»Ja. Ja, aber meine Entscheidung bleibt bestehen. David gehört zu mir. Jim braucht nichts von ihm zu wissen.«

»Tja …«

Sie befanden sich in der Laborkuppel, arbeiteten an verschiedenen Konsolen und unterhielten sich so leise, daß niemand sie hören konnte, es sei denn, er bemühte sich. Doch in einer kleinen Kolonie wie dieser respektierte man die Privatangelegenheiten anderer.

Sie schaute ihn an. »Sind Sie anderer Meinung?«

Boudreau zuckte die Achseln. »Ich habe kein Recht, mich einzumischen. Sie haben mich gebeten, Davids Daten aus dem Hauptrechner zu entfernen. Ich habe es getan. Dann haben Sie mich gebeten, David nicht vor dem Captain zu erwähnen. Auch das habe ich getan.«

»Aber Sie sind nicht damit einverstanden, oder?«

Boudreau seufzte. »Nun, da ich den Mann kenne, muß ich einfach Mitgefühl für ihn haben. Er ist kein schlechter Mensch. Auf irgendeine Art ist er sogar der Typ, den man gern zum Freund hat.«

Carol runzelte die Stirn. Ihr fiel etwas ein. »Er würde Sie auch nicht enttäuschen. Er ist wirklich ein guter Freund.«

Boudreau lächelte mitfühlend. »Es ist ein Teil des Problems, nicht wahr? Wenn er ein echter Mistkerl wäre, fiele Ihnen die Wahl leicht. Wenn Sie ihn hassen würden, hätten Sie kein schlechtes Gewissen. Aber Sie hassen ihn nicht.«

Mehr sagte er nicht zu diesem Thema. Schließlich waren sie nicht allein im Raum, und auch die Privatsphäre hatte irgendwo Grenzen. Aber sie wußte genau, was er sagen wollte.

*Du haßt ihn nicht. Du liebst ihn. Immer noch.*

Ja, das war ein Teil des Problems. Als sie am Vortag durch die Wälder gestreift waren, war sie beinahe schwach geworden. Sie hätte ihm fast erzählt, daß sie ihn um jeden Preis zurückhaben wollte.

Aber es hätte wahrscheinlich nicht funktioniert. Ebensowenig wie es früher funktioniert hatte. Außerdem mußte sie jetzt auch an David denken. Deswegen wollte sie diese Gedanken wieder aus ihrem Kopf vertreiben und nicht auf ihr Herz hören, das ganz anders wollte als sie.

»Nein, ich hasse ihn nicht«, stimmte sie Boudreau zu. »Aber das ändert nichts an der Sache, daß ich nicht vergessen darf, was für meinen Sohn am besten ist. Ich habe keine andere Wahl.«

»Störe ich bei irgendwas?« hörte sie eine Stimme hinter sich. Als sie sich umdrehte, stand Jim hinter ihr. Sie errötete sofort.

Hatte er etwas von David mitbekommen? Sie suchte in seinen Augen nach einer Antwort.

»Stimmt was nicht?« fragte Kirk lächelnd.

Nein. Er hatte nichts gehört. Ihr Geheimnis war noch immer ein Geheimnis.

»Nein«, sagte Carol. »Alles klar. Du hast mich nur erschreckt, mehr nicht.«

»Entschuldige, ich bin eigentlich nur gekommen, um mich zu verabschieden.«

»Verabschieden?« wiederholte Carol. *Schon?* dachte sie. *Er ist doch gerade erst angekommen.*

Kirk nickte. »Dr. McCoy ist mit den Untersuchungen fertig. Er sagt, daß sich hier alle bester Gesundheit erfreuen. Außerdem bleibt Mr. Spock eine Weile hier. Wir haben also keinen Grund mehr, weiter hier rumzulungern.«

Carol bekam zwar ein Lächeln hin, aber es war mit dem seinen nicht zu vergleichen. »Wenn's so ist, sehen wir uns dann auf dem Rückweg«, sagte sie.

Kirks Lächeln verblaßte für eine Millisekunde, und nun wußte sie, daß sie ihn auf der Rückreise nicht wiedersehen würde. Die *Enterprise* würde Spock lediglich an Bord holen.

Kirk gab keinen direkten Kommentar dazu ab, und dies reichte, um ihre Vermutung zu bestätigen. Er sagte nur: »Es war schön, dich wiederzusehen, Carol.«

Sie sah ihn an. »Ganz meinerseits.«

Kirk wandte sich zu Boudreau um und schüttelte ihm die Hand. »Alles Gute, Doktor.«

Boudreau erwiderte seinen Händedruck. »Vielen Dank für ihre Hilfe, Captain.«

Als Kirk den Raum verließ, machte sich ein flaues

Gefühl in Carols Magen breit. Noch bevor sie wußte, was sie tat, rief sie hinter ihm her: »Jim, warte!«

Er blieb stehen, drehte sich um und schaute sie erwartungsvoll an.

Warum hatte sie ihn gerufen? Was hatte sie ihm sagen wollen? Sie wußte es nicht.

Und dann fiel ihr etwas ein. Etwas, das irgendwie paßte und – noch wichtiger – ihn ein wenig zurückhalten würde.

Carol ging auf ihn zu und packte seinen Arm. »Komm mit«, sagte sie.

Sein Blick wirkte leicht verwirrt. »Wohin gehen wir?«

»Du wirst schon sehen.«

Sie gingen durch die sich öffnende Tür hinaus ins sonnenbeschienene Freie.

»Du solltest nicht ohne Jacke rausgehen«, sagte er.

»Es dauert nur eine Minute.«

Sie überquerten einen Platz und gingen auf eine Art Gartenanlage zu. Es war nicht allzu kalt. Sie hielt noch immer seinen Arm und führte ihn zu ihrem Ziel.

Er brauchte einige Zeit, um festzustellen, was sie ihm zeigen wollte. »Es sind die klingonischen Blumen, oder?«

»Ja, die Feuerblumen«, bestätigte sie.

Sie ließ ihn los, kniete sich hin und fuhr mit den bloßen Händen in die rote Erde. Es war nicht leicht, die Wurzeln einer Feuerblume auszugraben. Sie wuchsen tiefer, als sie sollten. Nach einiger Zeit verstand Kirk, was sie vorhatte, und wollte ihr helfen.

Zusammen gelang es ihnen, die außerirdische Pflanze auszugraben. Carol streifte sich lächelnd eine Haarsträhne aus dem Gesicht und reichte sie ihm.

»Man muß sie gelegentlich gießen«, erläuterte sie. »Mindestens einmal im Monat. Über alles andere brauchst du dir keine Sorgen zu machen. Sie sind schwer umzubringen.«

»Ein Geschenk?«

»Sozusagen.«

»Dann danke ich dir.«

»Ist doch nicht nötig.«

Er schaute sie an. »Es ist mir schon immer schwergefallen, Lebewohl zu dir zu sagen.«

»Ist dir aber immer gelungen«, erinnerte sie ihn, ohne böse zu sein.

Kirk nickte. Auch diesmal wieder. Er griff nach seinem Kommunikator. »Einen Mann hochbeamen.«

Im nächsten Augenblick löste er sich auf. Und kurz darauf war er verschwunden.

Carol holte tief Luft und stieß dann den Atem aus. Sie ging zum Ausgang des Gartens und nahm den Weg in Richtung Forschungslabor.

Das war der leichte Teil gewesen. Der schwere Teil lag noch vor ihr.

Immerhin würde Spock noch eine Weile bei ihnen sein. Es würde einige Arbeit erfordern, ihn daran zu hindern, etwas über David in Erfahrung zu bringen.

# 7

Vheled drehte sich um und sah, daß der Zweite Offizier den Steuerbord-Geschützraum betrat. Er war dem Befehl des Captains auf der Stelle gefolgt. Der Mann war breitschultrig und stramm, überragte den größten Teil der Mannschaft um einen halben Kopf, und seine großen, vorstehenden Augen suchten den Blick seines Captains. Die Frage in seinem Blick war leicht zu erkennen.

Sie waren noch eine gute Tagesreise von Pheranna entfernt, und Vheled hatte den Geschützraum erst wenige Tage zuvor inspiziert, um sich anzusehen, wie die neuen Torpedowerfer arbeiteten. Was konnte ihn so bald wieder an diesen Ort geführt haben?

Der Zweite Offizier blieb vor dem Captain stehen und schlug sich mit der Faust auf die Brust. »Ist etwas nicht in Ordnung, Herr?« Er sprach langsam, denn er kam aus dem Hinterland von S'zlach; es hatte nichts mit einem Mangel an Intelligenz zu tun.

Statt die Frage zu beantworten, machte Vheled eine umfassende Bewegung mit der linken Hand. Kurz darauf war der Raum bis auf ihn und den Zweiten Offizier Kruge leer.

Kruges dunkle, buschige Brauen trafen über seinem Nasenrücken zusammen. Er wirkte so, als stünde er kurz davor, seine Frage zu wiederholen, doch dann überlegte er es sich offenbar anders. Vielleicht hatte er auf dem letzten Schiff, auf dem er Dienst getan hatte, miterlebt, wie jemand dem Captain zweimal die gleiche Frage gestellt hatte.

Vheled streichelte die Steuerbord-Intervallerkonsole, und Kruge schüttelte sich leicht. Es war gut, wenn man die Offiziere daran erinnerte, wer hier das Kommando hatte, speziell dann, wenn man im Begriff war, einen ungewöhnlichen Befehl zu erteilen.

Endlich schaute der Captain auf, und sein Blick traf den Kruges. »Nein«, sagte er. »Es ist alles in Ordnung. Es ist nichts, was man nicht mit einem Minimum an Anstrengung wieder hinkriegen könnte.«

Die Falte zwischen den Augen des Zweiten Offiziers vertiefte sich. »Ich verstehe nicht«, sagte er offen.

Vheled kam zu dem Schluß, daß er nun lange genug den Captain gespielt hatte. »Ich habe entdeckt, daß Sie die Absicht haben, den Ersten Offizier Gidris zu ermorden.«

Kruge zuckte zwar mit keiner Wimper, aber in ihm versteifte sich irgend etwas. Man mußte ihm zugutehalten, daß er Vheled nicht die Frage stellte, woher er davon wußte. Er nahm die Tatsache einfach hin. »Es stimmt«, bestätigte er.

Der Captain zuckte die Achseln. »Normalerweise mische ich mich nicht in solche Dinge ein.« Er machte eine effektvolle Pause. »Diesmal gibt es jedoch eine Ausnahme. Diesmal werde ich Ihnen den Weg verbauen.«

Kruge nahm diese Information mit unbewegter Miene auf. »Darf ich fragen, warum Sie dies tun?«

Vheled nickte. »Sie haben mir gut gedient, seit ich auf der *Kad'nra* bin. Sie sind ein sehr vielversprechender junger Mann, geschickt und zielbewußt. Sie haben eine Erklärung verdient.«

Und der Captain erklärte es ihm. Er ließ wenig aus, so daß Kruge, als er fertig war, fast so viel über ihre Mission wußte wie er selbst.

»Sie sehen also, Zweiter Offizier, daß es keinen Raum für persönlichen Ehrgeiz auf diesem Schiff gibt – zumindest so lange, bis unsere Mission beendet ist. Wir müssen zuerst unseren Auftrag erfüllen.«

Kruge nickte. »Ich tue es gern. Ich liebe die Kamorh'dag ebensowenig wie Sie. Ich habe allerdings eine Bitte.«

»Und die wäre?«

Der Zweite Offizier zog leicht die Mundwinkel hoch. »Daß Sie Gidris nichts von meiner Absicht sagen. Denn dies würde meine Aufgabe nur erschweren, wenn die Zeit dafür gekommen ist.«

Vheled dachte ziemlich lange darüber nach, während Kruge geduldig auf seine Antwort wartete. »In Ordnung«, sagte er schließlich. »Ich werde Ihre Absichten geheimhalten. Aber weiter kann ich nicht gehen. Ich werde ihn nicht daran hindern, es über andere herauszufinden.«

Kruge grunzte. »Das ist nur gerecht. Und wenn ich Erster Offizier bin, werde ich Sie dazu bringen, darüber nachzudenken, weshalb Sie einen solchen Puris wie Gidris toleriert haben.«

Der Captain lachte leise. Er empfand neuen Respekt für seinen Zweiten Offizier. »Ja, machen Sie das mal, Kruge. Machen Sie das mal.«

»Hübsch, nicht wahr?« sagte Sulu, als er mit liebevoller Sorgfalt den Boden um die Feuerblume arrangierte und den Standort seiner neuesten Erwerbung bewundernd anschaute. Er wäre freilich auch nicht weniger aufmerksam gewesen, wenn ein anderer als der Captain sie ihm zu treuen Händen überlassen hätte.

Uhura schnupperte an ihr. »Sie hat keinen Duft?« fragte sie.

»Keinen, den *wir* riechen können«, erwiderte der Steuermann. »Aber wenn man einer leicht andersartigen humanoiden Spezies angehört ...« Er ließ den Satz bedeutungsschwanger in der Luft hängen.

Chekov schenkte der klingonischen Pflanze einen forschenden Blick. Ihre Blüte glich dem Zwielicht am Himmel von St. Petersburg. Die Deckenbeleuchtung des botanischen Gartens verlieh den langen, üppigen Blättern ein fast schillerndes Aussehen. »Sie ist sehr schön«, stimmte er zu. Dann hielt er inne. »Aber sie hat irgend etwas ...«

Uhura schaute ihn an. »Ja?«

Der Fähnrich zuckte die Achseln. »Irgend etwas Raubtierhaftes. Es ist, als würde sie gleich aufspringen und einem den Kopf abbeißen.«

Sulu lachte leise. »Unmöglich. Sie ist kein Fleischfresser.«

Chekov grunzte. »Soweit wir wissen.«

Uhura schüttelte den Kopf. »Soweit wir wissen ...«, wiederholte sie. Sie schlang den Arm um den Fähnrich. »Weißt du, Pavel, für jemanden, der darauf aus ist, eines Tages ein Raumschiff zu befehligen, bist du ein bißchen zu eifrig, die Tatsachen zu ignorieren.«

Der Steuermann beendete seine Tätigkeit und nickte. »Und dem Unbekannten gegenüber etwas zu vorsichtig.« Er tätschelte den Boden noch einmal und wischte sich die Hände ab. »Wenn du dich vor einer klingonischen Pflanze fürchtest, was wirst du erst tun, wenn du den Klingonen persönlich gegenüberstehst? Weglaufen?«

»Nur, damit du's weißt«, erwiderte Chekov und richtete sich auf. »Ich *bin* den Klingonen schon begegnet. Und ich bin ganz bestimmt nicht weggelaufen.«

»Du hast auf der Brücke gesessen«, erinnerte Sulu ihn. »Und zwar genau neben mir. Ich rede davon, den Klingonen persönlich zu begegnen – Auge in Auge.«

Der Russe räusperte sich. »Es wäre auch nicht anders. Ich habe keine A ...« Sein Blick richtete sich plötzlich auf die Feuerblume, und seine Augen wurden groß. »Vorsicht!« schrie er.

Sulu reagierte sofort; er riß die Hände zurück und griff sich an den Brustkorb. Erst jetzt stellte er fest, daß Chekov ihn auf die Schippe genommen hatte.

»Wovor hast du denn Angst?« fragte Chekov mit

einem unschuldigen Lächeln und verschränkte die Hände hinter dem Rücken. Er legte den Kopf schief. »Doch wohl nicht vor einem Pflänzchen, oder?«

Uhura legte eine Hand auf den Mund, um ihr Lächeln zu verbergen. Sie blickte Sulu an.

Nun konnte sich auch der Steuermann ein Grinsen nicht mehr verkneifen. »Tja, Pavel, ich schätze, es steht eins zu null für dich.«

Chekov tätschelte die Pflanze mit beinahe väterlichem Gehabe. »Ja, das glaube ich auch.«

McCoy war auf dem Weg zur Sporthalle, als Kirk ihn einholte.

»Hast du nicht gehört, daß ich dich gerufen habe, Pille?«

McCoy hatte ihn sehr wohl gehört. »Du hast mich gerufen?« Er zuckte die Achseln. »Ich hab' nicht das geringste gehört.«

Kirk musterte ihn durchdringend. »Eins muß ich dir sagen«, meinte er dann. »Würde ich dich nicht besser kennen, müßte ich annehmen, daß du mir aus dem Weg gehst.«

McCoy erwiderte seinen Blick auf eine Weise, als läge ihm nichts ferner. »Hör mal, Jim, die ganze Fitneßgeschichte war doch deine Idee. Ich habe gedacht, es freut dich, wenn ich endlich wieder in Form komme.«

Als sie den Eingang zur Sporthalle erreichten, wandte McCoy sich um, um sie zu betreten. Kirk folgte ihm.

*Gott, steh mir bei,* dachte McCoy. *Wenn er nicht wieder abhaut, muß ich hier drin wirklich irgend etwas machen.*

Kirk grunzte. »Ich verstehe es einfach nicht. Es ist noch gar nicht so lange her, da hattest du kein Interesse daran, dich hier aufzuhalten. Und jetzt bist in jeder freien Minute hier.«

McCoy zuckte die Achseln. »Tja, was soll ich dazu

sagen? Wenn es einen packt, dann packt es einen eben.«

Um der Wahrheit die Ehre zu geben: Körperliche Betätigung war ihm ein Greuel. Doch sein plötzliches Verlangen danach war eine willkommene Möglichkeit dafür gewesen, persönlichen Gesprächen mit seinem Freund aus dem Weg zu gehen.

Normalerweise genoß er Gespräche dieser Art, er wartete sogar darauf, daß sie stattfanden. Doch an der Position, in der er sich seit neuestem befand, war nichts Normales. Er saß in der Zwickmühle – zwischen seiner Freundschaft mit Jim und seiner beruflichen Integrität.

McCoy hatte Todesangst davor, einen zuviel zu heben und dann in einem unbedachten Moment die Wahrheit über David Marcus zu sagen. Und so die Schweigepflicht zu verletzen, die Davids Mutter so schnell hatte zitieren können.

Und da er unfähig war, seiner Willenskraft gänzlich zu vertrauen, hatte er beschlossen, der Möglichkeit ganz einfach aus dem Weg zu gehen. Selbst wenn es bedeutete, sein persönliches Wohlergehen zu vergewaltigen.

Er wollte schließlich nicht, Jim würde irgendwie zu Ohren kommen, daß er in der Sporthalle herumhing, ohne irgend etwas zu tun. Dies würde nur seinen Argwohn erwecken.

»Ich schätze, ich sollte nicht so skeptisch sein«, sagte Kirk. »Aber ...« Er suchte nach Worten. »Ich kann nichts dagegen machen. Es ist einfach untypisch für dich.«

»Ich schätze, du mußt es hinnehmen«, erwiderte McCoy und ging mit einem Mut, den er nicht einmal ansatzweise verspürte, auf die Catchermatte zu. »Du hast ein Ungeheuer erzeugt.«

Auf der Matte standen drei Besatzungsmitglieder. Ausnahmslos Muskelpakete. Gallagher, ein junger, robuster Mann von der Sicherheitsabteilung, war kleiner als die anderen, wenn aber auch nicht sehr.

Als Gallagher McCoy kommen sah, zuckte er zusammen. Umgekehrt war es ebenso, wenn auch aus völlig anderen Gründen.

Der Mann von der Sicherheit zuckte, weil er den Arzt schon wieder wie ein Blatt in einem Sturm würde zu Boden werfen müssen. McCoy zuckte, weil er nicht scharf darauf war, das Blatt zu sein.

»Na schön«, sagte er zu Gallagher. »Machen wir also noch einen Versuch.«

Der junge Mann sah tatsächlich so aus, als stünden *ihm* die Schmerzen bevor. »Bestimmt, Doktor?«

»Na klar, bestimmt.« Sich mit Gallagher abzugeben, war kein Picknick. Aber die anderen würden ihn noch schlimmer in die Mangel nehmen.

Kirk schüttelte den Kopf. »Ich hätte nie gedacht, daß ich so was mal erleben würde«, murmelte er.

»Wie? Was?« fragte McCoy.

»Ach, nichts«, erwiderte Kirk flink. »Gar nichts. Hör mal, ich glaube, ich geh mal aufs Freizeitdeck und seh nach, ob ich jemanden zu einer Schachpartie überreden kann. Bis dahin viel Glück bei deinem … ähm … Fitneßtraining.«

McCoy räusperte sich. »Du solltest lieber Gallagher alles Gute wünschen. Ich kenn' mich mit diesem Zeug nämlich unheimlich gut aus.«

Kirk schenkte ihm einen langen letzten Blick. Allem Anschein nach ahnte er, daß an der Sache irgend etwas nicht astrein war. Er wußte nur nicht, was.

»Stimmt. Nun denn, bis später, alter Junge.«

Als McCoy ihn hinausgehen sah, wünschte er sich nichts anderes, als die Scharade endlich beenden zu können. Er wollte seinem Freund sagen, daß er einen Sohn hatte; einen Sohn, dem er noch nie begegnet war. Und er wollte sehen, wie ihm vor Überraschung und Freude die Augen aus den Höhlen sprangen.

Aber er konnte es nicht tun, verdammt. Er konnte es nicht.

Kurz darauf schloß sich die Tür der Sporthalle hinter Kirk. McCoy wandte sich zu Gallagher um.

»Na schön«, sagte er angespannt. »Dann bringen wir es mal hinter uns.«

*Irgend etwas geht hier vor,* dachte Kirk. *Hier geht eindeutig irgend etwas vor.*

Er konnte sich nicht daran erinnern, daß McCoy sich je so seltsam verhalten hatte. Und er glaubte nicht daran, daß es einfach eine plötzliche Besessenheit war, körperlich fit zu bleiben.

War auf dem Kolonialplaneten irgend etwas passiert? Irgend etwas, das in Pille das Verlangen ausgelöst hatte, eine Weile für sich zu bleiben?

Auf jeden Fall, so sinnierte er, als er sich zum Freizeitdeck aufmachte, war dies eine Sache, die nur ihn allein etwas anging. Falls McCoy darüber reden wollte… Er hatte ihm zu verstehen gegeben, daß er stets zur Stelle war. Und wenn er es nicht wollte… Na ja, er wollte es nicht.

Komisch, dachte Kirk. Pille ist kaum auf Beta Canzandia III, und schon benimmt er sich, als sei er ein anderer. Und ich komme mir vor wie ein Ruderboot ohne Ruder.

*Ich schätze, es wird einem erst klar, wie abhängig man von seinen Freunden ist, wenn man sie nicht mehr hat.* Als die Tür sich vor ihm teilte und er den Freizeitraum betrat, runzelte er die Stirn.

Er überschaute den Raum mit einem Blick. Scotty saß allein an einem Tisch und leerte einen Teller mit Auflauf. Als der Captain näher kam, schaute er auf.

»Mr. Scott…«, sagte Kirk.

»Sir?« kam die Antwort.

Kirk nahm Platz. »Scotty, ich hab Lust auf eine Partie Schach. Wie ist's mit Ihnen?«

Er hatte die Vorahnung, daß der Mann sagen würde, er sei im Maschinenraum mit einem Projekt beschäftigt.

Oder er habe ein Rendezvous mit einer jungen Frau, um sich die Sterne anzusehen. Oder er habe einen neuen Rekruten, den er noch auf Vordermann bringen müsse.

Doch er sagte nur: »Aber gern.«

Kirk lehnte sich erleichtert zurück. Also war er doch nicht ganz allein.

»Soll ich das Spiel holen?« fragte Scotty.

»Nein«, sagte Kirk. »Das mache ich schon.«

# 8

McCoy fiel auf, daß sie auch diesmal zu viert im Konferenzraum saßen. Doch da Spock abwesend war, hatte man Scotty geholt, um die diplomatische Gruppe komplett zu machen.

Kirk räusperte sich und ergriff das Wort. »Wie allgemein bekannt ist, erreichen wir in Kürze Alpha Maluria IV, einen Föderationsplaneten, auf dem es zu gewissen zivilen Unruhen gekommen ist.«

Farquhars Stirnrunzeln, das inzwischen wie angeboren wirkte, wurde noch stärker. McCoy war angenehm überrascht, daß der Botschafter sich eines Kommentars enthielt.

»Außerdem ist bekannt«, fuhr Kirk fort, »daß Botschafter Farquhar die Aufgabe übertragen wurde, diese Unruhen zu schlichten.« Er schaute Farquhar an. »Würden Sie die Lage bitte beschreiben, Botschafter?«

Farquhar grunzte leise, aber höhnisch. »Die *Lage*«, beharrte er, »ist nicht einfach nur unruhig, Captain, sondern grenzt an einen Bürgerkrieg.«

Er richtete sich auf seinem Stuhl auf und schien sich wider Willen für das Thema zu erwärmen. »Auf dem Planeten existieren zwei religiöse Hauptgruppierungen, die Manteil und die Obirrhat. Historisch haben beide Bevölkerungsgruppen ziemlich friedlich koexistiert. Erst in den letzten Monaten ist es wegen einer Herde zahmer Tiere in der Region zu Konflikten gekommen.

Die herrschende Gruppe, die Manteil, glaubt, daß diese Tiere die Seelen längst verstorbener Heiliger in sich tragen. Deswegen gestatten sie ihnen Zugang zu allem und jedem, wenn sie ihre jahreszeitlichen Wanderungen machen – auch das Betreten einer uralten Stadt, die beiden Religionen gleichermaßen heilig ist, in der sich aber zufällig die heiligen Stätten der anderen religiösen Gruppierung, der Obirrhat, befinden.«

»Und diese Obirrhat«, sagte Scotty, »können es nicht verknusen, daß die Viecher ihre heiligen Stätten verunreinigen.« Er hielt inne, in seinem Blick flackerte offene Neugier. »Aber wieso kriegt man sich erst jetzt deswegen in die Haare? Offenbar haben die heiligen Stätten und die heiligen Viecher doch immer zur gleichen Zeit existiert.«

Der Botschafter nickte. »Sehr scharfsinnig, Mr. Scott. Zufälligerweise starben die heiligen Tiere der Manteil vor einigen Jahren fast aus – bis die Föderation sie mit einem Medikament versorgte, um sie von der Seuche zu heilen. Dank unserer Mithilfe sind die Tiere nun zahlreicher als je zuvor, so daß sie angefangen haben, ihren Wanderweg zu verbreitern, so daß nun auch die Hauptverkehrsstraßen der heiligen Bezirke der Obirrhat dazu gehören.« Er warf den Starfleet-Offizieren einen unheilvollen Blick zu. »Als die ersten Tiere vor einigen Tagen dort durchzogen, gab es erhitzte Proteste. Aber der Hauptteil der Herde ist noch unterwegs. Und wenn *er* durch die Stadt zieht ...«

Er ließ die Worte in der Luft hängen. Sie hatten die erhoffte Wirkung: Alle sahen Bilder von Chaos und Gemetzel.

McCoy hob die Hand. »Habe ich richtig verstanden?« sagte er. »Diese Leute sind imstande, wegen der Frage, ob irgendwelche Tiere das Recht haben, sich auf ihren Straßen zu bewegen, einen Krieg anzuzetteln?«

»Um Ihre Frage kurz und bündig zu beantworten«, erwiderte Farquhar. »Ja. Aber vergessen Sie nicht – für die Manteil sind sie mehr als nur Tiere. Sie tragen die Seelen ihrer Ahnen. Und für die Obirrhat sind die

Straßen keine Straßen, sondern Parzellen geheiligten Bodens.«

McCoy schnaubte. »Und wir sollen sie daran hindern, sich gegenseitig an die Gurgel zu fahren?«

»Genau«, bestätigte der Botschafter. »Als Mitglieder der Föderation haben die Malurier das Recht, Hilfe aus der Föderation zu erbitten. Diese Hilfe bringen wir – doch wenn sie bei ihnen ankommt, könnte es schon zu spät sein, viel Blutvergießen zu verhindern.« Als Farquhar seinen letzten Gedanken beendet hatte, schaute er Kirk an.

Der Captain ignorierte die Implikation. »Sonst noch Fragen?« erkundigte er sich.

McCoy schüttelte den Kopf. Scotty ebenfalls.

»In diesem Fall«, sagte Kirk, »ist die Konferenz vertagt. Ich werde Ihnen durch Lieutenant Uhura sagen lassen, wenn wir Kontakt mit dem Planeten aufnehmen.«

Ohne sich die Mühe zu machen, die letzte Bemerkung des Captains zu bestätigen, stand Farquhar auf und verließ den Konferenzraum. Als die Tür sich zischend hinter ihm schloß, wandte sich McCoy zu seinem wütenden Captain um.

»Er hat den dramatischen Abgang gut drauf«, sagte er. »Wenn er jetzt noch ein bißchen an den Monologen arbeiten würde…«

»Nähern uns Alpha Maluria VI«, meldete Chekov, sobald der Captain aus dem Turbolift trat.

»Auf halbe Impulskraft verlangsamen«, ordnete Kirk an.

»Verlangsame auf halbe Impulskraft«, wiederholte Sulu und nahm die nötigen Einstellungen vor.

Auf dem Hauptbildschirm blähte sich Alpha Maluria VI schrittweise zu einem in weiße Wolkenbänke eingehüllten blaugrünen Ball auf. Es war ein Planet der Klasse M. Hinter ihm, teilweise von ihm verfinstert, tauchte die geheimnisvolle purpurne Kugel seines einzigen Mondes auf.

Sie hatten die Strecke von Beta Canzandia bis hierher bei Warp sechs in weniger als fünf Tagen zurückgelegt – doch angesichts Farquhars ständiger Beschwerden war es ihnen wie viele Wochen vorgekommen.

Kirk wandte sich in seinem Sessel um und schaute Uhura an. »Melden Sie sich beim Ersten Minister, Lieutenant. Sagen Sie ihm, daß wir hier sind.«

»Aye, aye, Sir«, erwiderte Uhura.

Bevor Kirk den Blick wieder auf den Schirm richten konnte, öffnete sich die Tür des Turbolifts, und Botschafter Farquhar kam herein. Er wirkte steifer als je zuvor.

Sein Blick fuhr kurz in Kirks Richtung. Dann konzentrierte er sich auf den Bildschirm.

»Wie ich sehe, haben Sie meine Nachricht erhalten«, sagte Kirk zu Farquhar und nahm seine gewohnte Position wieder ein. »Wir müßten in wenigen Minuten in der Lage sein, auf den Planeten zu beamen.«

Er rechnete mit einer hämischen Antwort. Und er wurde nicht enttäuscht.

»Ich bin schon *seit Tagen* bereit, auf den Planeten zu beamen, Captain. Glauben Sie mir, wenn es nach mir ginge, gäbe es keine Verzögerungen mehr.«

Kirk weigerte sich, den Köder zu schlucken, auch wenn es ihm immer schwerer fiel. »Freut mich zu hören, Botschafter.«

»Unser Funkspruch wird beantwortet, Sir«, meldete Uhura.

»Danke, Lieutenant.« Kirk deutete auf den Schirm. »Legen Sie's bitte auf den Schirm.«

Kurz darauf wurde das Bild des Planeten durch das seines höchsten Beamten ersetzt, des Ersten Ministers Traphid. Kirk kannte sein Bild aus den Holos, die er sich angesehen hatte. Seine Haut war, wie die aller Malurier, so schwarz wie Ebenholz, und sein Mund und sein Kinn wiesen netzartige Muster auf. Blaßsilberne Augen schauten den Captain aus tiefen Höhlen an, die die Augen noch kleiner erscheinen ließen, als sie waren.

»Ich grüße Sie«, sagte Kirk. »Ich bin James T. Kirk, der Captain der *Enterprise.* Ich glaube, Sie erwarten uns, Erster Minister.«

Traphid erwiderte seinen Gruß. »Gesegnet sei jede Ihrer Inkarnationen, Captain. Wir haben Sie in der Tat erwartet.«

Es war die Antwort, auf die man Kirk zu warten geraten hatte. Aber irgend etwas am Tonfall des Ersten Ministers stimmte nicht.

Außerdem sah es so aus, als zucke das Traphids Mund umgebende Hautgewebe. Kirk war zwar kein Fachmann für malurische Körpersprache, aber er konnte sich des Gefühls nicht erwehren, daß hier irgend etwas nicht stimmte.

»O nein«, flüsterte Farquhar.

Na bitte, dachte Kirk. Das ist die Bestätigung.

Kirk beobachtete das Näherkommen des Botschafters aus den Augenwinkeln. »Sehen Sie's?« krächzte er so leise, daß der Erste Minister ihn nicht hören konnte. »Wir haben zu lange gebraucht. Wir sind zu spät gekommen.«

Kirk ignorierte Farquhar, was unter den gegebenen Umständen keine leichte Aufgabe war, und konzentrierte sich auf Traphid. »Sie wirken verlegen, Erster Minister. Darf ich dies so verstehen, daß die Uneinigkeit sich intensiviert hat?«

Traphid erzeugte tief in seiner Kehle ein seltsames, schluckendes Geräusch. »Ja, so könnte man es sagen. Bitte, beamen Sie in unseren Regierungssaal. Ich werde es Ihnen auseinandersetzen.«

Kirk neigte den Kopf. »Wie Sie wünschen.«

Sobald das Bild des Ersten Ministers verblaßte und wieder durch das Bild des Planeten Alpha Maluria VI ersetzt wurde, stand der Captain von seinem Kommandosessel auf und begab sich zum Lift. Er brauchte Farquhar nicht zu bitten, ihn zu begleiten. Der Mann war schon auf den Beinen, wie ein Raubtier, das seine Beute verfolgte.

»Sie haben das Kommando, Mr. Sulu«, sagte Kirk. »Bitten Sie Dr. McCoy und Mr. Scott, sich im Transporterraum zu uns zu gesellen.«

»Aye, aye, Captain«, bestätigte Sulu.

Die Lifttür öffnete sich, und Kirk trat ein. Der Botschafter war sofort hinter ihm. Als Kirk sich umdrehte, sah er die schnelle Umgruppierung des Brückenpersonals – Sulu nahm den Kommandosessel ein, während ein weiblicher Fähnrich ihn sofort am Steuer ersetzte.

Dann schloß sich die Tür. Bevor Kirk auch nur den Knopf drücken konnte, der sie aufs Transporterdeck brachte, hatte Farquhar schon seine gehässige Attacke begonnen.

»Ich habe Ihnen doch *gesagt,* Captain, daß wir keine Zeit verlieren dürfen.« Er verschränkte die Arme vor der Brust, als würden seine Hände ansonsten irgendwelchen Schaden anrichteten. Er schaute Kirk finster an, und seine Kinnmuskeln zuckten. »Nun ist der Konflikt eskaliert. Und wer weiß, in welchem Ausmaß.«

Kirk musterte ihn so ruhig, wie er konnte. Schließlich hatte der Mann, so ärgerlich sein Verhalten auch war, nicht ganz unrecht. Der Konflikt war *wirklich* eskaliert, und zwar viel schneller, als Starfleet erwartet hatte.

»Ich schlage vor«, erwiderte er, »daß wir abwarten, bis wir wissen, was wirklich bei den Maluriern passiert ist, bevor wir irgendwelche Meinungen formulieren.«

Farquhar schnaubte, schaute an die Decke und schüttelte den Kopf. »Klar, warten wir ab. Warum auch nicht? Auch wenn es das Abwarten war, was uns in eben diese Lage gebracht hat.«

Kirk seufzte und betete darum, daß der Lift sich etwas schneller bewegte. Es würde eine lange Reise bis zum Transporterraum werden.

Der malurische Regierungssaal war ein sechseckiger Raum mit sechs abwechselnd grün und violett getönten langen Fenstern. Die Wände bestanden aus dunkel variiertem Gestein und winzigen silbernen Fäden, die es durchzog. Ein grauer, polierter Eisenring mit sechs Spitzen hing von der Decke herab, darunter standen ein ebenso runder Tisch und sechs Stühle.

Kirk und seine Leute materialisierten in einem Strahl aus bläulichem Licht, das durch eins der Fenster nach innen fiel. Traphid und drei andere Gestalten in Roben erwarteten sie schon.

Als die beiden Gruppen sich einander näherten, ergriff Farquhar die Initiative. »Seien Sie gegrüßt, Erster Minister«, sagte er und berührte seine Schläfen mit Zeige- und Mittelfinger.

Traphid erwiderte die Geste. »Sie müssen Botschafter Farquhar sein.«

»Der bin ich.« Farquhar deutete mit einer ausholenden Armbewegung auf Kirk, McCoy und Scotty und hielt jeweils kurz inne, als er sie namentlich vorstellte. »Dies sind meine Kollegen von der Flotte – Captain Kirk, den Sie ja bereits kennen, Dr. McCoy und Lieutenant Commander Scott. Sie wurden abkommandiert, um mich bei meiner Mission zu unterstützen.«

McCoy trat dicht an Kirk heran und murmelte: »Wir sind seine *Assistenten?*«

Er schien in den vergangenen paar Tagen schrittweise wieder zu seinem alten Ich zurückgefunden zu haben. Nichts an ihm deutete auf die Reserviertheit hin, die Kirk kurz nach dem Aufbruch von der Forschungskolonie empfunden hatte. Was ihm auch über die Leber gelaufen war, er schien es überwunden zu haben.

»Irgendwie schon«, murmelte Kirk zurück.

Traphid schaute seine Kollegen an. »Erlauben Sie, daß ich Ihnen meine Ministerkollegen Entrath, Ilimon und Dasur vorstelle.«

Farquhar schaute den Ersten Minister nüchtern an. »Und die anderen?«

Die Haut auf der unteren Hälfte von Traphids Kinn zuckte erneut. »Menikki und Omalas haben sich bedauerlicherweise auf unbestimmte Zeit von diesem Anwesen entfernt. Sie sind von ihrem Posten zurückgetreten.«

Der Botschafter nickte. Ohne die Kritik anzudeuten, die er an Bord des Schiffes ausgeteilt hatte, erläuterte er Traphids Erklärung. »Menikki und Omalas sind Obirrhat; sie haben ihren Teil der Bevölkerung im Rat vertreten.«

»Ach so«, sagte Kirk. Er schaute den Ersten Minister an. »Und der Grund für ihre Abreise?«

Farquhar mochte die Vorstellung nicht, daß sich der Captain direkt mit den Maluriern unterhielt; das stand fest. Doch er beschränkte seinen Einwand auf einen mürrischen Blick.

Traphid musterte den Captain. »Sie haben mich schon gefragt, ob unsere Uneinigkeit sich intensiviert hat. Sie hat sich tatsächlich bis zum Punkt des Blutvergießens intensiviert. Da die Obirrhat keine Genugtuung in dieser Kammer gefunden haben, haben sie ihre Sache auf der Straße ausgetragen. Es hat Unruhen gegeben; die Aufwiegler wurden arretiert. Aber jene, die die Ausschreitungen initiiert haben – Menikki, Omalas und andere ihrer Art – sind untergetaucht.«

Der Botschafter runzelte die Stirn. »Und Sie haben keine Ahnung, wo sie sind?«

Der Erste Minister zuckte die Achseln. »Wir gehen davon aus, daß sie sich noch hier in der Mutterstadt aufhalten. Aber es ist nur eine Annahme; wir haben keinerlei Beweise dafür.«

»Das ist aber schade«, sagte Farquhar. »Denn es wird die Dinge beträchtlich komplizieren. Wir können aber trotzdem auf eine Lösung hinarbeiten, auch wenn die Obirrhat nicht dabei sind.«

Traphid und die anderen Minister schienen von seinem Vorschlag nicht übermäßig begeistert zu sein.

»Wie Sie meinen«, erwiderte der Erste Minister. »Wir können an einer Lösung arbeiten.«

»Wissen Sie was?« sagte Kirk. »Vielleicht wäre es keine schlechte Idee, wenn wir die heiligen Stätten der Obirrhat aufsuchen – um uns ein Bild von ihnen zu machen. Und ich würde mir auch sehr gern Ihre heiligen Tiere ans ...«

»Dazu besteht kein Grund«, warf Farquhar mit einem freundlichen Lächeln ein – oder wenigstens, hatte Kirk den Eindruck, hatte es ein solches werden sollen. »Ich möchte die heiligen Stätten zwar auch gern besichtigen, aber ich glaube, der Erste Minister würde es nicht gern sehen, wenn wir die Tiere verstören.«

»Ganz im Gegenteil«, erwiderte Traphid. »Wenn Sie uns helfen wollen, müssen Sie auch ein Gefühl für die Dinge entwickeln, die uns lieb und wert sind. Ich werde dafür sorgen, daß Sie sowohl ... die heiligen Stätten der Obirrhat als auch die heilige Herde zu sehen bekommen.«

Nur eine leichte Röte auf den Wangen des Botschafters verriet seinen Groll. Dann berührte er seine Schläfen wieder mit den Fingerspitzen.

»Wie Sie wünschen, Erster Minister.«

Carol Marcus hätte schwören können, daß sie allein im Garten war, um neue Nachbarn für die übriggebliebenen Feuerblumen einzupflanzen, bis ihr sechster Sinn sie dazu brachte aufzuschauen – und Mr. Spock zu sehen, der im Eingang des Geheges stand.

Sie riß sich zusammen und fragte: »Sind Sie schon lange da?«

Der Vulkanier zuckte zwar die Achseln, aber seiner Bewegung haftete etwas Subtileres an als der eines Menschen. »Nein, nicht sehr lange«, erwiderte er. Und ohne ein weiteres Wort zu sagen, wanderte sein Blick langsam über den gesamten Garten.

Sein Blick war finster und forschend. Und er erforschte diesen Ort nicht nur mit den Augen, sondern auch mit der Nase, als atme er die verschiedenen Düfte ein.

War er wirklich gekommen, um die botanische Vielfalt einzuschätzen, oder war er ihretwegen hier? War er trotz ihrer Bemühungen, alles geheimzuhalten, über die Wahrheit gestolpert? Ihn nur anzusehen, machte sie nicht sicher. Vulkanier trugen ihr Herz nicht auf der Stirn. Und *fragen* konnte sie ihn ja wohl auch nicht danach.

Aber sein Schweigen machte es ihr auch nicht behaglicher. Also sagte sie: »Ich höre, Sie machen mit der G-7 gute Fortschritte.«

Spock nickte. »Einige ... Wenn auch nicht so viele und so schnell, wie ich erhofft hatte.« Er deutete mit dem Kopf auf die klingonischen Pflanzen. »Und Sie?«

Carol lächelte so lieblich, wie sie nur konnte. »Man schuftet vor sich hin. Ich versuche rauszukriegen, ob wir irgend etwas haben, das zäh genug ist, um mit den Feuerblumen Schritt zu halten.«

Spock nahm die klingonischen Pflanzen kurz in Augenschein. Sein Blick schien nur ganz kurz an Schärfe zu verlieren. Dann richtete er sich auf, seine Lippen kräuselten sich, als hätte er ein schlechtes Gewissen, seine Arbeit nur für eine Minute liegengelassen zu haben, und er richtete seine Aufmerksamkeit wieder auf sie.

»Danke«, sagte er formell, »daß Sie mir erlaubt haben, mich an Ihrem Garten zu erfreuen.«

Diesmal war Carol mit dem Achselzucken an der Reihe. »Es war mir eine Ehre«, sagte sie, obwohl sie es unter den gegebenen Umständen kaum ernst meinen konnte.

Als Spock zur Laborkuppel zurückging, seufzte sie

wie ein lecker Ballon. Ihr Geheimnis war allem Anschein nach noch sicher.

Vom Spielplatz aus wirkten die Koloniekuppeln in der Ferne wie halb im ockerfarbenen Boden vergrabene Perlen. Und das Labor, fiel David auf, sah aus wie die allergrößte Perle.

Dort hielt sich wahrscheinlich seine Mutter auf. Es sei denn, sie war in ihrem Garten.

In der Laborkuppel mußte sich auch Mr. Spock aufhalten. Wahrscheinlich unterhielt er sich mit Dr. Boudreau über die G-7-Einheit, wie schon in der letzten Woche, als er hier angekommen war. Mr. Spock sollte irgend etwas reparieren, was an der Einheit nicht stimmte – auch wenn Dr. Boudreau der Meinung war, daß an ihr *alles* nicht stimmte.

Es war alles ganz schön verwirrend. Aber es war auch wichtig, besonders für seine Mutter, deswegen bemühte er sich auch, es zu verstehen. Manchmal ging er sogar für eine Weile zu ihr ins Labor und hörte ihr zu, wenn sie erklärte, mit welchem Problem sie an diesem Tag gerade kämpfte und wie sie vorhatte, es zu lösen.

Leider konnte er sie heute, selbst wenn sie dort war, nicht im Labor besuchen. Er sollte Mr. Spock soweit wie möglich aus dem Weg gehen – ebenso wie den anderen Leuten aus dem Raumschiff, als sie hier gewesen waren.

Dr. McCoy war die einzige Ausnahme gewesen. Alle anderen waren verboten.

Seine Mutter hatte ihm nicht klar gemacht, warum all das sein mußte. Sie hatte eigentlich auch nicht sehr sicher gewirkt. Aber sie hatte es immer wieder nachdrücklich betont, also wußte David, daß ihr die Sache sehr wichtig war. Selbst wenn er keinen anderen Grund kannte, er nahm an, daß dieser ausreichend war.

»He, Marcus!«

Er drehte sich um. Riordan saß auf der obersten Sprosse der weißen Kletterstangen des Spielplatzes. Pfeffer und Wan wickelten sich gerade um ein paar niedrigere Sprossen, während Medford und Garcia sich gegenseitig einen Fußball zuwarfen.

»Träumst du schon wieder?« höhnte Riordan. »Wieso bist du eigentlich immer 'ne Million Kilometer entfernt?«

David antwortete nicht. Er ging einfach zu den weißen Kunststoffschaukeln hinüber und nahm Platz.

»Mein Papa sagt, Träumer bringen es nicht weit«, fügte Pfeffer hinzu und schaute Riordan beifallheischend an. »Er sagt, sie verträumen ihr ganzes Leben.«

»Find ich auch«, sagte der ältere Junge. Dann flüsterte er Pfeffer irgend etwas zu. Sie lachten beide, und ihr Atem erzeugte kleine weiße Wölkchen in der Luft.

Seit dem Sprung über die Spalte waren ihre Spitzen gegen ihn immer regelmäßiger gekommen. Er stellte sich vor, hören zu können, was sie miteinander tuschelten.

*... Vater ... hat keinen Vater ...*

David stieß sich mit den Füßen ab und fing an zu schaukeln. Die Luft fühlte sich nun auf seinem Gesicht noch kälter an. Und als er immer höher flog und sich im harten, blauen Himmel verlor, fiel es ihm immer leichter, Riordan, Pfeffer und ihre kleinen Gemeinheiten zu vergessen.

Ja, wenn er die Augen schloß, war es fast so, als wäre er woanders. Man konnte fast annehmen, man sei wieder auf der Erde.

Dort war er geboren worden, dort hatte die ganze Menschheit angefangen, bevor sie in tausend verschiedene Richtungen in den Weltraum hinausgezogen war. Und es war grün dort, üppig und voller Leben – voller Gras, Bäume, Vögel und anderer Tiere.

Nicht wie auf den Planeten, auf die seine Mutter ihn in den vergangenen Jahren mitgenommen hatte – die Orte, an denen nichts wuchs, oder so wenig, daß es fast nichts war. Manche waren kalt wie dieser hier, und andere waren heiß, aber keiner war auch nur im geringsten so wie die Erde.

»He, Marcus!«

Es war natürlich Riordans Stimme. Er hatte zweifellos wieder mal eine Gelegenheit erblickt, David einen Träumer zu nennen und ihn damit aufzuziehen.

Doch diesmal wollte David seinen Traum intakt halten. Er wollte in ihm drinbleiben, glücklich und sicher. Und wenn Riordan so lange schrie, bis er blau wurde – er würde ihm nicht die Befriedigung einer Antwort verschaffen.

»He, Marcus! *Marcus!*« Diesmal war es Pfeffer, der sich dem Spaß hinzugesellte.

Einfach ignorieren, sagte sich David. Gib nicht nach. Laß dir den grünen Planeten nicht von ihnen nehmen.

»Marcus!«

Der letzte Schrei war nicht aus der Kehle eines Jungen gekommen. Es war eine Mädchenstimme – die von Keena Medford.

David öffnete die Augen. Die anderen Kinder hatten sich rund um die Schaukel versammelt, und ihre Blicke waren auf die Gebäude der Kolonie gerichtet. David schaute in die gleiche Richtung und sah eine Gruppe dunkler Gestalten, die von einer Kuppel zur anderen unterwegs waren. Aus der Ferne sahen sie so winzig und harmlos aus wie alle Kolonisten.

Aber es waren keine Kolonisten. Und es waren auch keine Offiziere der Flotte. Als David von der Schaukel sprang und auf dem sandigen Boden landete, sah er zwischen den Kuppeln einen Lichtblitz und hörte jemanden aufschreien.

Es ist ein *Hilfeschrei,* wurde ihm klar. Und der Blitz

war aus irgendeiner Waffe gekommen. Aber warum? Warum sollte jemand den Kolonisten etwas antun?

Und dann, während er sich noch bemühte, die einzelnen Stücke zusammenzufügen, hörte er, daß Pfeffer ein einzelnes Wort stöhnte, das alles erklärte.

»Klingonen.«

# 9

David warf einen zweiten Blick auf die finsteren Gestalten, die überall herumwimmelten. Dann wußte er, Pfeffer hatte recht. Es waren *wirklich* Klingonen – die schlimmsten Mörder der Galaxis.

Es kam ihm unwirklich vor. Sie wohnten doch dort hinten. Die Gebäude gehörten ihnen. Wie kamen die Fremden mit den häßlichen Stirnbeulen und den haßerfüllten Augen dahin?

Er schluckte. Ihre Eltern – *seine Mutter* – waren alle in einer schrecklichen Gefahr.

»Sie brauchen uns«, sagte Garcia mit überraschend heiserer Stimme. »Wir müssen ihnen helfen.«

Als er den Hügel in Richtung Kolonie hinuntergehen wollte, hielt Medford ihn am Arm fest. »Kommt nicht in Frage«, sagte sie. »Bist du denn blöd? Glaubst du, du kannst die Klingonen ganz allein aufhalten?«

Garcia setzte sich zur Wehr, aber Medford wollte ihn nicht gehen lassen. Also zog er sie den Hügel hinab hinter sich her. Ehe David sich versah, hatte er den anderen Arm des Jungen gepackt. Mit Medfords Hilfe gelang es ihm, Garcia am Weglaufen zu hindern.

»Laßt mich los!« heulte der dunkelhäutige Junge. »Laßt mich gehen!«

Nach einer Weile, als sich sein wütender Ausbruch von Mut legte, konnten sie ihn loslassen.

Danach bewegte sich niemand mehr. Keiner wußte, was sie tun sollten.

Sie standen, wie ihnen schien, lange Zeit nur da und

schauten den dunklen Gestalten zu, die zwischen den Kuppeln umherschwärmten. Hin und wieder blitzte es irgendwo auf, aber niemand schrie mehr um Hilfe. Wan fing an zu weinen – zuerst leise, dann immer lauter.

Ihr Schluchzen, so verhalten es auch war, weckte etwas in David. Was dazu führte, daß sein Gehirn wieder zu arbeiten anfing. Und er kehrte in die Wirklichkeit zurück.

»Als nächste sind wir dran«, sagte er laut. »Sie sehen sich bestimmt bald auf dem Computer die Namensliste an, und dann wissen sie, daß wir fehlen. Und dann nehmen sie sich uns vor.«

Pfeffer schaute ihn an. »Aber wir sind doch nur *Kinder.*«

David schüttelte den Kopf. »Nein. Wir sind Menschen. Ich weiß zwar nicht, was die da machen, aber du kannst sicher sein, daß sie keine Zeugen brauchen, selbst wenn es nur Kinder sind.«

Medford warf ihm einen Blick zu. »Soll das bedeuten, sie werden…« Sie konnte nicht einmal den Gedanken beenden.

Aber David beendete ihn im Kopf: *Unsere Eltern umbringen.* »Ich weiß nicht«, erwiderte er. »Vielleicht sperren sie sie auch nur ein, damit sie nichts mitkriegen.«

Medford nickte. Wan ebenfalls. Ja, das wollte jeder von ihnen gern glauben. Aber David wußte, daß es keine Garantien dafür gab, selbst wenn er es nicht aussprach.

Er schaute die anderen an. »Laßt uns wieder in die Berge gehen. Da sind wir sicher, jedenfalls für eine Weile.«

Sie schauten sich an, doch schließlich fiel der Blick jedes einzelnen auf Riordan, wie immer. Sein Gesicht war ausdruckslos, er schüttelte den Kopf. »Nein. Wegrennen ist doof. Das macht sie nur wütend auf uns.«

David war entsetzt. »Was soll das heißen?« fragte er. »Sollen wir uns etwa ergeben?«

Seine Frage klang, mehr als er beabsichtigt hatte, nach einer Herausforderung. Die Augen des größeren Jungen wurden plötzlich groß.

Und in diesem Moment erkannte David, daß er Angst hatte – nicht nur die simple Angst um seine Familie, die auch alle anderen verspürten, sondern eine, die viel tiefer ging. Er empfand wilde und blinde Furcht vor ... Ja, wovor? Davor, die Kontrolle über die anderen Kinder zu verlieren? Oder daß man ihn für einen Hasenfuß hielt?

Was immer der Grund auch war, David erkannte es. Und Riordan bemerkte, daß er es erkannt hatte, und haßte ihn deswegen.

»Ich weiß nur eins«, sagte der ältere Junge. »Wenn wir weglaufen und sie uns schnappen, wird alles nur noch zehnmal schlimmer. Und wem steht ihr lieber gegenüber – einem Klingonen oder einem wütenden Klingonen?«

David verstand mit überraschender Klarheit, was Riordan da machte: Er hatte Angst, in die Berge zu gehen, selbst wenn es irgendwie logisch war. So ruhig er sich auch gab, er dachte nicht vernünftig. Und er bemühte sich, die anderen so ängstlich zu machen, wie er selbst es war, damit er nicht wie ein Feigling dastand.

Aber David war nicht bereit, es dazu kommen zu lassen. Er wollte nicht, daß Riordan zuließ, daß sie alle ums Leben kamen, bloß damit er seinen Selbstrespekt behielt.

Sie mußten überleben. Sie mußten so lange am Leben bleiben, bis sie ihren Eltern helfen konnten – aber nicht so wie Garcia, indem sie einfach losstürmten, sondern indem sie eine Lücke fanden und ihren Vorteil nutzten.

Und wenn die Gelegenheit nie kam, gab es zumindest Überlebende, die der Flotte berichten konnten, was hier geschehen war. Dann war wenigstens jemand da, der mit dem Finger auf die Klingonen zeigen und sagen konnte: »Sie waren es. Sie haben es getan.«

»Sie brauchen uns doch gar nicht zu schnappen«, erwiderte er. »Wir kennen die Berge doch viel besser als sie. Wir können uns an einer Million verschiedener Orte verstecken.«

»Das stimmt«, fiel Garcia ein. »Wenn wir uns verstecken, finden die uns nie.«

»Erinnert ihr euch noch an die Höhlen?« sagte Wan mit ihrem zarten Stimmchen. »Die, die wir gefunden haben, als wir zum ersten Mal da oben waren?«

»Sie hat recht«, bestätigte nun auch Medford. »Wir sollten zu den Höhlen gehen.«

Riordan leckte sich die Lippen. Er sah aus wie ein in die Enge getriebenes Tier. Und in die Ecke getriebene Tiere waren gefährlich.

»Ihr habt sie doch nicht alle«, sagte er. »Das da sind Klingonen. Die haben Sensoren und so'n Zeug.«

Das stimmte nun auch wieder. Daran hatte David allerdings nicht gedacht.

»Das macht doch nichts«, erwiderte er. »Früher oder später bemerkt die Flotte ohnehin, was hier passiert ist, und dann schickt sie Hilfe. Wir müssen nur dafür sorgen, daß wir bis dahin durchhalten.«

Riordan schüttelte erneut den Kopf. »Du redest wie ein kleines Kind.« Seine Stimme war nun lauter und zuversichtlicher. »Dr. Boudreau kommuniziert doch nur ganz selten mit der Flotte. Es könnte Wochen dauern, bis die bemerken, daß hier etwas nicht stimmt, und ein Schiff schicken.«

»Vielleicht sogar Monate«, stärkte Pfeffer ihm den Rücken.

»Nein«, konterte David, als er sich an den Vulkanier erinnerte. »Mr. Spock ist doch hier. Sie müssen doch zurückkommen, um ihn abzuholen, oder nicht?«

Riordan kniff die Augen zusammen. Er hatte Spock wohl vergessen. »Trotzdem«, sagte er, »wird es eine

Weile dauern, bis sie kommen, um ihn zu holen. Und bis dahin haben sie uns vielleicht alle schon zu Tode gefoltert.«

»Gefoltert?« sagte Wan erschreckt. »Bis zum Tod?«

Sogar Medford schien zusammenzuzucken.

David biß sich auf die Unterlippe. Es war fast wie damals an der Spalte. Riordan war einfach zu gut, die anderen dazu zu kriegen, das zu denken, was sie seiner Meinung nach denken sollten. Er konnte Mut wie Dummheit und gesunden Menschenverstand wie Feigheit erscheinen lassen.

Er war in diesem Spiel unschlagbar. Zumindest konnte ihm keins der anderen Kinder das Wasser reichen.

Und je länger sie sich stritten, desto größer wurde die Möglichkeit, daß irgendein Klingone sie entdeckte. Und dann schnappte man sie ganz sicher.

David schaute Pfeffer, Medford, Wan und Garcia an. Er erkannte, daß sie noch immer unentschieden waren – sie konnten sich seiner oder Riordans Meinung anschließen. Aber nur dann, wenn er sie dazu brachte, sich *jetzt* zu entscheiden. Nur dann, wenn Riordan keine Gelegenheit mehr bekam, sie noch weiter zu beeinflussen.

Er holte tief Luft. »Hört mal«, sagte er zu den anderen, »ich habe nicht vor, noch länger hier rumzustehen und zu warten, bis sie uns sehen. Ich gehe. Wer geht mit?«

Niemand rührte sich, nicht mal Medford, die erst vor wenigen Minuten den Eindruck erweckt hatte, auf seiner Seite zu sein. Sie wirkte, als sei sie bereit, sich ihm anzuschließen, aber sie war sich nicht hundertprozentig sicher, ob seine Methode die richtige war, und diese Entscheidung war zu groß, um sie übers Knie zu brechen. Sie enthielt zu viele Unbekannte.

»Was ist also?« drängte er.

Niemand antwortete.

Riordan sagte höhnisch: »Niemand geht mit dir, Marcus. Hast du das nicht kapiert? Sie bleiben bei mir.«

David wollte nicht allein in die Berge gehen. Er wollte seine Freunde nicht der Gnade der Klingonen aussetzen. Aber er konnte sie auch nicht dazu zwingen, etwas zu tun, was sie nicht wollten. Er drehte den anderen seufzend den Rücken zu und entfernte sich vom Spielplatz.

Er hatte versagt. Vielleicht waren die anderen doch nicht so unentschieden gewesen, wie er angenommen hatte. Vielleicht hatte Riordan die Schlacht schon gewonnen, bevor sie überhaupt angefangen hatte.

Es war besser, jetzt nicht darüber nachzudenken. Er wollte sich darauf konzentrieren, von hier wegzukommen und den besten Platz zu finden, um sich zu verstecken. Doch bevor er auch nur ein Dutzend Schritte gemacht hatte, hörte er ein dünnes, schrilles Klagen, aus Richtung der Kuppeln. Er warf einen Blick über seine Schulter und sah noch einen Blitz. Der Schrei erstarb.

David schüttelte sich. Es hätte seine Mutter sein können. Ein Teil seines Ichs wäre, wie zuvor Garcia, am liebsten den Abhang hinabgelaufen, aber er riß sich zusammen. Plötzlich kam Medford hinter ihm her. Er sah, daß sie Tränen in den Augen hatte, aber sie kam mit. Und dann folgte ihr auch Wan. Und Garcia ebenfalls.

Somit blieben nur noch Riordan und Pfeffer zurück, die im Schatten der Kletterstangen standen. Der ältere Junge schaute David und seine Gefährten an.

»Ihr seid doch verrückt!« rief er. »Ihr macht es für alle anderen nur noch schlimmer!«

Aber seine Worte wirkten eigenartig flach und leblos. David wurde klar, daß Riordan keine Macht mehr über sie hatte. Er wußte zwar nicht genau, warum, aber Riordan hatte die Kontrolle über sie verloren.

Pfeffer schaute Riordan an, als sähe er ihn zum ersten Mal. Riordan erwiderte seinen Blick.

»Sag bloß nicht, du gehst auch«, schnaubte er.

Pfeffer schluckte. Er bekam kein Wort heraus. Doch dann ließ er Riordan stehen und gesellte sich zu den anderen.

Riordan lachte. »Spatzenhirne. *Skeezits.* Ihr macht einen großen Fehler.«

David, der noch immer leicht verwundert darüber war, wie die Dinge sich entwickelt hatten, wandte Riordan den Rücken zu und nahm den Weg den Hügel hinauf wieder auf. Die anderen folgten ihm. Er konnte das Scharren ihrer Füße auf dem sandigen Abhang hören.

Vielleicht kommt Riordan auch noch, dachte er. Vielleicht ist seine Angst vor den Klingonen größer als die Angst davor, als Feigling angesehen zu werden. Vielleicht würde er ihnen gleich mit einer listigen Bemerkung auf den Lippen folgen, um sie von seiner Niederlage abzulenken.

Aber Riordan kam nicht. Er schrie nur etwas hinter ihnen her, wobei seine Stimme in der kalten Luft wie eine Peitsche knallte.

»Ihr werdet's noch sehen«, rief er. »Ihr werdet schon noch sehen, daß ich recht hatte.«

Er stand noch auf dem Spielplatz und musterte sie mit einem finsteren Blick, als sie den Hügelkamm erreichten und ihn aus dem Blickfeld verloren.

Carol sah es zuerst aus den Augenwinkeln: ein Blitz aus blauweißem Licht, genau vor der Umzäunung ihres Gartens. Doch als sie sich der Quelle des Blitzes zuwandte, war nichts mehr zu sehen.

Sie war schon im Begriff, es ihrer Einbildung zuzuschreiben, als sie eine ganze Reihe von Blitzen bemerkte – einen nach dem anderen. Und dann, als sie sich auf die Unterschenkel hockte und herauszufinden versuchte, was da los war, durchdrang ein Hilfeschrei die Stille.

Ihr Blut gefror.

Sie ließ den veganischen Farn los, den sie in den Händen hielt, eilte zum Ausgang und wollte den Garten verlassen, doch das, was sie sah, ließ sie erstarren.

*Klingonen.*

Und es waren viele – etwa um die zwanzig –, die sich dort in ihren schweren, dunklen Körperpanzern ein Stelldichein gaben. Sie trieben die Kolleginnen und Kollegen aus Boudreaus Laborkuppel und schwangen Waffen, als seien sie bereit, sie auch einzusetzen.

Carol wußte, was die Blitze gewesen waren. *Intervallerbeschuß.* Hatten sie wirklich jemanden getötet? Bei dem Gedanken verkrampfte sich ihr Magen.

Als sie ihnen aus dem Garten zuschaute, schubste einer der Invasoren Irma Garcia, die sich offenbar nicht schnell genug bewegte, aus der Laborkuppel. Aber er schubste sie zu heftig, so daß die Frau zu Boden fiel.

Der Klingone knurrte irgend etwas, das Carol nicht verstand, dann hob er ein bestiefeltes Bein, um die Frau zu treten. Boudreau warf sich dazwischen, seine Hände machten eine friedliche Geste. Doch leider waren die Klingonen nicht auf Frieden aus. Ein zweiter Marodeur versetzte Boudreau einen Hieb ins Gesicht, der den Mund des Wissenschaftlers blutig schlug.

Carol hätte ihren Reflexen beinahe nachgegeben, um ihrem Freund zu Hilfe zu kommen, doch sie hielt sich zurück.

Beziehungsweise er hielt sie zurück. Denn als die Klingonen ihre Opfer hochrissen und weiterzerrten, drehte Boudreau sich zufällig in Richtung der Umzäunung und sah sie. Ihre Blicke trafen sich; der seine war voller Angst. Trotzdem war er so geistesgegenwärtig, schnell wieder wegzuschauen.

Und in diesem Augenblick wurde Carol klar, daß man sie noch nicht erblickt hatte. Wenn sie ihre Karten nun richtig ausspielte, konnte sie unter Umständen das As im Ärmel der Kolonisten sein. Sie tauchte schnell wieder hinter der Umzäunung unter.

Hier kannst du nicht bleiben, sagte sie sich. Es war nur eine Frage der Zeit, bevor die Klingonen sich aufmachten, um den Garten zu durchsuchen. Und wenn es dazu kam, würde sie das gleiche Schicksal erleiden wie…

Plötzlich fiel ihr etwas ein. *David.* Wo war er?

Auf dem Spielplatz, dachte sie, nicht ohne einen plötzlichen Schmerz der Erleichterung. Zusammen mit den anderen Kindern. Sicher – wenigstens im Moment.

Aber so würde es natürlich nicht lange bleiben. Die Invasoren brauchten sich nur Zugang zu den Computerdaten zu beschaffen, dann wußten sie, daß die Kinder fehlten. Sie standen alle auf der Liste – nicht auf der, die man der *Enterprise* gegeben hatte, auf der der Name ihres Sohnes fehlte, sondern auf der Hauptliste im Zentralcomputer – in dem Laborgebäude, das die Klingonen gerade evakuiert hatten.

Seltsamerweise fing ihr Herz erst jetzt an zu rasen. Weil sie wußte, daß die Kinder eine Chance hatten, unentdeckt zu bleiben – und daß sie selbst, wenn sie auch sonst nichts anderes tun konnte, ihre Namen aus der Liste löschen mußte.

Vielleicht konnte sie anschließend auch den Gedanken ins Auge fassen, einen Hilferuf abzusenden, auch wenn sich das Kommunikationszentrum ein ganzes Stück weiter auf der anderen Seite der Anlage befand. Auch dann, wenn die *Enterprise,* das Föderationsschiff, das ihnen am nächsten war, Tage brauchen würde, um zu antworten.

Aber zuerst das Labor. Sie mußte ins Labor hinein.

Als sie sich dazu durchgerungen hatte, sah sie weitere Lichtblitze, denen ein schrecklich trauriges Wehklagen folgte – ein Geräusch wie von Trauer. Doch bevor sie erkennen konnte, woher es kam, brach es abrupt ab.

Carol biß sich auf die Unterlippe, um sie am Zittern zu hindern. *Ihr Schweinehunde,* dachte sie. *Ihr verdammten Schweinehunde.*

Doch danach kamen keine Blitze mehr, und auch keine Schreie. Sie zählte die Sekunden, nicht nur, um die Zeit zu messen, sondern auch, um sich zu beruhigen. Wenn sie den anderen irgendwie helfen wollte, mußte sie ihren gesamten Grips einsetzen.

Carol zählte bis zweihundert, dann wagte sie es, den Kopf wieder aus der Umzäunung zu stecken. Es war niemand in der Nähe – weder Klingonen noch Kolonisten. Die Gelegenheit war günstig. Sie betete darum, daß niemand sie sah, duckte sich und eilte über das flache, offene Gelände zwischen dem Garten und dem Eingang zur Laborkuppel.

Sie konnte nicht mehr als einige Herzschläge dafür gebraucht haben, aber es erschien ihr wie eine Ewigkeit. Dann war sie an der Tür und wartete darauf, daß sie sich öffnete. Na los, drängte sie schweigend. Laß mich schon rein, verdammt noch mal!

Eine Ewigkeit später glitt die Tür zur Seite und enthüllte das Innere des Labors. Carol fing nur einen vagen Eindruck der Verwüstungen auf, die die Klingonen angerichtet hatten, dann schlich sie hinein und drückte sich rücklings an die Innenwand.

Sie atmete aus, brauchte einen Moment, um wieder zu sich selbst zu finden, und eilte dann an den nächsten Arbeitsplatz. Unterwegs stellte sie fest, daß viele Monitore zerschlagen waren. Dumm und unnötig, dachte sie, als sie ihr Ziel erreichte. Die Marodeure hatten die ganze Arbeit der Kolonie gefährdet, als sie ihrer destruktiven Natur nachgegangen waren.

Glücklicherweise waren jedoch einige Arbeitsplätze unbeschädigt geblieben. Mit etwas Glück war auch der Hauptrechner noch in Ordnung.

Dann bemerkte sie etwas anderes. Oder genauer gesagt, sie bemerkte, daß etwas *fehlte.*

Die G-7-Einheit war weg. Das Netz der Energietransferröhren, das den Mittelpunkt des Labors beherrscht hatte, wies eine einen Meter lange Lücke auf. Carol fluchte stumm. Zweifellos waren die Klingonen gerade im Begriff, die Einheit auseinanderzunehmen, um zu sehen, was an ihr so Besonderes war. Und während sie dies taten, zerstörten sie alles, was Dr. Boudreau vollendet hatte.

Schließlich war es die einzige G-7-Einheit in der gesamten Galaxis. Wenn sie versehentlich zerstört wurde, würde man Jahre brauchen, um eine neue zu bauen.

*Schweinehunde.* Carol richtete ihre Aufmerksamkeit auf das vor ihr befindliche Terminal und schaltete es ein. Ihre Finger tanzten über die Tastatur; inzwischen war es ihr zur zweiten Natur geworden. Kurz darauf erhellte sich der Bildschirm. Der Hauptrechner war in Ordnung – zumindest im Moment. Nun brauchte sie nur noch das Kolonistenverzeichnis aufzurufen. Und hoffen, daß sie ihre Aufgabe erledigen konnte, bevor irgendein Klingone auf die Idee kam, das Labor zu betreten. Sie arbeitete in fieberhaftem Tempo und gab den erforderlichen Befehl ein.

Sobald die Liste auf dem Bildschirm erschien, löschte sie die Namen der Kinder in alphabetischer Reihenfolge. Zuerst Roberto Garcia, dann David Marcus, Keena Medford, Will Pfeffer, Timmy Riordan und schließlich Li Wan.

Sie hatte es geschafft. David und die anderen waren sicher – zumindest so sicher, wie man es im Moment sein konnte. Sie wischte sich den Schweiß von der Stirn, speicherte die Liste ab und schaltete das Programm aus. Das Terminal summte leise, als es sich abschaltete.

Kurz, einen flüchtigen Moment lang, kam ihr die Idee, zu den Kindern in die Berge zu gehen. Man hatte sie bis jetzt noch nicht bemerkt; vielleicht konnte sie an den Invasoren vorbeischleichen und fliehen.

Sie knurrte leise. *So würde es ein Feigling machen, Carol. Aber so ängstlich du auch bist – du bist keine Memme.* Sie hatte den Kolonisten gegenüber eine Verpflichtung, und auch den Kindern gegenüber. Sie mußte bei ihrem ursprünglichen Plan bleiben und einen Hilferuf absenden.

Doch als sie sich dem Ausgang näherte, glitt die Tür zur Laborkuppel unerwartet auf. Sie erstarrte, blieb stehen, hörte den Schlag ihres Herzens an ihren Rippen und sah den grinsenden Klingonen, der den Türrahmen mit seinem massigen Leib füllte. Als er mit einem Intervaller auf sie zielte, biß sie die Zähne zusammen.

Carol starrte den Klingonen eine ganze Weile an und ging davon aus, daß jeder ihrer Atemzüge der letzte sein konnte. Die Mündung der Waffe ragte vor ihr auf, und ihre Phantasie ließ sie riesengroß erscheinen.

Aber ihre Glückssträhne hielt an. Er drückte nicht ab. Er gab ihr lediglich mit einer Geste zu verstehen, sie solle ins Freie treten.

*Gott sei Dank,* dachte sie. Das Schicksal ihrer Kollegen zu teilen, kam ihr plötzlich nicht mehr so schrecklich vor, wenn man es mit der Alternative verglich.

Außerdem schien der Klingone nicht auf die Idee gekommen zu sein, daß sie irgend etwas angestellt hatte. Er warf nicht einmal einen Blick auf die Computer.

Von dem Wissen beflügelt, daß sie den Kindern kostbare Zeit verschafft hatte, verließ Carol die Laborkuppel. Ihr Häscher folgte ihr.

# 10

Sind Sie sicher?« fragte Vheled. Gidris nickte. »Ziemlich sicher. Natürlich hatte Mallot nur einen Tag, um sämtliche Forschungsdaten zu überprüfen – was kaum ausreicht. Aber es ist selbst für einen Anfänger ziemlich offensichtlich, daß die zentrale Einheit fehlt, das Gerät, das schnelleres Pflanzenwachstum ermöglicht.«

Vheled grunzte. »Dann muß auch einer der Kolonisten fehlen.«

Der Erste Offizier wirkte beunruhigt. »Es fehlt aber niemand«, erwiderte er. »Wir haben sogar einen zuviel.«

Der Captain der *Kad'nra* beugte sich vor und stützte sich mit den Ellbogen auf dem Schreibtisch ab. Er hatte noch vor kurzem irgendeinem Kolonisten gehört, bis Vheled die Kuppel beschlagnahmt und zu seinem Hauptquartier gemacht hatte. »Zuviel?« echote er. »Wie ist das möglich?«

Gidris setzte eine finstere Miene auf. »Ich weiß es nicht genau. Aber ich nehme an, daß sein Alter ein Faktor ist. Er ist zwölf Jahre alt.«

»Vielleicht zu jung, um als offizielles Mitglied der Kolonie geführt zu werden?«

»So sehe ich es auch«, stimmte Gidris ihm zu. »Besonders unter dem Gesichtspunkt, daß er das einzige Kind in der Kolonie ist.«

Vheled dachte darüber nach. »Die Föderation legt Listen über sämtliche Komponenten ihrer Kolonien an... Warum also nicht auch über einen Jugendlichen, und wenn er noch so jung ist?« Er schüttelte den Kopf. »Es muß eine andere Erklärung dafür geben.«

Der Erste Offizier suchte nach einer Antwort. »Vielleicht ein Fehler bei der Dateneingabe?« meinte er.

Der Captain erzeugte einen Laut des Abscheus. »Spekulationen sind Zeitverschwendung, Gidris. Bringen Sie den Jungen her. Vielleicht kann er es uns selbst sagen.«

»Verdammt«, murmelte Kirk.

»Das kann man wohl sagen«, merkte Scotty an. »Eine solche Herde habe ich ja noch nie gesehen.«

»Die Cubaya sind hier äußerst zahlreich«, stimmte der Manteil-Führer ihnen nicht ohne einen Anflug von Stolz in der Stimme zu.

»Nein«, sagte McCoy. »Sterne sind *zahlreich.* Diese Viecher sind *Myriaden.*«

Vor ihnen breitete sich ein riesiges, blaugrünes Tal aus – eines einer ganzen Reihe, die sich bis an den Horizont zu erstrecken schienen. Durch dieses Tal strömte ein breiter Fluß, der im bronzenen Licht Alpha Malurias funkelte. Und in diesem Fluß befanden sich die Cubaya, und sie bevölkerten ihn stromaufwärts und -abwärts, soweit das Auge reichte: die Tiere, die auf dieser Welt den religiösen Konflikt heraufbeschworen hatten.

Sie standen zu fünft auf einem Kamm: die drei Offiziere von der *Enterprise,* Botschafter Farquhar und ihr Führer. Sie saßen allesamt auf Fleiar – großen, dünnbeinigen Geschöpfen mit langen Schlappohren und schweineartigen Rüsseln. Die Fleiar waren gut dressiert; sie standen fast völlig still, trotz des steifen, wirbelnden Windes, der den Bodenbewuchs sanft wellte.

Im Gegensatz zu ihnen wirkten die Cubaya fett und schwerfällig, als sie auf ihrer Wanderung den Fluß durchquerten – geradewegs auf die Mutterstadt zu. Von Kirks Aussichtspunkt aus sahen sie aus wie kleine Walrösser mit kurzen, muskulösen Beinen. Ihr Fell reichte von Rostfarben bis zu einem sehr dunklen Braun.

Nicht gerade ansehnliche Tiere, zumindest nicht in seinen Augen. Aber schließlich war es nicht ihre Schönheit, die sie den Manteil so wichtig machte. Es war ihre spirituelle Bedeutung.

»Möchten Sie näher an sie heran?« fragte der Führer.

»Aber gewiß«, erwiderte der Botschafter. »Bitte, zeigen Sie uns den Weg.«

Der Manteil, dessen Name Ebahn war, dirigierte sein Reittier den Hang hinab. Farquhar sorgte dafür, daß er der nächste in der Reihe war, obwohl er steif wirkte und sich ziemlich Mühe geben mußte, um im Gleichgewicht zu bleiben.

Als Kirk und die anderen sich darauf vorbereiteten, ihm zu folgen, fing McCoy den Blick des Captains auf. »Wen will er denn damit nur beeindrucken?« murmelte er vor sich hin.

Kirk brummte. Glücklicherweise störte ihn der Alleinvertretungsanspruch des Botschafters weniger als McCoy. Mit einem Schnippen der Zügel, die die Malurier verwendeten, um ihre Reittiere zu steuern – sie waren denen nicht unähnlich, die man bei irdischen Pferden verwendete –, ermutigte er sein Fleiar, dem Farquhars zu folgen.

Als sie den Hang hinabritten, wechselte der Wind, und sie waren von einem wenig erfreulichen Geruch umgeben – in etwa dem eines Hühnereis, das zu lange in der Sonne gelegen hatte. Und es war auch nicht schwierig, seine Quelle auszumachen.

Es waren die Cubaya, nahm Kirk an. Sie mußten es sein. Sie sahen nicht nur muffig aus, sie rochen auch so. Ein Cubaya, das sich in ihrer Nähe befand, schaute sie an, als hätte es seinen mentalen Kommentar vernommen und sei beleidigt. Doch andererseits schien es nicht das geringste gegen die Eindringlinge zu haben.

»Sie können ruhig nahe an sie herangehen«, rief

Ebahn ihnen über die Schulter hinweg zu. »Sie sind an Reiter gewöhnt.« Er deutete flußaufwärts, wo Kirk gerade zwei malurische Reiter ausmachen konnte. »Unsere Leute reiten Patrouille, damit sich keine Raubtiere in dieser Gegend breitmachen.«

»Ach so«, sagte der Botschafter. »Sehr interessant.«

McCoy ächzte – zu leise, daß Farquhar es hätte hören können, aber laut genug für Kirk. Tja, Pille hatte nun mal recht – der Botschafter schleimte sich einfach zu sehr ein. Aber schließlich war Farquhar nicht der erste Diplomat, der den Apfel so lange polierte, bis er nicht mehr wußte, wann er aufhören sollte.

»Eigentlich«, sagte der Führer, »sind Raubtiere nicht die größte Gefahr. Zumindest nicht so, wie man vielleicht glauben könnte.« Er deutete auf den grasartigen Bodenbewuchs, der nun von einer plötzlichen Windbö flach gegen die Erdoberfläche gedrückt wurde. »Es ist der Wind, der den Geruch der Raubtiere herüberweht. Im Moment wirken die Cubaya vielleicht etwas lethargisch. Aber wenn sie den Geruch eines Gettrex wittern, werden sie äußerst aktiv.« Er erzeugte einen aufgeregten Ton mit der Zunge – das Äquivalent eines Seufzers, nahm Kirk an. »Wenn wir die Herde nicht beschützen, wie vor uns unsere Väter, würden mehr Cubaya bei Stampeden sterben als in den Fängen der Gettrex.«

Scotty, der die meiste Zeit geschwiegen hatte, warf dem Captain einen Blick zu. »Ich bitte um Verzeihung, Sir, aber haben wir damit nicht die Lösung des Problems?«

Kirk wollte den Ingenieur gerade fragen, was er damit meinte, aber bevor er ein Wort herausbekam, hielt er auch schon inne.

Scotty lächelte. »Sie haben's verstanden, Captain?«

Kirk nickte. »Und ob.«

Farquhar riß seinen Fleiar herum und kam auf sie zu. »Geht es um etwas, von dem ich wissen sollte?« fragte er.

»Absolut«, erwiderte Kirk. »Unser Mr. Scott hat wahrscheinlich die Lösung des Problems gefunden. Eine Methode, um sowohl die Manteil als auch die Obirrhat zufriedenzustellen.«

»Und die wäre?« fragte der Botschafter.

Scotty erzählte es ihm.

Farquhar runzelte die Stirn.

»Nun?« fragte McCoy.

Der Botschafter nickte klug. »Es könnte klappen. Ich lasse dem Rat mitteilen, daß er uns erwarten soll.«

»Du heißt?«

Das Menschenkind schluckte. Vheled erkannte, daß es Angst vor ihm hatte.

»Timothy Riordan.«

Der Captain der *Kad'nra* schaute seinen Ersten Offizier an.

»In der Liste stehen zwei Riordans«, sagte Gidris. »Martin und Dana.«

Vheled richtete seinen Blick auf den Jungen. Er schluckte nun noch stärker.

»Wie kommt es«, fragte er, »daß du nicht auf der Liste stehst?«

Timothy Riordan – falls dies wirklich sein Name war – schüttelte den Kopf. »Das weiß ich nicht«, sagte er.

Vheled tauschte einen Blick mit seinem Stellvertreter. Gidris schien den Jungen für einen Lügner zu halten. Vheled selbst war sich nicht so sicher.

»Die Wahrheit!« sagte Gidris mit Nachdruck und legte eine Hand auf Timothy Riordans Schulter. »Oder ich sorge dafür, daß du *leidest.*«

Die Augen des Jungen wurden rot und feucht, als er zu dem Klingonen aufschaute. Und seine Nase fing an zu laufen.

Es war erstaunlich, wie schnell man den Widerstand der Menschenkinder brechen konnte. Vheled hatte es aus den Erzählungen anderer Captains erfahren, die auf

Föderationskolonien zu tun gehabt hatten, aber er hatte es nicht geglaubt. Und nun sah er es mit eigenen Augen und spürte, daß ihm übel wurde. Plötzlich wollte er es so schnell wie möglich hinter sich bringen.

»Na, komm«, sagte er zu dem Jungen. »Du verbirgst doch etwas vor uns. Was ist es?«

Timothy Riordan fing an zu schluchzen. »Ich habe ihnen gesagt, sie sollen mit mir gehen«, sagte er.

Vheled beugte sich vor, bis seine Ellbogen auf den Knien ruhten und sein Gesicht nur noch wenige Zentimeter von dem des Jungen entfernt war. »Wem? *Wem* hast du gesagt, er soll mitkommen?«

Der Junge schnappte aufgeregt nach Luft. »David. Und den anderen.« Er schaute auf, seine Augen waren groß vor Furcht. »Ich hab's ihnen gesagt, aber sie wollten nicht auf mich hören.«

Gidris' Griff um Timothy Riordans Schulter wurde fester. »Der, den du David nennst ... und diese anderen. Wer sind sie?«

»Kinder. Wie ich.«

»Und sie haben die G-7-Einheit mitgenommen?«

Nun sah der Junge plötzlich verwirrt aus. »Die G-7?« wiederholte er. Er schüttelte den Kopf. »Nein. Die G-7-Einheit ist in der Laborkuppel.«

Vheleds Erster Offizier knurrte. »Willst du mir etwa erzählen, daß du nicht weißt, was aus der Einheit geworden ist? Bevor du antwortest ... denk daran, daß dein *Leben* von dem abhängt, was du uns erzählst!«

Timothy Riordan schaute von einem zum anderen, dann sagte er schluchzend: »Ich weiß nichts über die G-7 ... Ich schwöre es.« Und dann: »B-bitte, tun Sie mir nicht weh. *Bitte.*«

Der Captain war zwischen Verärgerung und Ekel gefangen. »Das reicht, Gidris. Es ist *mehr* als genug.« Er entließ den Jungen mit einer Handbewegung. »Ich kann mir diese Zurschaustellung von Feigheit nicht mehr ansehen.«

Timothy Riordans Gesicht nahm einen hellroten Ton an. *Haben meine Worte ihn getroffen?* fragte sich der Klingone. *Vielleicht zeigt er jetzt ein bißchen Mut.*

Aber nichts geschah. Der Junge schaute nur weg.

Und aus diesem Grund, davon ging Vheled aus, mußte die Föderation dem klingonischen Imperium irgendwann weichen. Die Menschen und ihre Verbündeten waren Schwächlinge. Sie gingen Konfrontationen aus dem Weg, während die Klingonen unter ihnen aufblühten.

»Raus mit ihm, habe ich gesagt.«

Gidris zerrte den Jungen gehorsam von seinem Stuhl und stieß ihn in Richtung Tür. Timothy Riordan strauchelte und erholte sich gerade so lange, um Vheled einen elenden und verängstigten Blick zuzuwerfen. Dann schob Gidris ihn aus der Kuppel und ließ den Captain mit seinen Gedanken allein.

Der Klingone schüttelte den Kopf. Wenn einer seiner Söhne sich so entwickelt hätte wie dieses Menschenkind, wäre er schon längst gestorben – unter den Händen seines Vaters.

Vheled schob seinen Ekel beiseite und fragte sich, wie sein nächster Schritt aussehen sollte. Es gab nur eine Antwort.

Trotz der gegenteiligen Beteuerungen Timothy Riordans mußten die anderen Menschenkinder, die ebenfalls nicht im Computer verzeichnet waren, das Gerät mitgenommen haben. Und wenn es so war, mußten sie gefunden werden.

Wie zuvor wurden sie auch diesmal von Traphid und seinen Kollegen erwartet. Doch nun betraten Kirk und seine Leute den sechseckigen Saal nicht mit Hilfe des Transporters. Sie gingen an einer Brigade von Wachtposten vorbei und einfach hinein.

Auch diesmal wurden Gesten ausgetauscht, die Traphid und Farquhar symbolisch für beide Gruppen ausführten. Der Erste Minister wirkte etwas weniger geduldig als bei der ersten Begegnung, und das gleiche galt auch für die anderen Malurier.

»Die Dinge haben sich noch schlechter entwickelt«, vermutete Kirk.

Traphid schaute ihn an. »Sie sind scharfsichtig, Captain. Da sich die Cubaya der Mutterstadt nähern, breitet sich der Aufruhr auch in den anderen Städten unserer Welt aus. Wenn wir an einem Ort die Ordnung wiederherstellen, haben die Obirrhat an zwei anderen Aufruhr entfacht.« Sein Gesicht zuckte, und diesmal wirkte es noch heftiger als zuvor. »Die Probleme nehmen zu. Die Obirrhat sind sehr stur.«

Und da sind sie nicht die einzigen, dachte Kirk. Aber er behielt seine Meinung für sich.

»Tut mir leid, das zu hören«, bemerkte der Botschafter, um seine Gefährten daran zu erinnern, wer hier das Wort führte. »Aber es könnte sein, daß wir eine Lösung des Problems gefunden haben.«

»Das habe ich gehört«, erwiderte der Erste Minister. »Bitte, unterbreiten Sie sie uns.«

Kirk nahm einen kurzen Moment lang an, der Botschafter würde Scotty die Leitung des Gesprächs übergeben – oder ihn zumindest lobend erwähnen, weil er die Idee gehabt hatte. Doch wie sich herausstellte, hatte er nicht die Absicht, dies zu tun.

»Es sieht so aus«, begann der Botschafter, »als müßten wir die Cubaya davon abhalten, durch die heiligen Bezirke der Obirrhat zu laufen – und zwar mit einem Mittel, das kein körperlicher Zwang ist. Einverstanden?«

Traphid dachte kurz nach. »Im Prinzip, ja. Solange Ihnen klar ist, daß wir nicht nur etwas gegen körperlichen Zwang an sich haben, sondern allgemein gegen alles, was die Cubaya gegen ihre Wünsche verdrängt.«

»Verstanden«, erwiderte Farquhar. »Wir haben erfahren, daß die Cubaya einen starken Widerwillen gegen den Geruch gewisser Raubtiere haben«, fuhr er dann fort. »Kurz gesagt, sie reißen davor aus.«

»Stimmt«, bestätigte Traphid.

»Wenn dies der Fall ist... Warum zähmt man nicht ein paar dieser Raubtiere und sorgt dafür, daß sie sich in der Umgebung der heiligen Stätten aufhalten?« Farquhar lächelte schleimig. »Auf diese Weise erleiden die Cubaya keinen körperlichen Schaden, sondern werden nur angehalten, dort wegzubleiben – was auch den Bedürfnissen der Obirrhat entgegenkäme.«

McCoy und Scotty standen rechts und links von Kirk. Dieser warf beiden nacheinander einen Blick zu. Solange er das Kommando hatte, würde niemand über Farquhars Vorgehensweise Grimassen ziehen, so anbiedernd es auch war.

Die Minister schauten einander an. Sie berieten sich mit leisen Worten. Dann wandten sie sich wieder dem Botschafter zu.

»Es ist nicht akzeptabel«, sagte Traphid.

Farquhars Lächeln verblaßte. »Nicht akzeptabel?« wiederholte er. »Bitte, erklären Sie.«

Der Erste Minister zuckte die Achseln. »Die Obirrhat werden die Anwesenheit eines Gettrex in ihren heiligen Bezirken ebenso ablehnen wie die der Cubaya. In dieser Hinsicht ist ihnen die eine Gattung so unwillkommen wie die andere.«

Die Kinnlade des Botschafters sackte herunter. Er schloß den Mund. Dann warf er Scotty einen Blick von der Seite zu, als wolle er sagen: *Ich habe mein Bestes getan, aber so gut war Ihre Idee nun auch wieder nicht.*

Scottys Blick verengte sich, aber er schwieg. Kirk bewunderte seine Zurückhaltung. Er wäre an seiner Stelle bestimmt nicht so gelassen geblieben.

McCoy war natürlich ebensowenig bereit, das Handtuch zu werfen, wie Farquhar. »Einen Moment mal«, sagte er, »denken wir doch noch mal darüber nach. Wenn wir keine echten Tiere einsetzen können, wie wäre es dann mit ihrem Geruch? Wir können ihn einem Gettrex entziehen, ohne ihm Schmerzen zuzufügen, und ...«

Traphid hob eine Hand. »Das wäre für die Obirrhat ebenso inakzeptabel. Jeder Hinweis auf einen Gettrex, und sei es auch nur sein Geruch, wäre eine Entweihung ihrer heiligen Stätten.«

Aber McCoy hatte offenbar noch einen Trumpf im Ärmel. »Na schön«, sagte er. »Keine Tiere, keine Gerüche. Wie wäre es denn mit einer chemischen Komponente – einer solchen, die zwar nach Gettrex riecht, aber aus dem Labor stammt? Es hätte auf die Cubaya die gleichen Auswirkungen, und da sie chemisch wäre, dürften die Obirrhat doch nichts gegen sie haben.«

»Ob echt oder künstlich«, erwiderte der Erste Minister, »es würde nach Gettrex riechen. Und die Obirrhat würden diesen Vorschlag ablehnen.«

McCoy setzte eine finstere Miene auf. Jetzt geht er ans Eingemachte, dachte Kirk. »Was ist, wenn die Komponente ein Tier imitiert, von dem diese Welt noch nie gehört hat? Etwa eine irdische Wölfin? Oder einen aldebaranischen Kirgis? Sie hätten möglicherweise die gleichen Auswirkungen auf die Cubaya.«

Traphid schüttelte den Kopf. »Ich fürchte, es geht nicht. Bitte, verstehen Sie, Doktor ... Aber die Obirrhat sind einfach kein vernünftiges Volk.« Er hielt inne. »Ich beneide Sie nicht um Ihre Aufgabe.«

McCoy stieß einen stummen Fluch aus. »Mir scheint, daß es trotzdem eine Antwort gibt. Wir müssen sie nur finden.«

Scotty klopfte ihm auf den Rücken. »Ob's nun so ist oder nicht, Doktor, Sie haben sich wenigstens bemüht.«

»Aber nicht gut genug«, sagte Farquhar. Er wandte sich an die Malurier. »Ich entschuldige mich im Namen von uns allen. Beim nächsten Mal werden wir Ihre Zeit nicht mehr mit derlei fadenscheinigen Vorschlägen vergeuden.«

»Fadenscheinig?« murmelte Scott. »Das ist ja wohl...«
Ein Blick Kirks ließ ihn mitten im Satz innehalten.

»Botschafter«, sagte Traphid, »Sie brauchen sich keine Gedanken darüber zu machen, unsere Zeit zu vergeuden. Schließlich erwarten wir nicht, daß Sie dieses Problem ganz allein lösen. Wir sind von Anfang an davon ausgegangen, daß es unserer Mitarbeit bedarf.«

Farquhar drückte seine Zeige- und Mittelfinger in die Gegend seiner Schläfen. »Wie Sie wünschen, Erster Minister.«

Als McCoy ihn diesmal ansah, erwiderte Kirk seinen Blick. Respekt oder gar Ehrerbietung zu zeigen, war eine Sache. Aber zu kriechen? Speziell dann, wenn die Malurier Kriecherei gegenüber weniger als empfänglich wirkten?

Er gehörte zwar nicht zu denen, die anderen sagten, wie sie ihre Arbeit erledigen sollten – aber wenn er an der Stelle des Botschafters gewesen wäre, hätte er diese Angelegenheit etwas anders angefaßt.

»Sehen Sie, Captain«, sagte Kruge, der innerhalb der Umzäunung des von den Menschen angelegten Gartens stand. Der kniende Vheled schaute nicht sofort zum Zweiten Offizier auf. Er war zu sehr damit beschäftigt, die langen, dunklen Blütenblätter zu streicheln, die aus einer der Feuerblumen ragten, auf die Kruge ihn aufmerksam gemacht hatte.

»Und woher, sagen die Menschen, haben sie sie?« fragte Vheled.

Zum Glück hatte Kruge sich danach erkundigt und dafür gesorgt, daß er auch eine Antwort bekam. »Aus dem Wrack der *Ul'lud.*«

Vheled nahm die Information nickend auf. »Die *Ul'lud* – unter Captain Amagh. Ein schlaffer Kamorh'dag-Blumenzüchter.« Er grunzte. »Ja, es klingt nach der Wahrheit.«

Er blieb einen Moment kniend hocken. Kruge fragte sich, was seinem Vorgesetzten durch den Kopf ging.

Dann ergriff Vheled erneut das Wort. »Verstehen Sie, was die hier gemacht haben, als wir sie unterbrachen, Kruge? Sie haben sterbende Pflanzen rings um die Feuerblumen entfernt, damit sie andere an ihrer Stelle einpflanzen konnten. Dieser niedere Organismus ...« Er hielt ein jämmerliches Exemplar hoch, damit Kruge es sich ansehen konnte. »... konnte sich in Gegenwart einer klingonischen Lebensform nicht durchsetzen. So wie sich die Kolonisten nicht gegen uns durchsetzen können.« Er schüttelte den Kopf. »Die Föderation ist so schwach, daß im Vergleich mit ihr sogar ein Kamorh'dag stark wirkt.«

Kruge nickte. Der Captain war ein kluger Mann. Wenn er selbst eines Tages ein Schiff befehligen wollte, war es klug, Vheled zuzuhören.

Er drehte sich plötzlich um und sah Gidris im Eingang stehen. Bei ihm waren zwei andere, Loutek und Aoras. Kurz darauf drehte sich auch der Captain um.

»Haben Sie etwas für mich, Gidris?«

Der Erste Offizier schien nicht sehr erfreut darüber zu sein, Vheled und Kruge zusammen zu sehen, aber es gelang ihm, seine Besorgnis zu unterdrücken. »Und ob, Captain. Terrik hat die Sensorenabtastung beendet.«

»Und?«

»Es scheint, daß Timothy Riordan nicht der einzige ist, den der Computer nicht erwähnt. Die Sensoren haben noch fünf andere aufgespürt. Sie verstecken sich in den Bergen nördlich von hier. Und, Herr, es sind alles Kinder.«

Vheled dachte eine Weile darüber nach. Er lächelte. »Dann hat der kleine Riordan also die Wahrheit gesagt – zumindest insofern, daß noch andere Kinder bei ihm waren. Ich bin mir zwar noch immer nicht ganz sicher, ob er nichts über den Diebstahl des Geräts weiß, aber ob er es nun weiß oder nicht – die anderen müssen die G-7-Einheit auf jeden Fall haben. Oder zumindest wissen, wo sie ist.«

Gidris nickte. »So sieht es aus.«

Kruge hatte plötzlich eine Idee. »Herr?«

Vheleds Blick verengte sich. »Sprechen Sie.«

Kruge reckte das Kinn vor, er war stolz auf sich. »Die Menschen haben offenbar eine Menge getan, um zu verhindern, daß wir Zugang zu diesem Gerät finden. Vielleicht ist diese Technologie – wie nennt man sie noch? Terraforming? – doch nicht so gutartig, wie es den Anschein hat.«

Der Erste Offizier runzelte neugierig die Stirn, aber es lag nicht in seinem Interesse, irgend etwas anderes als Geringschätzung zu zeigen. »Was soll das *heißen*, Zweiter Offizier?«

»Er meint«, warf der Captain ein, »daß die G-7-Einheit vielleicht eine Waffe ist, auch wenn man den gegenteiligen Eindruck erwecken will.« Seine Gesichtszüge verhärteten sich. »Wenn es stimmt, können wir uns glücklich schätzen, daß sie sich nur in den Händen der Kinder befindet. Selbst wenn sie wüßten, wie man sie einsetzt, können sie unmöglich genug wissen, um sie *wirkungsvoll* einzusetzen.« Er hielt inne. »Und wenn wir sie mit zur Heimatwelt nehmen können...« Er spitzte die Lippen. »Die Möglichkeiten sind höchst faszinierend.«

Kruge bemühte sich, diese Bemerkung zu dechiffrieren. Wollte Vheled damit sagen, daß er noch mehr Ruhm für die Ghevish'rae herausschlagen konnte, wenn er dem Imperator die Waffe zu Füßen legte und so ihr persönliches Ansehen erhöhte?

Oder sprach er davon, die Waffe vor Kapronek und seinen Kamorh'dag geheimzuhalten und sie dazu einzusetzen, auf eine andere Art Macht zu erringen? Bei diesem Gedanken mußte er grinsen.

»Finden Sie irgend etwas an den Bemerkungen des

Captains amüsant?« fragte Gidris, ohne sich die Mühe zu machen, seine Feindseligkeit zu tarnen.

Kruge nahm Haltung an, aber nicht aus Respekt vor seinem Rang. »Nein, Herr. Amüsant bestimmt nicht.«

»Warum grinsen Sie dann so?«

Kruge zuckte die Achseln. »Ich habe nur über die *Möglichkeiten* nachgedacht, Herr.«

Vheled beäugte seinen Zweiten Offizier und hob die Hand. »Sie brauchen die Sache nicht weiter zu verfolgen, Gidris. Ich bin nicht beleidigt.«

»Aber, Captain ...«

»Schon gut. Wir haben viel zu tun, Gidris, und Sie sind derjenige, den ich erwählt habe, die Aufgabe auszuführen.« Er sah, daß der Brustkorb Gidris' bei diesem Ausdruck des Vertrauens vor Stolz anschwoll. »Nehmen Sie sich ein halbes Dutzend Männer«, sagte Vheled, »einschließlich Loutek und Aoras, und spüren Sie die verschwundenen Kinder auf. Und zwar alle. Wenn Sie sie finden, finden Sie auch das Gerät.«

Gidris klopfte auf seine Rüstung. »Ich höre und gehorche.«

Diesmal lächelte Kruge nur nach innen. Gidris war davon abgehalten worden, ihn zu disziplinieren – und zwar durch ein persönliches Wort des Captains. Es sah gut für seine Zukunft auf der *Kad'nra* aus.

Es konnte zwar sein, daß er erst nach Abschluß dieser Mission aufsteigen konnte – aber wenn sie vorbei war, sollte Gidris lieber auf seinen Rücken achten.

# 11

In den Augen des Captains sahen die heiligen Bezirke der Obirrhat ebenso alt aus wie ihre gesamte Zivilisation. Die Straßen waren eng und gewunden – sie waren eigentlich kaum mehr als Pfade zwischen zwei- und dreistöckigen Gebäuden, die sich wie betrunkene Verschwörer aneinanderlehnten. Unter ihren Füßen befand sich Kopfsteinpflaster, das im Laufe der Jahre abgetreten und zerbrochen war; an manchen Stellen fehlten die Steine ganz, so daß man in den klaffenden Lücken den Erdboden sah.

Statuen, meist in fortgeschrittenem Zustand des Verfalls, tauchten an nahezu jeder Straßenkreuzung auf. Es waren meist Standbilder junger Frauen und Kinder, die steinerne Blumensträuße in den Händen hielten.

Die Stadt roch uralt, fiel Kirk auf, als sie sich durch den labyrinthartigen Raum zwischen zwei besonders gefährlich aussehenden Gebäuden herbewegten. Sie hatte den muffigen Geruch, die man mit alten Büchern oder den Steinbrücken in Verbindung brachte, die es in Iowa noch immer gab.

Es war ein Ort jener Art, in dem man sich gern länger herumgetrieben hätte, um ihn besser kennenzulernen. Das heißt, wenn die tödlichen Blicke und die gemurmelten Flüche nicht gewesen wären, die jeden Schritt der Gruppe begleiteten.

»Kommst du dir auch leicht unerwünscht vor?« fragte McCoy.

Kirk nickte. »Mehr als nur leicht, Pille. Andererseits

mußten wir mit einigen komischen Blicken rechnen. Sie fragen sich bestimmt, was wir vorhaben.«

»Das steht fest«, warf Scotty ein. »Und besonders deswegen, weil eine Bande bewaffneter Manteil uns bewacht. Es gibt wohl nichts Schlimmeres für die Leute hier, als zuzusehen, wie der Feind durch ihre Straßen patrouilliert.«

»Offen gesagt«, meinte Farquhar, »sehe ich keinen Grund, dazu einen Kommentar abzugeben. Der Erste Minister hat uns doch klar gemacht, daß er uns nicht erlauben würde, ohne Eskorte in diese Gegend zu gehen. Und jetzt, nachdem ich die Gelegenheit hatte, mich hier umzusehen, bin ich froh, daß er darauf bestanden hat.«

Kirk warf einen Blick auf die beiden Manteil-Wachen, die Traphid ihnen zugewiesen hatte. Immerhin entsprach es der Wahrheit, daß in diesen Straßen Blut geflossen war, und daß noch mehr fließen konnte, bevor der Konflikt gelöst war.

Aber Scotty hatte recht. Ihre Besichtigungstour mußte wie ein Versuch wirken, die Autorität der Manteil zu betonen, und das konnte die Lage nur noch verschlimmern.

Als sie die Gasse verließen und in eine relativ breite, steile Hauptstraße einbogen, bemerkte Kirk einen Häuserblock weiter einen quadratischen Platz voller Einheimischer. Es war der erste offene Platz, den sie zu sehen bekamen.

Er deutete auf ihn. »Was ist das?«

Der ihnen am nächsten stehende Wächter sagte: »Der Markt. Dort kaufen die Obirrhat aus der Umgebung ihre Nahrung und ihre Kleider.«

Es sah interessant aus. Es schien auch wenig Sinn zu haben, noch weiter durch die Gassen zu laufen.

Doch andererseits irritierte es die Obirrhat vielleicht, wenn die Außenweltler und ihre Wächter sich auf den Marktplatz begaben. Für heute hatten sie schon genügend Verwirrung gestiftet.

»Können wir ihn uns ansehen?« fragte Farquhar.

Kirk stieß innerlich einen Fluch aus, weil er das Thema überhaupt zur Sprache gebracht hatte. Doch glücklicherweise reagierten die Wachen vernünftig.

»Es ist nicht ratsam«, sagte einer der Wächter zu Farquhar. »In einer solchen Menge wäre es praktisch unmöglich, Ihre Sicherheit zu garantieren.«

»Ganz meine Meinung«, sagte Kirk. »Außerdem glaube ich, daß wir von diesem Ort nun genug gesehen haben.«

Der Botschafter schüttelte den Kopf. »Da bin ich anderer Meinung.«

»Wie überraschend«, flüsterte McCoy in Kirks Ohr.

»Ich halte es für wichtig«, fuhr Farquhar fort, »so viele Informationen wie nur möglich zu sammeln.« Er lächelte; er war das Abbild reiner Vernunft. »Wir brauchen uns ja nicht unters Volk zu mischen. Wir können uns auch alles vom Rand aus ansehen.«

Die Wächter tauschten einen Blick. Sie runzelten die Stirn.

»Ich übernehme dem Ersten Minister Traphid gegenüber die volle Verantwortung«, versicherte Farquhar ihnen. »Sie haben mein Wort darauf.«

Die Wächter tauschten erneut einen Blick. Ihr Stirnrunzeln wurde noch deutlicher.

Gott im Himmel, dachte Kirk, sie geben nach.

Aber er hatte sich geirrt. Einer der Wächter wandte sich an Farquhar und schüttelte den Kopf. »Ich glaube nicht, daß es für den Ersten Minister einen Unterschied macht. Ich fürchte, ich muß ...«

Er wurde von einem gespenstisch schrillen Schrei unterbrochen. Kirk packte den Botschafter, ohne nachzudenken, und warf ihn hinter einem hölzernen Wägelchen zu Boden.

Einen Augenblick später freute er sich, daß seine Reflexe so schnell gewesen waren. Denn als er einen Blick über seine Schulter warf, sah er eine Gruppe orbirrhatischer Jugendlicher, die eine Salve roten Phaserfeuers in ihre Richtung abgaben.

Scotty und McCoy war es gelungen, auf der anderen Straßenseite Deckung hinter einer Statue zu finden. Leider hatte der Rat ihnen verboten, Waffen mitzunehmen, sonst wäre die Schlacht so schnell zu Ende gewesen, wie sie begonnen hatte.

Doch nun hielten nur die beiden Manteil-Wachen die Stellung und erwiderten das Feuer. Taktisch gesehen, wurde Kirk klar, war dies ein Fehler.

Einer der Manteil zahlte schon den Preis dafür, denn er bekam einen direkten Treffer. Der Aufprall ließ ihn rücklings gegen eine Wand knallen, wo er auf das Straßenpflaster fiel. Er hatte ein verkohltes, rauchendes Loch mitten im Brustkorb.

Sein Gefährte blieb jedoch unerschütterlich. Ohne mit der Wimper zu zucken zielte er, schoß und warf einen der Angreifer zu Boden.

Bevor der obirrhatische Jugendliche den Boden berührte, sah Kirk die geschwärzte Ruine, die zuvor sein Bauch gewesen war, und ihm wurde klar, daß auch die Wächter ihre Waffen auf tödliche Emission eingestellt hatten.

Als der andere Obirrhat seinen Genossen fallen sah, fuhr er zurück und gab einige Schüsse ab, um seinen Rückzug zu decken. Doch es half ihm nichts. Der überlebende Manteil legte gelassen an und traf ihn mit einem blutroten Strahl.

Der Jugendliche brach in einem qualmenden Haufen vor den Füßen einer Frau zusammen. Die entsetzte Frau riß weit die Augen auf und schlug sich mit der Hand vor den Mund.

Als den Zuschauern bewußt wurde, was geschehen war, herrschte ein, zwei Sekunden Schweigen. Dann wurden die sie umgebenden Obirrhat wütend.

»Wir müssen hier weg«, murmelte der Botschafter, der die Gefahr auf der Stelle erkannte. Er tat zwar sein

Bestes, um Haltung zu bewahren, aber seine Augen waren Fenster der Angst.

»Da haben Sie recht«, erwiderte Kirk. Nachdem er sich versichert hatte, daß Scotty und McCoy ihn sahen, deutete er mit dem Daumen die Straße hinunter, in die Richtung, aus der sie gekommen waren. Dann zog er Farquhar vom Straßenpflaster hoch und machte sich auf den Weg. Gelassen. Oder zumindest so gelassen, wie man es unter den gegebenen Umständen sein konnte.

Der Botschafter beschleunigte allmählich seine Schritte. Dann wollte er loslaufen, aber Kirk hielt ihn fest. »Nein«, sagte er, »wenn Sie laufen, wirkt es wie ein Eingeständnis von Schuld. Und dann rennen sie hinter uns her.« Er schaute sich um – sah die Blicke, die nun wütender als zuvor waren, und Münder, die sich vor Haß verzogen – und behielt trotz alledem sein Tempo bei. »Vertrauen Sie mir«, sagte er zu Farquhar. »Es ist die beste Möglichkeit, lebend hier herauszukommen.«

Die Frau, vor der der junge Mann zusammengebrochen war, stieß einen Klagelaut aus – das dünne, wellenförmige Wimmern der Trauer. Bald darauf fielen andere mit ein. Der zweite Wächter bückte sich, warf sich die Leiche seines Kameraden über die Schulter und ließ einen Blutfleck auf dem Straßenpflaster zurück. Er hielt den Phaser noch in der Hand, war aber geistesgegenwärtig genug, ihn nicht so zu halten, daß man ihn sah.

»Captain«, rasselte Scotty, als er und McCoy Kirk einholten. »Ist mit Ihnen alles in Ordnung, Sir?«

Die Obirrhat an der Straßenkreuzung fingen nun an, ihnen zu folgen; sie setzten sich auf ihre Fährte wie ein großes, tödliches Raubtier mit hundert anklagenden Gesichtern.

Kirk nickte; seine Hand hielt den Arm des Botschafters fest. Er hatte noch immer das Gefühl, daß Farquhar sich jeden Moment losreißen und wegrennen konnte. Aber wenn sein Plan funktionieren sollte, mußten sie alle zusammenbleiben. Wenn sie getrennt wurden, war nicht abzusehen, was geschah.

»Es geht uns gut, Mr. Scott. Jetzt wollen wir den Blick mal nach vorn richten und sehen, ob es dabei bleiben kann.«

Plötzlich ertönte ein weiterer Schrei. Er klang kehliger, zorniger und gewalttätiger. Kirk ignorierte ihn, er warf nur einen kurzen Blick zurück, um sich zu versichern, daß der Wächter noch bei ihnen war. Als er den Manteil erblickte, konzentrierte er sich wieder auf ihr Ziel – das Ende der Straße – und setzte sich in Bewegung.

Danach würde natürlich eine andere Straße kommen – und vielleicht noch eine. Aber dann hatten sie den heiligen Bezirk vielleicht hinter sich, und die Menge war eventuell nicht mehr geneigt, sie zu verfolgen. *Eventuell.*

Kirk war allerdings nicht bereit, sein Leben darauf zu verwetten. Nun, da sein Rücken den Obirrhat zugewandt war und sie seine Hände nicht sehen konnten, griff er nach seinem Kommunikator und schnippte ihn in Hüfthöhe auf.

Er hätte es auch schon vorher tun können. Aber dann hätte man möglicherweise angenommen, es handele sich um eine Waffe, mit der er auf sie anlegen wollte, und dann wäre die Situation vielleicht noch weiter eskaliert.

»Kirk an *Enterprise.*«

»Hier ist die *Enterprise*«, erwiderte Sulu. »Ist etwas nicht in Ordnung, Captain?«

Das war das Gute, wenn man jahrelang mit einem Menschen zusammenarbeitete. Er erkannte, noch bevor man es ausgesprochen hatte, wann man in Schwierigkeiten war.

»Positiv, Lieutenant. Chief Kyle soll sich auf meine Koordinaten einklinken und fünf Personen an Bord beamen – einschließlich zwei Malurier; einen toten und einen lebendigen.«

Er hätte auch darum bitten können, ein paar Leute von der Sicherheitsabteilung herunterzuschicken, aber das hätte er nur in einer absolut verzweifelten Lage getan. Das Potential für einen größeren Zwischenfall war bereits vorhanden, da brauchte man nicht noch Benzin ins Feuer zu gießen.

Sulu schwieg einen Moment. »Kyle sagt, daß sich in Ihrer nächsten Umgebung eine große Anzahl Malurier aufhalten, Captain. Es wird einige Zeit dauern, um jene zu isolieren, die sich bei Ihnen befinden.«

»Sagen Sie ihm, er soll so schnell wie möglich handeln, Lieutenant. Allzuviel Zeit haben wir vermutlich *nicht.*« Er klappte den Kommunikator zusammen und steckte ihn weg.

Keine Sekunde zu früh. Die Obirrhat steckten schon die Köpfe aus den verzogenen Fensterrahmen und verlangten zu wissen, was draußen los war. Die Menge antwortete ihnen; sie schien rasch größer zu werden.

Kirk wandte sich an den Manteil, der unter der Last seines toten Kameraden nun schwer atmete. »Stellen Sie Ihre Waffe auf Lähmen ein«, sagte er.

Der Wächter schaute ihn verständnislos an.

Kirk wiederholte seine Anweisung. »Stellen Sie die Waffe auf Lähmen ein, verdammt noch mal. Und zwar *sofort.*«

»Aber wenn sie uns angreifen und sehen, daß sie nicht getötet werden ...«

»Dann haben wir Pech gehabt.«

Der Manteil schüttelte den Kopf. »Ich kann ...«

»Er meint«, warf McCoy ein, »daß es in dieser Stadt zu einem Blutbad kommen könnte, wenn noch mehr sterben – und daß dies wichtiger ist als unser eigenes Überleben. Und jetzt schalten Sie das verflixte Ding um, oder ich tue es *selbst.*«

Der Wächter justierte zögernd die Waffe.

Kirk sah aus den Augenwinkeln, daß jemand irgend etwas nach ihm warf. Er duckte sich. Als es vorbeiflog, sah er, was es war: ein Stück uraltes Mauerwerk. Ausgezeichnet, dachte er. Einfach toll.

Dann flog etwas auf Scotty zu. Da er nicht in der Lage war, dem Gegenstand ganz auszuweichen, knallte dieser gegen seine Schulter.

Sie kamen der Kreuzung nun näher. Sie hatten sie fast erreicht. Jetzt nur noch ein kleines Stück, nur noch ein bißchen weiter, und die Straßenkreuzung öffnete sich ihnen auf beiden Seiten.

Gott, steh uns bei, dachte Kirk, wenn wir wirklich *zu Fuß* hier herauskommen müssen. Es kann nicht mehr lange dauern, bis die Leute völlig durchdrehen.

Als wolle jemand seine Ängste noch verstärken, spürte er plötzlich, daß ihn irgend etwas fest am Rücken traf. Er zuckte zusammen, ging aber weiter, denn er dachte an die große Menge, die hinter ihnen war. McCoy wurde ebenfalls getroffen; er stieß einen Fluch aus, der jedoch so leise war, daß die Verfolger ihn nicht hören konnten.

Nach der nächsten Kreuzung bemerkte Kirk, daß das Aussehen der Gebäude sich allmählich änderte. Seine vorherige Annahme stimmte also – sie befanden sich nur noch ein paar Häuserblocks von den Bezirksgrenzen entfernt.

Und noch immer keine Hilfe von der *Enterprise.* Na, los doch, Kyle, betete er.

Schon wieder flog irgendein Wurfgeschoß hinter ihnen her. Es traf den Botschafter seitlich am Schädel. Als er sich zu Kirk umwandte, tropfte Blut von seiner Schläfe herab, und sein Blick zeigte, daß Furcht und Empörung in ihm miteinander rangen.

Der Mann würde gleich losrennen. Kirk sah es ihm am Gesicht an.

Sein Griff um Farquhars Arm wurde noch fester. »Tun Sie's nicht«, sagte er. »Denken Sie nicht mal daran.«

Der Botschafter schob sein Kinn vor und bemühte

sich, das zu tun, was Kirk ihm befohlen hatte. Aber seine Unterlippe zitterte; er war kaum in der Lage, seine Empörung zu beherrschen.

Die Attacken wurden fortgesetzt. Einmal lief ein kleines Kind auf sie zu und bewarf Scotty mit einem Kiesel, jubelte auf und floh. Sie ertrugen es, waren sogar dankbar dafür, denn solange die Obirrhat nur Steine einsetzten, hatten sie eine Chance. Und sie verschafften dem Transporteringenieur Zeit.

Doch schließlich warf jemand einen Stein, der zu groß war, um sie zu verfehlen. McCoy hatte wohl gerade einen Blick nach hinten auf ihre Gegenspieler geworfen, denn er traf ihn an der Stirn, und zwar so fest, daß seine Knie einknickten und Scotty schnell reagieren mußte, um ihn aufzufangen. Einen Augenblick wirkte McCoy wie betäubt. Dann gelang es ihm mit Scottys Hilfe, die Beine wieder zu bewegen und weiterzuwanken. Das Blut floß zu beiden Seiten seines linken Auges über sein Gesicht.

Trotzdem, dachte Kirk, er hat Glück gehabt. Wäre der Stein mit etwas mehr Kraft geschleudert worden, hätte er ihn vielleicht getötet.

Kirk schaute zum Himmel hinauf und appellierte erneut stumm an Kyle. *Beamen Sie uns rauf, Chief! Was dauert es denn so lange?*

Die Steinwürfe wurden schlimmer – fester und härter. Kirk wurde irgendwann so fest am Hinterkopf getroffen, daß er die Zähne zusammenbeißen mußte. Er schmeckte Blut, doch bevor er es ausspucken konnte, traf ihn das nächste Geschoß seitlich am Knie.

Sie würden es nicht mehr lange aushalten. Mit jeder weiteren Attacke wurden die Obirrhat gewalttätiger. Bald würde einer von ihnen zu Boden gehen, und das war dann der Anfang vom Ende.

Die zweite Straßenkreuzung tauchte vor ihnen auf. Doch bevor sie sie erreichen konnten, füllte sie sich mit

Steine schwenkenden Obirrhat, die ihnen den Weg verstellten.

Es gab keinen Ausweg mehr. Sie saßen in der Falle.

Plötzlich, ohne Warnung, riß der Manteil-Wächter seinen Phaser hoch und ließ ihn über die hinter ihnen befindliche Menge streifen. Da die Leute nicht wußten, daß er auf Lähmen geschaltet war, wichen sie augenblicklich zurück, und einer der ihren, der sich in der ersten Reihe befand, fiel auf die Knie.

In diesem Moment brach das Chaos aus. Die Obirrhat auf der Straßenkreuzung warfen ihre Steine und schrien laut nach Rache für den Tod ihrer Brüder.

Der Manteil wandte sich um und feuerte seine Waffe auch auf sie ab, aber ein wohlgezielter dicker Stein traf ihn am Kinn und ließ ihn fehlen. Da er seinen toten Kameraden trug, verlor er das Gleichgewicht und ging zu Boden.

Die Zeit war zu knapp, um nach dem Phaser zu greifen. Kirk konnte sich kaum auf den Ansturm der Obirrhat von der Kreuzung vorbereiten, die nun schreiend näher rückten.

Aber er wollte nicht aufgeben. Er hatte weitaus Schlimmerem gegenübergestanden, und es auch irgendwie gemeistert. Dies redete er sich zumindest ein. Doch in seinem Herzen mußte er sich eingestehen, daß dies sehr wahrscheinlich die Ausnahme von der Regel war.

Was für ein Tod – unter den Händen eines Mobs, der möglicherweise mehr Angst hatte als er selbst, in einem Kampf um irgendwelche dämlichen Viecher, die nicht mal ahnten, daß man sich ihretwegen stritt. Es war beinahe zum Lachen.

Dann sah er, daß die Obirrhat sie umzingelten, und er gab den Gedanken auf. Als der Anführer der Meute einen dicken Stein hob, um ihn damit zu bewerfen, wechselte Kirk das Schrittempo, um den Aufprall abzuwehren. Der Stein flog vorwärts und verfehlte ihn, aber dem Obirrhat, der ihn geworfen hatte, konnte er nicht so leicht ausweichen. Als Kirk sich auf den Zusammenprall mit ihm vorbereitete ...

Geschah nichts.

Dann wurde ihm der Grund klar. Er befand sich nicht mehr in der engen Gasse des heiligen Bezirks der Obirrhat, sondern auf der Plattform im Transporterraum der *Enterprise.* Scotty und McCoy waren bei ihm, auch wenn sie so wirkten, als hätten sie schon bessere Zeiten gesehen. Und auch der Manteil-Wächter mit seiner traurigen Last.

Dr. M'Benga, Schwester Chapel und ein Sanitätsteam hatten neben Kyle auf die Ankunft der Landegruppe gewartet. Als Kirk und die anderen von der Plattform taumelten, fanden sich für jeden sofort helfende Hände, die sie stützten.

»Ich bin in Ordnung«, sagte Kirk zu den beiden stämmigen Pflegern, die ihm zu Hilfe gekommen waren. »Es geht mir wirklich ausgezeichnet.«

»Das lassen Sie mich mal beurteilen«, sagte M'Benga. Er wandte sich an die Pfleger. »Bringt ihn ins Lazarett. Und laßt euch nicht von seinem Dienstgrad einschüchtern.«

»Genau«, murmelte McCoy, den nun zwei andere Pfleger zwischen sich nahmen. »Seid aber vorsichtig, er legt euch garantiert rein.« Er zwinkerte trotz seines blutigen Gesichts.

Kirk freute sich, daß Pille noch genug Witz hatte, um ihn aufzuziehen. Er ließ seufzend zu, daß man ihn mit den anderen ins Lazarett brachte.

# 12

Traphids untere Gesichtshälfte zuckte stärker als je zuvor. »Ich kann Ihnen gar nicht sagen, wie sehr ich das Geschehene bedaure«, sagte er. »Es war...« Er suchte nach dem passenden Wort, dann schüttelte er niedergeschlagen den Kopf. »Ich hätte wohl mit dieser Wendung der Ereignisse rechnen müssen. Ich hätte Ihnen einfach mehr Wächter mitgeben sollen.«

Sie waren wieder acht im Regierungssaal: McCoy, Kirk, Scotty, der Botschafter und die vier malurischen Minister. Die Spannung in der Luft war fast fühlbar.

»Sie haben sich so verhalten, wie Sie es für passend hielten«, erwiderte Farquhar – wie immer diplomatisch. Ein Dermaplastpflaster zierte die Verletzung oberhalb seines Auges. »Sie brauchen sich keine Vorwürfe zu machen, Erster Minister.«

»Bei allem gebührenden Respekt«, fügte Kirk hinzu, »aber nicht mal ein Dutzend bewaffneter Wächter wäre nach dem, was den beiden jungen Männern passiert ist, in der Lage gewesen, die Obirrhat in Schach zu halten.«

Wie wahr, dachte McCoy. Die Anwesenheit der Wachen hatte die ganze Angelegenheit doch erst provoziert, verdammt noch mal. Wären sie ohne Eskorte losgezogen, hätten sie wahrscheinlich nicht solches Aufsehen erregt.

Traphid runzelte die Stirn. »Ja. Ihr Tod war ein Unglück.« Seine Stimme wurde härter. »Wie auch der Tod unseres Wächters. Es scheint, daß die Obirrhat irgendwie in den Besitz von Laserwaffen gekommen sind. Wir müssen ihre Quelle ausfindig machen und versiegen lassen.«

»Bis dahin«, warf der Botschafter ein, »glaube ich, daß wir alles gesehen haben, was wir sehen mußten. Jetzt ist die Zeit gekommen, daß wir uns hinsetzen und reden – um zu sehen, ob wir eine Lösung des Problems finden.«

Die Minister schauten ihn an. »Natürlich«, erwiderte Traphid. McCoy hatte allerdings den Eindruck, als sei er nicht mehr so zuversichtlich wie vorher. »Wir können heute nachmittag anfangen.«

Farquhar nickte. »Gut. Am besten beginnen wir so früh wie möglich.«

»Erster Minister«, wandte Kirk nun ein, »ich möchte eine Empfehlung aussprechen.«

Der Botschafter lächelte Kirk süßlich an. »Wir treffen uns heute nachmittag mit dem Rat, Captain. Dann können wir unsere Empfehlungen vortragen.«

»Aber bis dahin sterben vielleicht noch mehr«, erinnerte Kirk ihn. »Wenn man die Lage zeitweilig entschärfen kann, könnte man es vielleicht verhindern.«

Farquhar will ihn nicht zu Wort kommen lassen, dachte McCoy. Doch nun hob Traphid die Hand. »Ich möchte den Vorschlag des Captains gern hören«, sagte er.

Schon wieder ein Rüffel für Farquhar, dachte McCoy. Wann wird er es endlich lernen?

Kirk wandte sich zu Traphid um. »Ich weiß, wie wichtig Ihnen Ihre religiösen Überzeugungen sind, Erster Minister. Wenn die Lage nicht so schrecklich explosiv wäre, würde ich die Angelegenheit auch gar nicht erst ansprechen. Aber dient es nicht den Interessen aller – einschließlich der Cubaya –, wenn man die Tiere für eine Weile von den heiligen Bezirken fernhalten könnte?«

Farquhar wurde rot. »Captain ...«

Kirk sprach trotz des Protests gelassen, aber energisch weiter. »Ich weiß, daß ich damit eine Menge von

Ihnen verlange, Erster Minister. Das Problem ist jedoch einzigartig, und einzigartige Probleme verlangen auch nach einzigartigen Lösungen.«

Traphid und seine Kollegen hörten ihm zu. Der Ausdruck auf ihren Gesichtern war – zumindest für McCoy – nicht zu deuten. Der Botschafter war allerdings nicht annähernd so aufmerksam wie sie.

»Ich glaube, Sie haben Ihre Kompetenzen überschritten, Captain. Wir sind nicht hergekommen, um kulturelle Werte umzumodeln …«

»Außerdem«, fuhr Kirk fort, »muß man an die Sicherheit der Tiere denken. Stellen Sie sich vor, die Obirrhat hätten beschlossen, die Tiere anzugreifen, die mit der ersten Welle in die Stadt kamen, statt abzuwarten und auf eine Lösung zu hoffen. Sie hätten sie auch in Massen abschlachten können.« Er warf dem Ersten Minister einen Blick zu. »Vielleicht tun sie es beim nächsten Mal *wirklich.*«

McCoy nickte. Sag's ihnen, Jim.

»Captain«, rasselte Farquhar, der nun beträchtlich aus dem Gleis geriet, »ich glaube, es reicht nun wirklich.« Er wandte sich an Traphid. »Erster Minister, ich muß mich für den Affront dieses Mannes gegen Ihre Traditionen entschuldigen. Es ist unverzeihlich und wird nicht wieder vorkommen, das versichere ich Ihnen.« Mit diesem letzten Kommentar wandte er sich zu Kirk um und stierte ihn finster an. Kirk erwiderte den Blick.

Farquhar hat's endlich hingekriegt, dachte McCoy. Er hat sogar Jim auf die Palme gebracht – und das ist etwas, was niemand so schnell schafft.

Traphid erzeugte ein schluckendes Geräusch, das die Aufmerksamkeit aller Anwesenden auf sich zog. Er wandte sich an den Captain. »Wie Sie sagen: Einzigartige Probleme verlangen nach einzigartigen Lösungen. Das muß ich eingestehen.«

McCoy bemühte sich, seine Überraschung zu verbergen. War es möglich, daß es Kirk tatsächlich gelungen war, die mittelalterliche Mentalität der Malurier zu durchdringen und sie ein wenig zu erleuchten?

»Allerdings«, fuhr der Erste Minister fort, »hat der Botschafter in einer Hinsicht recht: Sie mißverstehen unsere Traditionen. Die Cubaya sind für uns nicht einfach Tiere – sie sind Träger der leibhaftigen Inkarnationen unserer heiligsten Führer. Es kann keine Diskussion darüber geben, ihre Bewegungsfreiheit zu beschränken. Nicht für einen Tag, nicht einmal für eine Minute.«

McCoys Hoffnungen zerbarsten ebenso schnell, wie sie entstanden waren. Ich hätte es ahnen sollen, sagte er sich im stillen.

»Was ihre Sicherheit angeht«, sagte Traphid, »so sind wir besorgt. Wir werden dieser Angelegenheit jedoch mit verstärkten Sicherheitsbemühungen begegnen.« Er hielt inne. »Ich gebe gern zu, daß dies angesichts der Empfindlichkeit der Obirrhat-Bevölkerung in den heiligen Bezirken keine ideale Lösung ist. Aber solange wir keine ideale Lösung haben, müssen wir damit leben.«

McCoy fluchte innerlich. Mit anderen Worten, dachte er, danke für Ihre Hilfe, aber behalten Sie Ihre Ratschläge das nächste Mal für sich.

Kirk biß sich auf die Unterlippe. Er wirkte, als sei er im Begriff, einen neuen Vorstoß zu wagen; etwa, indem er anders an die Sache heranging. Aber dann schien er es sich noch einmal zu überlegen, denn er sagte nur: »Ich wäre in der Ausführung meiner Pflicht nachlässig gewesen, wenn ich diesen Vorschlag nicht unterbreitet hätte.«

Der Erste Minister nickte. »Ich verstehe.« Er schaute den Botschafter an. »Dann also bis heute nachmittag.«

»Heute nachmittag«, bestätigte Farquhar.

Als der Klingone die Freizeitkuppel betrat, in der die Hälfte der Kolonisten festgehalten wurde, verkrampften sich die Muskeln in Carols Bauch. Sie war darauf vorbereitet, daß er sagen würde, man hätte die Kinder in den Bergen entdeckt und getötet.

Doch statt dessen fragte er: »Wer von Ihnen ist Yves Boudreau?« Seine Worte waren zwar abgehackt und kehlig, aber ansonsten recht gut zu verstehen.

Der Kolonieadministrator hob den Kopf. Sein Mundwinkel wies eine dunkelrote Schwellung auf, und er hatte einen dunklen Schnitt über einem Auge, denn einer der Invasoren hatte ihn geschlagen, weil er dem Klingonen namens Mallot nicht schnell genug geantwortet hatte.

»Schon wieder?« murmelte er ermattet. »Ich habe doch schon alles erzählt, was ich weiß.«

Dies stimmte freilich nicht ganz. Boudreau hatte ihnen nur vage Hinweise gegeben, als die G-7-Einheit zur Sprache gekommen war.

Es würde wohl auch kaum mehr nötig sein, solange sie die Einheit nicht gefunden hatten. Wenn Carol ihren Häschern glauben konnte, war sie weg. Sie schienen allerdings nicht zu wissen, was aus ihr geworden war.

Carol wußte es zwar auch nicht, aber sie hatte einen Verdacht. Als sie gesehen hatte, wie ihre Kollegen zusammengetrieben worden waren, war Mr. Spock nicht bei ihnen gewesen. Und wenn überhaupt jemand in der Lage war, sich die Einheit unter den Nagel zu reißen und mit ihr zu verschwinden, dann der Vulkanier.

Natürlich konnte sie ihre Häscher ebensowenig fragen, ob Mr. Spock vermißt wurde, wie sie sich nach David und seinen Freunden erkundigen konnte. Falls der Flottenoffizier den Klingonen entwischt war – und die G-7 eventuell mitgenommen hatte –, wollte sie ihn nicht verraten.

Carol half Boudreau auf die Beine und baute sich instinktiv zwischen ihm und dem Klingonen auf. Schließlich war der Administrator kein junger Mann mehr; schon der nächste Hieb konnte ihn ernsthaft verletzen.

»Mach Platz, Weib«, knurrte der Klingone.

»Was wollen Sie denn von ihm?« fragte Carol.

Die knochige Stirn des Klingonen schwoll vor Zorn an. »Es geht dich nichts an. Wenn du nicht Platz machst, wirst du es bedauern.«

»Ist schon in Ordnung, Carol«, sagte Boudreau. »Es hat keinen Sinn, Widerstand zu leisten.«

Er hatte recht, sie wußte es. Aber dies machte es nicht leichter für sie, ihm beim Hinausgehen zuzusehen. Der Klingone blieb ihm dicht auf den Fersen.

Der Raum, in dem sie sich befanden, war fast so groß wie der Regierungssaal – und mit den hohen Buntglasfenstern auch fast ebenso beeindruckend. Man hatte einen Tisch für sie gedeckt, aber das Essen war noch nicht aufgetragen.

»Wie konnten Sie *das* nur tun?« fragte der Botschafter mit schmalen Lippen. »Wie sind Sie nur darauf gekommen?«

Kirk, der Farquhar gerade den Rücken zuwandte, zuckte die Achseln. »Kam mir wie eine gute Idee vor.«

Er gab sich alle Mühe, sich auf die Buntglasbilder zu konzentrieren statt auf Farquhars Stimme. So bestand wenigstens die Chance, daß er dieses Gespräch überstand, ohne an die Decke zu gehen.

»Eine gute ...?« fauchte Farquhar. »Sie hätten kaum eine *schlechtere* Idee haben können.« Er schüttelte den Kopf. »Es ist wirklich ein Problem, wenn man Schiffspersonal an diplomatischen Missionen teilnehmen läßt.«

»Ach, wirklich?« sagte Scotty. McCoy murmelte etwas in den nicht vorhandenen Bart.

Kirk konnte sich vorstellen, mit welchen Blicken die beiden den Botschafter musterten. Er hätte am liebsten das gleiche getan. Aber er wollte sich nicht provozieren lassen. Auf keinen Fall. Da vertiefte er sich schon lieber in die Einzelheiten der schönen Hinterglasmalereien –

einschließlich der dort abgebildeten Cubaya, die im übrigen beträchtlich war.

»Jawohl«, erwiderte Farquhar, ohne den Ingenieur eines Blickes zu würdigen. Seine Aufmerksamkeit war noch immer auf Kirk gerichtet. »Dank Ihrer Aktivitäten haben wir die Möglichkeit einer Begegnung mit den Obirrhat schon verspielt. Wollen Sie, daß sich auch die Manteil uns entfremden? Sie sollten nicht vergessen, worin unsere Aufgabe besteht, Captain: beide Seiten zusammenzubringen. Was hatten Sie eigentlich vor? Wollten Sie beide gegen uns aufbringen?«

Kirk konzentrierte sich auf zwei besonders häßlich wirkende Exemplare der heiligen Tiere der Manteil. Er nahm an, daß sie sich gerade paarten, aber genau wußte er es natürlich nicht. Der Stil war weit von jedem Realismus entfernt.

»Hören Sie mir überhaupt zu?« fragte der Botschafter.

Kirk holte tief Luft. Dann atmete er aus. »Es ist meine Aufgabe, Ihnen zuzuhören«, sagte er. *Aber es ist nicht meine Aufgabe,* dachte er, *Ihr Gewäsch ernstzunehmen.*

»Dann schlage ich vor, daß Sie das Treffen heute nachmittag mit einer Entschuldigung an Traphid und die anderen Minister eröffnen – weil Sie auf ihrem Glauben herumgetrampelt sind.«

Kirk spürte, wie ihm Galle hochkam, aber er riß sich zusammen. »Wie bitte?« fragte er.

»Ja, genau. Ich möchte, daß sie hundertprozentig kooperativ sind, wenn das Gespräch beginnt, und nicht weiteren Groll gegen uns schüren. Wir würden Tage brauchen, um ihn zu überwinden.«

Kirk schaute zuerst McCoy an, dann Scotty. Sie erwiderten den Blick mitleidsvoll und wünschten sich zweifellos, es gäbe etwas, womit sie ihm beistehen konnten.

Aber es gab nichts. Sie wußten es. Und Kirk ebenso.

»Entschuldigen?« wiederholte er. Er warf Farquhar einen Blick zu. »Sie glauben also, wir hätten uns noch nicht genug bei ihnen entschuldigt? Für unser Zuspätkommen; dafür, daß wir uns die Tiere und die heiligen Bezirke ansehen wollten, die der Grund ihres Disputs sind? Und dafür, daß wir ihre Zeit mit unseren Vorschlägen vergeudet haben? Glauben Sie nicht, daß sie es allmählich *satt* haben, sich unsere Entschuldigungen anzuhören?«

Die Augen des Botschafters wurden zu Schlitzen. »Captain, vor einigen Tagen haben Sie Ihre Ansicht über die Klugheit des Befolgens von Befehlen geäußert. Ihre momentanen Befehle, glaube ich, lauten so, daß Sie mir bei den Verhandlungen assistieren sollen.« Er hielt inne. »Es sei denn, natürlich, Sie weigern sich, es zu tun. In diesem Fall sehe ich mich freilich gezwungen, Ihre Weigerung in meinem Bericht an die Föderation zu erwähnen.«

Farquhars Bericht an die Föderation scherte Kirk einen feuchten Kehricht. Seinen Befehlen nachzukommmen, war ihm allerdings wichtig, auch wenn er persönliche Vorbehalte gegen den Botschafter hatte.

»Na schön«, sagte er zögernd. »Ich werde ... eine Entschuldigung anbieten.« Die Worte hinterließen einen schlechten Geschmack in seinem Mund.

Scotty stieß einen stummen Fluch aus. McCoy schüttelte nur den Kopf.

Der Botschafter nickte zufrieden. »Ich wußte doch, daß Sie wieder zur Vernunft kommen.«

Kirk dachte an seine Unterhaltung mit Carol in der Kolonie. Sie hatte ihn gefragt, ob er glücklich sei, ob er sein Kapitänspatent gegen irgend etwas anderes eintauschen würde. Was würde er wohl antworten, wenn sie ihm diese Frage jetzt stellte?

Farquhar räusperte sich wie ein Gockel, der seinen Sieg bekräht. »Wenn Sie mich jetzt entschuldigen wollen ... Ich glaube, ich schaue mal nach, wo unser Essen bleibt. Die diplomatische Arbeit macht mich immer hungrig.«

Mit diesen Worten verließ er den Raum. Er hinterließ

eine rasiermesserscharfe Stille. Es war Scotty, der sie schließlich brach.

»Von allen aufgeblasenen, engstirnigen, sturen *Triefnasen*, die mir je begegnet sind, ist der da ...«

»Das kann man wohl sagen«, warf McCoy ein. »Und noch viel mehr, wenn Sie wollen. Und dann hätte man ihn noch immer nicht treffend charakterisiert.« Er setzte eine finstere Miene auf. »Ich hatte ihn schon abgehakt, als er zum ersten Mal in mein Blickfeld kam.«

Kirk nickte. »Hast du wirklich, Pille. Und ich Dösbartel habe noch versucht, dich umzustimmen.«

»Allem Anschein nach«, sagte Scotty, »hat er schon vergessen, daß Sie noch vor kurzem seine wertlose Haut gerettet haben.«

»Wertlos, jawoll«, sagte McCoy.

Kirk seufzte. »Es ist weniger die persönliche Erniedrigung, die mich stört. Es ist die Tatsache, daß das Schicksal dieser Welt in seinen Händen liegt. Gäbe es doch nur etwas, das wir tun könnten, um die Situation zu entschärfen, bevor es wieder zu einem Blutvergießen kommt.« Er runzelte die Stirn. »Gäbe es doch nur eine Möglichkeit, mit den beiden obirrhatischen Ministern in Verbindung zu treten... Wie heißen Sie doch gleich? Menikki ...«

»... und Omalas«, warf Scotty ein.

»Stimmt«, sagte Kirk. »Menikki und Omalas. Wenn wir sie finden und mit ihnen reden könnten, könnten wir die Sache auch aus ihrem Blickwinkel sehen. Vielleicht kämen wir dann auf neue Ideen.«

McCoy musterte ihn nachdenklich. »Wertlose Haut«, wiederholte er. Sein Gesicht schien sich zu erhellen. »Mensch, das ist vielleicht ein Weg!«

»Was meinen Sie, Doktor?« fragte Scotty.

McCoy wandte sich zu ihm um und neigte den Kopf. »Hmm. Ich frage mich ...«

»Pille?« sagte Kirk. »Wenn du eine Idee hast – heraus damit!«

McCoy kniff beifallheischend die Augen zusammen. »Vielleicht«, sagte er, »ist die Idee doch gar nicht so übel...«

Und bevor seine Gefährten eine weitere Frage stellen konnten, weihte er sie in alles ein.

Loutek schirmte seinen Blick vor der großen weißen Scheibe ab, die direkt vor ihm hing. Er blieb stehen, um sich mit dem Ärmel über seine tränenden Augen zu wischen. Wie viele Stunden konnte ein Mann dies aushalten?

*Nur noch eine Weile,* sagte er sich, *dann hast du die verdammte Sonne aus den Augen. Es dauert nicht mehr lange.*

Aber wahrscheinlich stieß er dann nur auf den nächsten steilen, kiesigen Abhang, wie den, den er gerade bestieg. Der Klingone ging fluchend weiter. Er war von Anfang an nicht besonders wild auf diesen Auftrag gewesen und machte sich mit jeder Minute weniger Illusionen.

Erstens gefiel ihm die Vorstellung nicht, Kinder zu jagen – speziell Menschenkinder. Es war nicht ehrenvoll. Es war keine Herausforderung.

Zweitens konnte er diesen Planeten nicht ausstehen. Was nicht nur daran lag, daß die Sonne ihm, wohin er den Fuß auch setzte, ins Gesicht schien und seine Augen mit schmerzhaften Stichen quälte. Noch schlimmer war die Luft. Sie war nicht nur eiskalt, sondern schien seinen Poren auch sämtliche Feuchtigkeit zu entziehen.

Loutek hustete zum einhundertsten Mal und spuckte aus. Und dann bedauerte er es, weil es seine Kehle nur noch trockener und kratziger machte.

Wäre ich doch nur auf der Heimatwelt, dachte er. Mir fehlt die Wärme, der Dunst, die hohen Bäume, die Schatten werfen. Ich brauche einen Ort, an dem man als Krieger *atmen* kann.

Plötzlich löste sich unter seinen Füßen eine Handvoll

Kiesel, und er rutschte den Abhang wieder einen Meter hinab. Loutek fluchte, dann schritt er wieder aus. Ihm war, als hätte sich die ganze Umwelt gegen ihn verschworen, um die lächerliche Suche zu erschweren.

Etwas später – er achtete sorgfältiger darauf, wohin er die Füße setzte – erreichte er die Hangkuppe. Das Blitzen der Sonne machte es ihm zunächst schwer zu erkennen, was vor ihm lag. Er blinzelte, und schließlich sah er es. Kein neuer Hang, sondern ein tiefes Becken – ein Tal. Wie alles andere in der Umgebung war es rötlichbraun; nicht nur die schrägen Wände, die die Umgebung beherrschten, sondern auch die Findlinge, die in unregelmäßigen Abständen aus dem Boden ragten.

Von Louteks Standpunkt aus war es wichtiger, daß es da eine Felswand mit einer Anzahl von Öffnungen gab. Öffnungen von beträchtlicher Größe. Höhlen, dachte er. Natürliche Verstecke. Und Schutz vor dem stechenden Wind. So etwas brauchte man, wenn man hier oben längere Zeit überleben wollte.

Sein Puls pochte erwartungsfroh. Wenn die Menschenkinder dort waren, wo er sie vermutete, konnte er seinen geschmacklosen Auftrag nicht nur beenden, sondern Vheled würde ihn auch belobigen. Und Belobigungen führten zur Beförderung.

Er zückte den Intervaller und hätte beinahe gelacht. Es war lächerlich anzunehmen, daß er ihn brauchte, um eine Bande von Menschenkindern zu überwältigen.

Doch andererseits: Warum sollte er sich die Sache unnötig erschweren? Ein Blick auf die Waffe würde alle eventuellen Hoffnungen auf eine Flucht beenden. Es war besser, ihnen sofort Angst einzujagen, als das verdammte Ding später gegen sie einzusetzen.

Der Klingone schlich geduckt weiter, um die Chancen zu verringern, daß man ihn sah. Wenn er an der Seite ins Tal hinabging, an der sich die Höhlen befanden, konnte man ihn nur ausmachen, wenn man eine Wache aufgestellt hatte. Aber obwohl es keine Möglichkeit gab, dies herauszufinden, denn die Finsternis in den Höhleneinstiegen war undurchdringlich, bezweifelte Loutek dies sehr.

Klingonenkinder hätten einen Posten aufgestellt, aber sie wußten auch viel mehr über Jagen und Gejagtwerden. Das Spiel ›Jäger und Beute‹ war praktisch ihre zweite Natur.

Loutek kletterte in das Becken hinab. Er ignorierte die Kälte und die blendendweiße Sonne, hielt sich so weit nach rechts, wie er konnte, und wich von dieser Taktik nur ab, als ihm ein Findling den Weg verstellte, der zu groß und zu glatt war, um über ihn hinwegzusteigen.

In den Höhlen war kein Zeichen von Bewegung zu erkennen. Kein Laut. Dann hatten sie ihn also noch nicht ausgemacht.

Natürlich konnten die Höhlen auch leer sein. Die Möglichkeit bestand. Aber er glaubte nicht daran. Da der Wind ihm entgegenkam und er wahrscheinlich nicht nahe genug war, um irgend etwas zu wittern, konnte er sich zwar nicht sicher sein, doch sagte ihm sein Instinkt, daß sich in den finsteren Löchern jemand versteckte.

Er schlich noch näher heran. Noch immer kein Hinweis darauf, daß man ihn entdeckt hatte. Loutek grunzte vor Abscheu. Warum bildeten die Menschen ihre Jungen nicht dazu aus, sich selbst zu schützen? Glaubten sie etwa, die ganze Galaxis sei ihnen freundlich gesinnt?

Er ging noch näher heran, versuchte sich darauf zu konzentrieren, leiser zu sein, damit er nicht gegen einen Stein trat, der sich löste, den Abhang hinunterpolterte und ihn verriet.

Schritt für Schritt näherte er sich vorsichtig dem Höhleneingang. Der Boden spielte mit und legte ihm keine Überraschungen in den Weg. All seine Bemühungen gingen glatt vonstatten. Ausgezeichnet, dachte er. Und warum auch nicht? Er war ein Klingone, oder?

Er war nicht nur ein Klingone, sondern auch ein Gavish'rae.

Urplötzlich, noch bevor Loutek wußte, warum, wirbelte er herum und zielte mit der Waffe hinter sich – auf die Stelle, wo sich das große, leere Becken und der gewölbte Himmel trafen.

Es war niemand da. Nichts und niemand. Er setzte eine finstere Miene auf und warf einen sorgfältigen Blick über den gesamten Umkreis des Tals. Noch immer nichts. Seine Miene wurde noch finsterer; er senkte den Lauf der Waffe.

Den Klingonen wurde beigebracht, ihren Instinkten zu vertrauen, ihren Reflexen. Doch diesmal, dachte er, haben sie mich in die Irre geführt.

Es war niemand hier, nur er und die Menschenkinder, denen er auf den Fersen war. Die anderen Eindringlinge aus der Föderation wurden ausnahmslos in den Gebäuden ihrer Kolonie unter Bewachung gehalten. Und tierisches Leben gab es nicht auf dieser Welt.

Deswegen gab es auch keine Bedrohungen. Was bedeutete, daß ihm sein Verstand Streiche spielte.

Ein kleines Wunder, wenn man darüber nachdachte. So wie sein Kopf vom stechenden Sonnenschein schmerzte, überraschte es ihn nicht, daß seine Sinne ein wenig durcheinander waren.

Loutek wandte sich wieder dem Höhleneingang zu und schätzte die vor ihm liegende Entfernung ab. Es waren kaum ein Dutzend Meter, nahm er an. Eine Sache weniger Augenblicke, dann mußte er finden, was er suchte. Loutek arbeitete sich um den letzten Findling herum und näherte sich der Höhle in einem Winkel, aus dem er von oben direkt vor dem Eingang herabspringen konnte. Aus der Höhle kamen noch immer keine Geräusche, aber davon ließ er sich nicht verunsichern.

Wenn sie leer war, was er bezweifelte, hatte er sich halt umsonst bemüht. Aber wenn sie voller Kinder war, würde man seine Disziplin belohnen.

Etwas weniger Trockenheit wäre ihm hier draußen freilich lieber gewesen. Er wünschte sich, die Jagd wäre schon vorbei, damit er wieder auf die *Kad'nra* zurückkehren konnte, ohne das Innere seiner Kehle zu verschleißen.

Noch ein paar Schritte, dann noch ein paar, und er war fast da. Er umging eine Stelle mit lockerem Gestein und bewegte sich etwas weiter den Hang hinauf, um besseren Halt für die Beine zu finden. Nachdem er das problematische Gebiet umgangen hatte, begab er sich wieder nach unten.

Der Klingone packte den Griff seiner Waffe fester, krauchte voran und stützte sich mit der anderen Hand am Boden ab, um die Balance nicht zu verlieren. Er wollte jetzt nicht abrutschen – nicht, nachdem er sich so makellos an die Höhle herangepirscht hatte.

Er kroch immer weiter voran, bis er sein Ziel schließlich erreichte – einen kleinen Vorsprung direkt über der ersten Höhle. Loutek sammelte seine Kräfte, ließ sich fallen und wirbelte herum, die Waffe in der Dunkelheit im Anschlag.

Er hatte irgendeinen Schrei erwartet, vielleicht einen Versuch, sich an ihm vorbeizuschlängeln. Doch nichts davon geschah. Es gab wirklich nicht den geringsten Hinweis darauf, daß die verdammte Höhle bewohnt war – da war nur ein kalter Luftzug, der gierig den Schweiß auf seiner fiebernden Stirn aufsaugte.

Natürlich konnte es möglich sein, daß die Menschen in den Höhlennischen schliefen. In diesem Fall hätten sie ihn noch nicht bemerken können. Der Haken daran war: Er konnte sich dessen nicht sicher sein. Nach dem stechenden Sonnenlicht wirkte dieser Ort auf ihn so schwarz wie die Nacht. Undurchdringlich. Er würde einen Moment brauchen, um sich an die Dunkelheit anzupassen.

Loutek wartete blinzelnd ab. Sekunden vergingen. Kahless, was war es draußen kalt! Im Vergleich dazu mußte die Luft in der Höhle geradezu mild sein. Es konnte sicher nicht schaden, wenn er ein paar Schritte hineinging. Damit er aus dem schrecklichen Wind und dem frechen Sonnenlicht herauskam, damit er es, wenn auch nur für einen Augenblick, behaglicher hatte.

Loutek, der sich bemühte, wachsam zu bleiben, trat in die Dunkelheit hinein. Seine Augen hatten sich inzwischen so weit angepaßt, daß er vage Formen erkennen konnte. Doch sie bewegten sich nicht. Er zielte mit seiner Waffe auf sie und ging ein Stück weiter.

Die Formen bewegten sich nicht; er sah nicht einmal das sanfte Heben und Senken eines Brustkorbes, das auf irgendeinen Schlafenden hinwies. Als er näher kam, erkannte er den Grund.

Es waren keine Lebewesen. Es waren nur Steine, die so lagen, daß sie aussahen wie ein Torso mit Armen und Beinen.

Loutek grunzte leise. Komisch, daß die Felsformationen Menschen so sehr glichen. Er berührte einen kleinen Stein mit der bestiefelten Fußspitze und schaute zu, wie er umkippte und von seinen Gefährten wegrollte.

Wirklich komisch. Loutek musterte den Rest der Höhle, fand aber nichts von auch nur beiläufigem Interesse. Die Kinder hielten sich offenbar in den anderen Höhlen auf – falls sie überhaupt hier waren. Es gab nur eine Möglichkeit, es in Erfahrung zu bringen: nachsehen. Aber er setzte sich nicht sofort in Bewegung. Er wartete noch und gestattete es der relativen Wärme der Höhle, seine steifen Muskeln ein wenig zu lockern.

Der Klingone grinste. Es kam ihm leichter vor, hier drin zu atmen, obwohl es in der Höhle wahrscheinlich nicht mehr Feuchtigkeit gab als draußen. Wenn er die Augen schloß, konnte er sich fast vorstellen, wieder auf der Heimatwelt zu sein, im kleinen Wintergarten seiner Familie. Ihm kam der Gedanke, wie schön es wäre, die Stiefel und die schwere Lederrüstung auszuziehen und sich für eine Weile in einen duftenden Teich zu legen.

Aber die Pflicht rief. Loutek unterdrückte ein Grollen und wandte sich dem Höhleneingang zu, wo das flammende Licht ihm noch blendender als zuvor erschien. Seine Augen fühlten sich an, als würden sie durchbohrt; er mußte den Blick abwenden.

Ihm wurde klar, daß er den Wechsel vom Hellen zum Dunkeln nun beim Betreten jeder einzelnen Höhle aushalten mußte – bestenfalls ein ermüdender Prozeß, schlimmstenfalls ein schmerzhafter.

Leider war die einzige Alternative – die Augen zu schließen, wenn er von einer Höhle zur nächsten ging – nicht praktikabel. Er stellte sich seine Kameraden oder gar Gidris persönlich vor, wenn sie gerade um eine Ecke bogen und ihn wie einen Blinden durch die Gegend tappen sahen.

Loutek spuckte erneut aus. Und bedauerte es. Was hatte man ihm doch für einen abscheulichen Auftrag aufgehalst! Einen abscheulichen Auftrag auf einer abscheulichen Welt.

Er trat aus dem Höhleneingang und warf einen Blick über das Gelände. Er konnte nichts erkennen. Da war ein Feuervorhang, der ...

Plötzlich explodierte an seiner Schläfe ein roter Ball aus Schmerz. Loutek ging in die Knie.

Kurz darauf explodierte ein zweiter Schmerzensball an seinem Hinterkopf. Der Klingone riß die Arme hoch, um sich zu schützen; er war wütend und verwirrt und auch ein wenig ängstlich über das, was ihm da passierte. Irgend etwas Großes und Schweres traf seine rechte Hand – die, in der er die Waffe hielt –, aber er ließ sie nicht los.

Ich muß es sehen, sagte er sich. Ich muß sehen, wer mich da angreift.

Loutek schaute mit zusammengekniffenen Augen in das glosende Leuchten, das Blut lief über seine Stirn und in seine Augen, und er sah eine Reihe kleiner Gestalten, die ihn umschwärmten wie ein Geierschwarm einen Kadaver. Er deutete mit dem Intervaller auf die Gestalt, die ihm am nächsten war, und wollte den Abzug betätigen.

In diesem Moment schlug irgend etwas gegen seine Schulter. Er fuhr herum und sah eine Gestalt, die größer war als die anderen. Er hatte kaum die Zeit, die Gesichtszüge des Vulkaniers zu erkennen, dann schloß sich rings um ihn die Dunkelheit.

# 13

Als Spocks Finger die Nervenstränge zwischen Hals und Schulter des Klingonen ertasteten, erschlaffte der Mann unter seinem Griff. Er ließ ihn los und schaute zu, wie der reglose Körper zu Boden fiel.

Auf dem Gesicht des Klingonen war Blut, das Ergebnis einer Kopfverletzung, die möglicherweise dazu beigetragen hatte, daß Spock ihn so schnell hatte erledigen können. Doch erst als er die ihn umgebenden Kinder ansah – drei Jungen und zwei Mädchen, ihre Kleidung war von roter Erde verschmutzt, und alle waren mit schweren Steinen bewaffnet –, verstand er alles.

»Ihr habt ihm aufgelauert«, sagte er.

In seiner Stimme schwang ein deutlicher Anflug von Überraschung mit; und vielleicht war es sogar Bewunderung. Er bedauerte den unziemlichen Gefühlsausbruch auf der Stelle.

Einer der Jungen, ein Bursche mit schwarzem Haar und schmalem Gesicht, nickte eifrig. »Ja, Sir«, sagte er, und spuckte die Worte so schnell aus, daß Spock sie kaum verstand. »Wir haben ihn schon vor geraumer Zeit gesehen, also waren wir auf ihn vorbereitet. Wir haben uns schmutzig gemacht und in der letzten Höhle versteckt, weil wir wußten, daß er zuerst in die Größte geht. Als er reinging, haben wir uns mit den Steinen angeschlichen, haben auf ihn gewartet und ...«

Spock hob eine Hand. »Du brauchst nicht mehr zu erklären. Ich glaube, ich verstehe die Natur eurer Kriegslist.«

Der Junge hielt inne, wirkte jedoch enttäuscht. Es tat Spock zwar leid, aber im Moment mußten sie sich mit wichtigeren Dingen abgeben.

Trotz der Bewußtlosigkeit hatte der Klingone seine Waffe nicht fallen lassen. Spock hockte sich hin, löste den Intervaller aus seinen Fingern und steckte ihn in den Musterbeutel, der an seiner Schulter hing. Dann schob er die Arme unter die Achselhöhlen des Klingonen und zog ihn hoch, bis er fast auf den Beinen stand. Schließlich nahm er einen Arm des Bewußtlosen und legte ihn über seine Schulter.

»Was machen Sie da?« fragte das dunkelhäutigere der beiden Mädchen.

»Ich verstecke ihn, damit ihn niemand sieht«, erwiderte der Vulkanier. »Es wäre übrigens eine gute Idee, wenn wir uns *alle* verstecken. Irgendwann, vielleicht schon bald, wird man ihn vermissen, und dann werden seine Kameraden nach ihm suchen.«

Ein blonder Junge nickte. Er wandte sich zu den anderen um. »Also los. Wir nehmen die Steine und bringen sie wieder in die Höhle.«

Spock fiel die Wachsamkeit des Jungen auf. Einige der Steine waren blutbefleckt; dieser Hinweis allein würde sie verraten, wenn die Klingonen kamen, um den Vermißten zu suchen.

Es gab niemanden, der zögerte, seinen Anweisungen nachzukommen. Er war offenbar der Anführer; möglicherweise derjenige, der auf die Idee gekommen war, den Klingonen gegenüber den Spieß umzudrehen.

Der Vulkanier schaute einen Moment zu, um zu sehen, welchen Höhleneingang die Kinder nahmen, um ihre Wurfgeschosse zu verbergen. Wie sich herausstellte, war es die Höhle genau hinter der, die der Klingone betreten hatte. Es war offenbar auch die, aus der die Kinder gekommen waren, bevor sie über ihr Opfer hergefallen waren.

Spock folgte ihnen ins Innere und schritt bis zum

Ende der Grotte, wo die schräge Decke und der Erdboden ineinander übergingen. Er kniete sich hin, legte seine Last ab und prüfte den Puls des Besinnungslosen.

Noch immer kräftig. Er war trotz seiner Verletzungen nicht in Gefahr.

Und er würde noch eine Weile nicht aufwachen. Der Nervengriff machte seine Opfer in der Regel für drei bis vier Stunden besinnungslos.

Spock suchte den Gürtel des Klingonen nach Nahrung ab. Meist führten klingonische Krieger etwas Proviant bei sich, wenn sie im Feld waren. Er wurde nicht enttäuscht. Ein Beutel enthielt ein Anzahl schwerer brauner Körner. Sie sahen zwar nicht gerade anziehend aus, würden aber genügen müssen.

Spock nahm sie an sich und gesellte sich zu den Kindern, die sich bereits in der Nähe des Eingangs im Kreis hingesetzt hatten. Sie schauten die fremdartige Verpflegung gierig an – fünf hungrige Gesichter, die viel zu jung wirkten, um gegen Klingonen zu kämpfen.

Der Erste Offizier der *Enterprise* verteilte die Körner und schaute zu, wie die Kinder sie verschlangen. Er selbst behielt nichts für sich.

Aber der blonde Junge hielt ihm die Hälfte seiner Ration hin und sagte: »Sie müssen doch auch etwas essen.«

Spock schüttelte den Kopf. »Ich brauche jetzt nichts zu essen«, erklärte er.

Der Junge war zwar offenbar noch nie zuvor einem Vulkanier begegnet, aber er hatte auch keinen Grund, Spock nicht zu glauben. Achselzuckend verzehrte er den Rest seiner Portion.

»Ihr habt wohl lange nichts mehr gegessen«, sagte Spock.

»Wir hatten ein paar Häppchen bei uns«, erklärte der dritte Junge, ein Rothaariger mit Sommersprossen. »Wie immer, wenn wir hier ...« Er schaute die anderen an und fuhr dann fort: »... wenn wir hier gespielt haben. Aber wir haben sie längst aufgegessen.«

Der schwarzhaarige Junge beugte sich vor. »Was ist denn in der Kolonie los?« fragte er. Er schluckte zwar, gab sich aber alle Mühe, Haltung zu bewahren. »Wissen Sie, wie es unseren Eltern geht?«

Spock hätte ihnen liebend gern eine Antwort gegeben. »Ich weiß kaum mehr als ihr«, erwiderte er. »Ich habe die Ansiedlung kurz nach dem Eintreffen der Klingonen verlassen.«

Ein Mädchen, ein zartes, blaßhäutiges Ding, schien auch eine Frage stellen zu wollen. Doch dann überlegte sie es sich offenbar anders, denn sie schloß den Mund und schaute zu Boden.

Das neben ihr sitzende Mädchen fragte: »Haben Sie gesehen, ob sie jemanden umgebracht haben?« Ihr Blick war fest, aber man sah durchaus, daß sie sehr besorgt war.

Der Vulkanier schüttelte den Kopf. »Nein, habe ich nicht. Klingonen töten im allgemeinen nur, wenn sie es müssen. Sie sind nicht so blutrünstig, wie manche es uns glauben machen wollen.« Er seufzte leise. Es war kein Thema, über das er gern mit Kindern sprach. Trotzdem, sie hatten die Wahrheit verdient. »Ich kann allerdings nicht ausschließen, daß jemand umgekommen ist.«

Die Kinder schauten sich an. Einige verbargen ihre Furcht besser als die anderen. Der Blonde schien dies am besten zu beherrschen. Irgend etwas an ihm kam Spock vertraut vor – vielleicht irgend etwas an seiner Haltung, oder wie er beim Zuhören die Augen zusammenkniff. Spock konnte das Gefühl allerdings nicht beim Namen nennen, und die Schmutzschicht auf dem Gesicht des Kleinen erleichterte seine Bemühungen auch nicht gerade.

Dann sagte der Junge: »Was wollen die Klingonen überhaupt hier? Wohinter sind sie her?«

»Dieser Planet ist nicht allzuweit von den anerkannten Grenzen des klingonischen Reiches entfernt. Es ist möglich, daß sie einfach nur Ansprüche auf ihn anmelden wollen.« Spock hielt inne. »Es ist allerdings weitaus wahrscheinlicher, daß sie irgendwelche Geheimdienstberichte über die hier geleistete Arbeit erhalten haben und sich nun alles unter den Nagel reißen wollen, was hier an neuen Techniken entwickelt wurde.«

Der Junge knurrte. »Das klingt logisch.«

»*Un*logisch«, sagte Spock, »war allerdings der Angriff auf den Klingonen, der euch verfolgt hat.«

Die Kinder schauten ihn an, als hätte er ihnen gerade gestanden, selbst ein Klingone zu sein. Vielleicht hatte er auch zu schnell das Thema gewechselt; in Gesprächen mit Kindern war er mehr als ungeübt, trotz der Lektionen, mit der ihn seine Mutter in der Kindheit versorgt hatte.

»Aber wir haben ihn *erwischt*«, protestierte der Rothaarige. »Wir haben ihn genau so erledigt, wie wir ihn erledigen wollten.«

»Vielleicht«, erwiderte Spock. »Aber niemand weiß, wie die Sache ausgegangen wäre, wenn ich nicht eingegriffen hätte.«

»Wir machen es wieder, und zwar ohne fremde Hilfe«, schlug der Schwarzhaarige vor. »Dann können Sie sehen, wie leicht es ist.«

Spock schüttelte den Kopf. »Eine Wiederholung dieses Manövers kann ich nicht zulassen. Es ist zu gefährlich. Schon die kleinste Fehlberechnung könnte euren Tod bedeuten.«

Die Kinder schauten ihn mit harten Blicken aus harten Gesichtern an. »Unsere Eltern kämpfen um ihr Leben«, sagte das schwarze Mädchen. »Wenn wir ihnen helfen können... Warum sollen wir es dann nicht tun?«

»Ich bin sicher«, sagte Spock, »daß eure Eltern es lieber sehen, wenn ihr in Sicherheit seid – daß ihr euch, so weit es geht, in die Berge zurückzieht und dort bleibt, bis Hilfe eintrifft.«

»Und was ist mit Ihnen?« fragte der blonde Junge, der Anführer. »Was wollen *Sie* denn tun?«

Es war eine Frage, auf die Spock zu antworten nicht vorbereitet war. »Ich weiß es noch nicht«, sagte er.

»Sie wollen versuchen, den Leuten in der Kolonie zu helfen«, sagte der Schwarzhaarige vorwurfsvoll. Er schien sich der Sache sicherer zu sein als Spock selbst.

»Wenn die Umstände es erlauben«, stimmte Spock ihm zu, »werde ich es jedenfalls versuchen.«

»Aber wären Ihre Chancen nicht größer«, warf der Blonde ein, »wenn Sie etwas Hilfe haben?«

Es war fast logisch. Spock mußte es sich eingestehen.

»Meine Chancen, euren Eltern zu helfen, wären dann größer, ja. Aber auch die Chance, daß ich euch verliere, ist dann größer. Es gleicht sich also alles wieder aus.«

Der Junge schüttelte den Kopf. »Wir laufen nicht einfach weg und verstecken uns.« Er leckte sich die Lippen. »Wir haben bewiesen, daß wir helfen können, und wir werden es weiterhin tun – ob Sie wollen oder nicht.«

Spock zog eine Braue hoch. Das Kind hatte einen Mut, der einem nicht allzuoft begegnete, nicht mal bei Erwachsenen. Außerdem schien er für die anderen geradezu eine Inspiration zu sein. Spock seufzte. Er hatte in dieser Angelegenheit offenbar kaum eine Wahl. Wenn er die Kinder nicht überzeugen konnte, sich an einen sichereren Ort zurückzuziehen, mußte er sie beschützen. Und die einzige Methode, dies zu tun, bestand darin, sich mit ihnen zusammenzutun.

Es war keine Situation, auf die er aus war. Doch die Alternative – sie allein der Gefahr auszusetzen – war es noch weniger.

»In Ordnung«, sagte er. »Wir arbeiten zusammen. Ihr müßt aber meinen Anweisungen gehorchen. Wenn wir unsere Verfolger in eine Falle locken wollen, müssen wir gerissener vorgehen als bei *ihm.*« Er deutete mit dem Kopf auf den Klingonen, der bewußtlos im hinteren Teil der Höhle lag.

Die Kinder schauten sich an. Das schwarze Mädchen nickte.

Der blonde Junge wandte sich wieder an Spock. »Abgemacht«, sagte er.

Die Sache war beschlossen. »Sagt mir, wie ihr heißt«, sagte Spock. »Mein Name ist...«

»Mr. Spock«, sagte der Blonde – vielleicht ein wenig zu schnell. Als ihm sein Fehler bewußt wurde, fügte er hinzu: »Ich kenne Sie.«

»Und du?« fragte Spock.

Nun wirkte der Junge zum ersten Mal zurückhaltend. Schließlich sagte er: »David.«

»Ich bin Pfeffer«, sagte der Rothaarige.

»Garcia«, warf der Schwarzhaarige ein.

»Medford«, sagte das schwarze Mädchen.

Und schließlich: »Wan.«

Spock fiel auf, daß sie sich alle mit Familiennamen vorgestellt hatten. Alle, außer David. Er hatte als einziger seinen Vornamen genannt. Und das auch noch zögerlich. Spock beschloß, sich dies zu merken, um später darüber nachzudenken.

Als Kruge den Menschen namens Boudreau beäugte, schüttelte dieser den Kopf. Er wirkte wirklich verwirrt. »Ich verstehe nicht. Ich dachte, ich hätte Mallot schon alles erzählt.«

Der Klingone setzte eine finstere Miene auf. Er legte die Spitze eines langen, dicken Fingers auf den Brustkorb des Administrators und drückte gegen seine Knochen. »Sie haben es vielleicht Mallot erklärt, Mensch, aber nicht *mir.*«

Sie standen vor der Kuppel im kalten Wind. Obwohl der Klingone für das rauhe Wetter kaum richtig gekleidet war, schien er kein Unbehagen zu empfinden. Sein Durst nach Wissen lenkte ihn ab.

Wenn die G-7 wirklich eine Waffe war, mußte er mehr über sie in Erfahrung bringen. Und er wollte es von dem Menschen hören, der sie entwickelt hatte – nicht von Mallot, der zwar Klingone war, aber aller Wahrscheinlichkeit nach seine eigenen ehrgeizigen Ziele verfolgte.

»Na schön«, sagte Boudreau. »Was genau möchten Sie wissen?« Sein Gesichtsausdruck veränderte sich. »Vielleicht sagen Sie mir, was Sie schon wissen, dann kann ich von da an weitermachen.«

Kruge sah nichts, was an diesem Vorgehen falsch sein könnte. »Ich weiß«, begann er, »daß einige eurer Kinder verschwunden sind. Das hat uns das Kind Riordan erzählt.«

Er erwartete eine weitere Veränderung im Gesicht Boudreaus – und wurde belohnt. Boudreau hatte allem Anschein nach von den Kindern gewußt. Und jetzt wußte er, daß auch die Klingonen es wußten.

»Ich weiß«, fuhr der Zweite Offizier fort, »daß die Kinder die G-7-Einheit gestohlen haben, die das Herz dieser Ansiedlung war. Und ich weiß, daß das Gerät eine Waffe von beträchtlicher Kraft ist, von der Sie wollen, daß sie nicht in die Hände Ihrer Feinde fällt.«

Nun geschah etwas Eigenartiges. Es schien Kruge so, als lächle der Mensch. Dann wurde es ihm klar: Das Lächeln sollte ihn in die Irre führen. *Um mich von der Spur abzulenken.*

Er musterte Boudreau finster. »Jetzt sind Sie an der Reihe, mich zu informieren.«

Der Mensch schaute ihn an. »Wie heißen Sie?« fragte er.

Dies überraschte Kruge nun doch. »Kruge«, knurrte er. »Warum fragen Sie?«

Boudreau zuckte die Achseln. »Ich wollte nur den Namen des Mannes erfahren, der mich umbringen wird.«

Kruge spürte, daß seine schwarzen Augen sich verengten, was seine Brauen noch tiefer zog. »Und warum glauben Sie, daß ich Sie töten werde?« fragte er.

»Weil ich Ihnen erzählen werde, daß Sie einer Lüge aufgesessen sind – beziehungsweise einer ganzen Reihe von Lügen. Und ich rechne nicht damit, daß Sie positiv darauf reagieren.«

Der Klingone spitzte die Lippen. »Versuchen Sie es doch mal«, sagte er.

»In Ordnung«, erwiderte Boudreau. »Erstens gibt es außer Tim Riordan keine Kinder in der Kolonie – egal, was er Ihnen erzählt hat. Ich glaube, er hat gelogen, weil er Angst hatte. Und ich kann es ihm, offen gesagt, nicht verübeln.«

Kruge schaute ihn schief an. »Keine Kinder? Wie kann das sein? Unsere Sensoren haben sie doch gemeldet.«

Der Mensch schien zu zögern. Oder bildete er es sich nur ein? Dann sagte er: »Es sind lediglich Echos. Geister. So nennen wir sie jedenfalls, wenn sie die Sensoren *unserer* Schiffe durcheinanderbringen.«

»Geister?« wiederholte der Klingone. »Sie meinen Sensorenartefakte?«

»Stimmt – Artefakte. Dinge, die angeblich da sind. Es hat etwas mit Magnetfeldanomalien zu tun. Sie können den ganzen Planeten nach den Kindern absuchen, aber Sie werden sie nicht finden.«

Kruge dachte darüber nach. »Und wer hat die G-7-Einheit mitgenommen?«

»Das«, sagte der Terraformer, »weiß ich nicht. Wer fehlt denn?«

Der Klingone runzelte die Stirn. »Außer den Kindern, von denen Sie sagen, daß sie nicht existieren, niemand. Alle stehen auf der Liste – bis auf den kleinen Riordan.« Er leckte sich die Lippen. »Vielleicht hat der Junge die ganze Zeit über gelogen. Vielleicht hat er das Gerät selbst versteckt.« Er spürte, daß sein Ärger zunahm, wenn er nur an diese Möglichkeit dachte.

»Das glaube ich nicht«, sagte der Mensch. »Sie haben ihn doch gesehen. Sieht er etwa wie ein Kind aus, das sein Leben aufs Spiel setzt, um Ihnen ein Gerät vorzuenthalten?«

Kruge runzelte erneut die Stirn. »Zugegeben, nein. Wer aber dann?«

»Leider«, sagte Boudreau, »kann ich Ihnen da auch nicht weiterhelfen. Aber eins kann ich Ihnen sagen: Ich würde mir wegen der G-7 keine allzu großen Sorgen machen. Sie ist kaum etwas, was ich als Waffe bezeichnen würde; nicht einmal die Grundlage für eine noch zu bauende Waffe.«

Kruge war nicht davon überzeugt. Für wie dumm hielt ihn dieser Mensch? Glaubte er etwa, er nähme sein Wort einfach so als Wahrheit hin? »Und warum wurde sie dann gestohlen – trotz des großen Risikos?«

Der Mensch zuckte erneut die Achseln. »Auch das weiß ich nicht genau. Aber wenn ich eine Mutmaßung aussprechen darf, würde ich sagen, um Sie daran zu hindern, eine Gegenmaßnahme zu entwickeln. Immerhin werden wir unsere Terraforming-Technik irgendwann so weit entwickeln, daß wir gesamte Planeten verändern können. Ich würde es nicht für abwegig halten, wenn das klingonische Reich dies verhindern möchte, um die Föderation daran zu hindern, ihre Einflußsphäre auszudehnen.«

Kruge schob sein Kinn vor. »Das ist nicht die Art der Klingonen, und noch weniger die der Gavish'rae.« Aber vielleicht war es die der Kamorh'dag? Er mußte mit Vheled über die Angelegenheit sprechen – zuzutrauen war es ihnen jedenfalls.

Kruge spuckte auf den Boden, um Boudreau zu zeigen, was er von seinen Mutmaßungen hielt. »Wenn uns danach wäre, die Föderation von einem Planeten zu verjagen, würden wir es tun. Abgesehen davon würde die Umwelt dieses Planeten es uns nicht erschweren.«

»Um ehrlich zu sein«, erwiderte Boudreau, »das

überrascht mich. Um genauer zu sein, ich glaube, es wäre auch eine Überraschung für den, der die G-7 mitgenommen hat.« Er zuckte die Achseln. »Sie sehen also, es spielt wirklich keine Rolle, was Sie mit dem Gerät gemacht hätten. Wichtig ist, was unser Dieb glaubt, was Sie mit ihm machen *würden.*«

Kruge dachte über die Worte des Administrators nach. Nach einem Moment beschloß er, daß sie es wert waren, noch einmal überdacht zu werden. Er knurrte. »Sie kehren jetzt in die Kuppel zurück.«

Boudreau nickte. »Wie Sie wünschen«, sagte er.

# 14

Als sie die heiligen Bezirke der Obirrhat diesmal aufsuchten, schaute niemand auch nur in ihre Richtung.

Nach den Feindseligkeiten, die sie am Tag zuvor erlebt hatten, war dies mehr als eigenartig. Es ist fast so, dachte Kirk, als wären wir unsichtbar.

Er nahm sich vor, McCoy seine diesbezüglichen Gefühle später zu beschreiben. Schließlich hatte er sie mit dem Gesichtsplasma, der Hautfärbung und den optischen Tricks versehen, die sie nun wie Malurier erscheinen ließen.

Sie hatten sich aus der Kleiderkammer des Schiffes nur noch ein paar der typischen, lose hängenden Kleider beschaffen müssen, die bei den Obirrhat üblich waren, und nun waren sie zwei Bewohner der heiligen Bezirke.

Jetzt gab es nur noch eine Frage: Wie lange hielt das Plasma, bevor das Jucken sie dazu zwang, es sich vom Gesicht zu reißen? Warum hatten die Malurier keine Gesichtszüge, die man leichter imitieren konnte?

»Wie fühlen Sie sich?« fragte Kirk seinen Gefährten.

Scotty brummte. »Als sei mein Gesicht in einen Schraubstock geklemmt. Wenn ich gewußt hätte, daß es so unbequem ist …«

Kirk warf ihm einen raschen Blick zu. »Sie hätten es trotzdem getan.« Seine Gesichtsmuskulatur setzte zu einem Lächeln an, aber das Plasma verhinderte es.

Scotty zuckte die Achseln. »Aye, schätze, Sie haben recht.«

Kirk deutete auf den Marktplatz, auf den sie während des offiziellen Besuches einen Blick geworfen hatten. Die Menge war weniger zahlreich als zuvor; einige Händler waren sogar schon im Begriff, ihre Waren wieder zu verstauen. Aber es setzte ja auch schon die Abenddämmerung ein; der Markt wurde wohl über Nacht geschlossen.

»Hier können wir ebensogut anfangen wie sonstwo«, sagte Kirk.

Scotty nickte. »Nach Ihnen, Sir.«

Sein schottischer Akzent und die malurischen Gesichtszüge bildeten einen krassen Widerspruch. Keiner von ihnen würde als Einheimischer durchgehen, wenn sie viel reden mußten. Falls sie gezwungen waren, mit Maluriern zu sprechen, war es am klügsten, wenn sie ihre Worte auf das Notwendigste beschränkten.

Als sie den Marktplatz erreichten, musterte Kirk die Verkaufsstände. Manche boten frisches Gemüse an. Andere stellten lange, reichverzierte Gewänder unbestimmter religiöser Natur aus; wieder andere boten eisernes und keramisches Geschirr feil. Wenn sich in der Nähe eines Standes eine Statue befand, die noch ein, zwei Gliedmaßen aufwies, wurde sie als Ständer für die Waren der Händler zweckentfremdet.

Hier roch es anders als in den sonstigen Teilen des Bezirks. Kurz darauf erkannte Kirk den Grund. In einer Ecke des Platzes hatte man überquellende Müllberge gestapelt, von denen manche so verfault wirkten, als seien sie schon da gewesen, als der Grundstein für die umliegenden Gebäude gelegt worden war.

Ich kann mir gut vorstellen, dachte Kirk, daß es den Cubaya hier gefallen würde. Eine Menge zu futtern. Aber was weiß ich denn schon? Ich bin nur ein unwissender Außenweltler.

Als er ein Zerren an seinem Ärmel spürte, drehte er sich zu Scotty um. Der Ingenieur deutete auf eine Stelle, die auf der anderen Seite des Marktplatzes lag.

Da gab es eine offene Toreinfahrt, in der zahlreiche Obirrhat standen. Sie alle hielten offenbar Krüge in der Hand. Während die Menschen ihnen zuschauten, kamen andere, um ein Glas mit ihnen zu trinken.

»Ich kenn mich hier zwar nicht aus«, sagte Scotty leise, »aber Kneipen rieche ich auch gegen den Wind.«

Kirk grunzte. »Und da, wo der Fusel die Zunge löst, strömen die Informationen nur so.«

Scotty schaute ihn an und legte seine malurische Stirn in Falten. »James Joyce?«

Kirk schüttelte den Kopf. »Montgomery Scott. Landeurlaub auf Gamma Theridian XII. Die kleine Kneipe am Fluß, mit den hübschen Barmädchen und den Vögeln, die zwischen den Dachsparren herumflogen.«

»Ah!« sagte der Schotte. »Wie recht Sie haben! Ich erinnere mich zwar nicht mehr an meinen Ausspruch, aber an die Mädchen!«

Kirk hatte irgendwie den Eindruck, daß die hiesige Taverne kaum so frivol war wie die auf Gamma Theridian XII. Aber schließlich waren sie ja auch nicht hier, um Urlaub zu machen.

»Also los«, sagte er zu seinem Gefährten. »Wollen wir doch mal sehen, ob wir auf die eine oder andere lose Zunge stoßen.«

Sie überquerten den Platz und gingen auf die Toreinfahrt zu, als gehörten sie dazu. Als sie eintraten, hielten einige Obirrhat in ihrem Gespräch inne und warfen den Neuankömmlingen neugierige Blicke zu, aber niemand sprach sie an.

Im Inneren fanden sie, was sie erwartet hatten – düstere Beleuchtung, dunkle Nischen mit Tischen und ein beständiges, vage verschwörerisches Stimmengewirr. Es war nicht viel anders als in den anderen Gasthäusern, die Kirk bisher gesehen hatte.

Doch irgend etwas machte diese Kneipe anders: Es gab keinen Tresen. Und außerdem, wie ihm kurz darauf auffiel, auch keine Bedienung.

Trotzdem standen die Einheimischen da und hielten Krüge in der Hand. Irgendwoher mußten sie die doch bekommen haben.

»Captain ...«, murmelte Scotty.

»Ich weiß«, erwiderte Kirk, der sich bemühte, leise zu sprechen. »Wo kriegt man hier was zu trinken?«

Es war eine wichtige Frage, denn ohne Krug in der Hand sahen sie wie Abstinenzler aus, und diese wurden an solchen Orten mit Argwohn beäugt und würden sich nicht viele Freunde machen.

Einige Leute an den Ecktischen schauten sie schon an – nach Kirks Ansicht argwöhnisch. Es konnte natürlich auch sein, daß er es sich nur einbildete. Aber wenn sie noch länger hier herumstanden und sich bemühten herauszukriegen, was sie als nächstes tun sollten, würden *alle* glotzen.

Kirk war gerade im Begriff, einen schnellen Rückzug anzutreten, als vor ihm ein junger Bursche aus dem Nichts auftauchte. Er hielt ihm die offene Hand entgegen und schaute ihn an.

Kirk schaute zurück. »Ja?« fragte er.

Die Haut des Jungen zuckte zwischen Wangen und Kinn. »Möchten Sie etwa nichts trinken?« fragte er.

Verdammt, dachte Kirk. So geht es also.

»Und ob ich etwas trinken möchte«, erwiderte er. »Und mein Freund auch.«

»Klar«, sagte der Junge. »Ich hol' was bei Phatharas – er verdünnt das Zeug nie.« Aber er rührte sich nicht von der Stelle. Er schaute nur bedeutungsvoll auf seine leere Handfläche.

Kirk verstand den Hinweis, griff in die Tasche seines Gewandes und entnahm ihr einige Münzen in malurischer Währung. Obwohl der Großteil der planetaren Wirtschaft durch elektronischen Geldtransfer abgewickelt wurde, was an sich schon ein primitives System war, bediente man sich in der Umgebung der Hauptstadt einer noch älteren Methode der Wohlstandsübertragung – eiserner Münzen, wie jener, die man vor Jahrhunderten auf der Erde verwendet hatte.

Glücklicherweise waren Münzen leicht zu duplizieren. Kirk reichte dem Jungen jene, die er bei sich hatte und hoffte, daß sie der richtigen Summe entsprachen. Als er das Leuchten im Gesicht seines Gegenübers sah, erkannte er, daß er mehr bezahlt hatte, als nötig gewesen wäre, aber nicht soviel, um Mißtrauen zu erregen.

»Beeil dich«, sagte er zu dem Jungen. »Der Rest ist für dich.« Er sagte es so, als hätte er ohnehin vorgehabt, ihm ein ordentliches Trinkgeld zu geben.

Der Junge nickte eifrig und verschwand. Kirk schaute zu, als er hinausging, und fragte sich flüchtig, ob er womöglich gerade von einem angehenden Betrüger ausgenommen worden war. Schließlich hatte er keine Garantie, daß der Bursche je zurückkehrte.

Andererseits hatten die restlichen Gäste die Transaktion beobachtet, und niemand schien sie für ungewöhnlich zu halten. Kirk faßte Scott am Arm und deutete auf einen freien Tisch in der dunkelsten der vier Ecken.

Die Obirrhat an den Nachbartischen musterten sie eingehend, als sie an ihnen vorbeigingen. Sie machten sich kaum die Mühe, ihr Interesse zu verheimlichen. Doch wie an der Tür hielt niemand sie an oder erkundigte sich, was sie hier wollten, auch wenn sie eindeutig fremd waren. In einer kleinen Gemeinde wie dieser konnten solche Tatsachen nicht lange verborgen bleiben.

Sie setzten sich hin. Kurz darauf, und viel schneller als erwartet, kehrte der Junge mit einem Tablett zurück. Auf ihm standen zwei Krüge, die er gekonnt balancierte.

Er schaute sich um, erspähte seine Kunden an ihrem Platz und brachte ihnen die Bestellung. Er stellte das Tablett auf dem Tisch ab, nahm die beiden Krüge und baute sie vor Kirk und Scotty auf. Dann schenkte er ihnen noch einen Blick, als wolle er sie fragen, ob sie noch etwas benötigten, oder als wolle er sich bedanken, und verschwand.

Kirk hob seinen Krug hoch und warf einen Blick hinein. Die Flüssigkeit war milchig, würzig und ziemlich kalt – eine eigenartige Kombination, doch in diesem Fall erfreulich. Und wenn sich Alkohol oder ein anderes Stimulans in der Mischung befand, konnte er es nicht entdecken.

»Nicht übel«, sagte er zu Scotty.

Der Chefingenieur zuckte die Achseln. »Es könnte 'n bißchen würziger sein, falls Sie verstehen, was ich meine.«

Kirk fühlte sich erneut zu einem Lächeln veranlaßt. Aber das Plasma verhinderte es auch diesmal.

Sie blieben eine Weile sitzen, nippten an ihren Getränken und bemühten sich nach Kräften, sich eine Methode auszudenken, mit der man mit den Obirrhat ins Gespräch kam. Da Kirk trotz alledem nichts Rechtes einfallen wollte, ging er zur Direktmethode über.

Er drehte sich zu einem Gast am Nebentisch um und suchte seinen Blick. Als Antwort darauf hob der Bursche leicht seinen Krug an.

»Ein guter Tag«, sagte Kirk und hob den eigenen.

»Hab' schon schlimmere gesehen«, stimmte der Obirrhat ihm zu. »Andererseits aber auch bessere.«

Beim gemeinen Volk war – im Gegensatz zum Regierungssaal – die Geste nicht verbreitet, bei der man sich mit den Fingerspitzen an die Schläfen faßte, auf die Farquhar so stolz war. Kirk wußte es aus dem Informationsmaterial, das er sich vor Beginn der Mission angeschaut hatte.

»Sie sind neu hier«, sagte der Obirrhat.

Kirk nickte. »Auf Besuch.«

»Keine besonders gute Zeit für Besuche – bei all dem Ärger, der hier abläuft.«

»Eigentlich«, sagte Kirk, »ist es gerade der Ärger, der mich zu meinem Besuch veranlaßt hat.«

Dies erzeugte das Interesse des Mannes. »Ach ja? Machen Sie sich Sorgen um Familienangehörige?«

Kirk hielt sich einen Moment zurück, als denke er nach. »In gewissem Sinn«, sagte er dann. »Wenn man es sich genau überlegt, sind wir doch schließlich alle Brüder, nicht wahr?«

Er sah sofort, daß der Bursche verstand, was er meinte. Er nickte. »So empfinde ich auch.« Er deutete auf zwei Leute, die ihm gegenüber saßen. »Eigentlich empfinden wir alle so.«

Kirk schaute Scotty an. »Siehst du? Ich habe doch gesagt, daß man uns hier freundlich aufnimmt.«

Scotty grunzte beifällig. »Ich habe nie daran gezweifelt. Schließlich sind wir hier im heiligen Bezirk. Wenn man in diesen mistigen Zeiten hier keine Solidarität findet, wo soll man die sonst finden?«

Ihr neuer Freund seufzte laut. »Die Zeiten sind nicht gut, stimmt. Erst gestern haben die verdammten Manteil eine Gruppe von Außenweltlern durch den Bezirk marschieren lassen – mit einer bewaffneten Eskorte. Ich kann Ihnen sagen – es war ein Schlag ins Gesicht. Es hat uns daran erinnert, wie wenig sie uns respektieren.«

Einer seiner Gefährten lachte leise. »Stimmt. Aber wir haben ihnen gezeigt, daß sie sich so was nicht erlauben können. Ein paar unserer Jungs haben auf sie geschossen – sie haben sogar einen Wächter erledigt.«

Der erste Obirrhat machte eine abwehrende Geste. »Es war nichts, worauf man stolz sein könnte. Wir haben sogar zwei Jungs verloren. Sie waren nicht viel älter als der Laufbursche, der euch die Getränke gebracht hat. Es war wirklich eine Schande.«

Kirk runzelte mitfühlend die Stirn, und er verstellte sich nicht einmal dabei. Auch ihm war es äußerst zuwider gewesen, die obirrhatischen Jugendlichen zu Boden gehen zu sehen.

»Wenigstens haben wir es ihnen gezeigt«, warf der

andere Mann ein. »Zumindest haben wir es nicht einfach so hingenommen, wie früher.«

Dem ersten Obirrhat schien auch diese Bemerkung nicht zu gefallen. »Na und? Glaubst du etwa, jetzt hören sie auf, uns als Unterlinge zu behandeln? Glaubst du, sie hören jetzt auf, unsere heiligen Stätten zu entweihen?«

Der dritte Mann, der mit ihm am Tisch saß und bisher geschwiegen hatte, ergriff nun das Wort. »Sie werden nie damit aufhören. Es sei denn, wir *zwingen* sie dazu.«

»Ja, sicher«, erwiderte der erste Obirrhat. »Aber dazu haben wir noch genug Zeit.« Er schaute einen Moment lang vor sich hin. »Es ist nicht nötig, daß junge Leute dabei ihr Leben verlieren.« Als er aus seiner kurzen Besinnlichkeit erwachte, wandte er sich wieder Kirk und Scotty zu. »Aber Sie sind doch bestimmt nicht hergekommen, um uns beim Streiten zuzuhören, oder?«

Kirk schüttelte den Kopf. »Nein, bei allem gebührenden Respekt. Ich glaube, man kann die gleichen Argumente überall hören, wo sich Obirrhat aufhalten.« Er schaute sich um, als hielte er nach Spionen Ausschau. »Obwohl es in diesem Bezirk einige gibt, deren Meinung ich wirklich gern hören würde.«

Seine drei Zuhörer nickten ernst. »Ich glaube, ich weiß, wen sie meinen«, sagte der erste Mann.

»Wissen Sie, wo man sie finden kann?« fragte Scott.

Die Frage führte zu gemischten Reaktionen. Kirk hatte den Eindruck, daß die Männer es zwar wußten, jedoch nicht so ohne weiteres bereit waren, mit dieser wichtigen Information herauszurücken.

Andererseits gaben er und Scotty sich als Vertreter einer anderen Region aus. Und die Verständigung unter den verschiedenen Obirrhat-Gemeinden war lebenswichtig, wenn man sich gegen die Manteil erheben wollte.

Am Ende gewann der Opportunismus über die Vorsicht. »Wenn Sie wollen«, bot der dritte Obirrhat an, »können wir Sie zu ihnen bringen.«

»Das würde uns sehr gefallen«, erwiderte Kirk. »Offen gesagt, je eher, desto besser.«

Die Obirrhat tauschten einen Blick. »Warum nicht jetzt?« fragte der zweite.

Sie gelangten zu einem unausgesprochenen Konsens. Fast im gleichen Augenblick hoben alle ihre Krüge und leerten sie. Kirk und Scotty taten es ihnen gleich. Bei der Würze des Getränks war es nicht leicht, aber sie kriegten es hin.

»Kommen Sie«, sagte der erste Obirrhat und bahnte sich einen Weg durch die Menge zur Tür. Die verkleideten Menschen folgten ihm, die beiden letzten Obirrhat bildeten die Nachhut.

Draußen ging gerade die Sonne unter. Im Osten war der Himmel ein Gemälde aus Gold und Grün, und das sterbende Licht wurde von den uralten Mauern des Marktplatzes zurückgeworfen. Es verlieh ihm eine beinahe erschreckend ätherische Eigenschaft, die schwer mit seinem irdischen Äußeren am Tage in Einklang zu bringen war.

Der dritte Obirrhat, der schweigsame, schien den Blick in den Augen Kirks gesehen zu haben. »Ist es nicht wunderschön?« sagte er.

Kirk nickt. »Das kann man wohl sagen.«

»Haben Sie's zum ersten Mal gesehen?«

»Zum ersten Mal«, echote Kirk.

»In diesem Fall«, sagte der Obirrhat, »beneide ich Sie wirklich sehr.«

Sie überquerten den Platz mit den Tischen und Ständen, die die Kaufleute nun geleert hatten, und gingen einen Teil des Weges zurück, den Kirk und Scotty zuvor gekommen waren. Doch statt sich gleich auf die breite Hauptstraße zu begeben, führten die Obirrhat sie zu dem engsten Sträßchen, das sie bisher gesehen hatten.

Um die Wahrheit zu sagen, es war kaum mehr als eine Gasse.

Als sie den kühlen, dunklen Weg zwischen den Gebäuden betraten, erkannte Kirk, daß er irgendwann in einer Sackgasse endete. Also mußte sich ihr Ziel irgendwo davor befinden – hinter einer der zahlreichen Türen, die auf die Gasse hinausführten, auch wenn keine von ihnen aussah, als würde sie ein Geheimnis verbergen.

Aber es war natürlich genau das, was man beabsichtigte: Sie sollte nicht danach aussehen. Wenn man jemanden oder etwas versteckte, tat man es nicht an einem Ort, der die Aufmerksamkeit auf sich zog.

Auf halbem Weg vor dem Ende der Sackgasse wandte sich der zweite Obirrhat an Scotty. »Wo, sagen Sie, kommen Sie her?«

»Haben wir noch gar nicht erzählt«, erwiderte Scotty. »Aber wir kommen aus Torril.«

Der Mann nickte. »Bin selbst noch nie dort gewesen«, sagte er. »Schöner Ort?«

»Der schönste überhaupt«, erwiderte Scotty.

Gut gemacht, dachte Kirk. Ging ganz glatt.

Natürlich hatten sie sich zuvor mit der Geographie der Region vertraut gemacht und sich eine Stadt ausgesucht, aus der sie wahrscheinlich stammen konnten. Da sie jedoch keine Einheimischen waren, mußten sie unbedingt tiefschürfende Gespräche über ihre angebliche Heimat vermeiden.

Doch zum Glück fiel es dem Obirrhat nicht ein, ihnen weitere Fragen über Torril zu stellen, da der erste nun stehenblieb und fest an eine kleine Holztür klopfte. Das Klopfen war eindeutig ein Zeichen – zweimal schnell hintereinander, eine Sekunde später das gleiche, und dann dreimal schnell.

Die Tür ging auf. Zwei silberne Augen fingen das Licht ein und flackerten, als ihr Blick von einem Besucher zum nächsten wanderte.

»Ist in Ordnung«, sagte der zweite Obirrhat. »Es sind Freunde aus Torril, die sich mit uns unterhalten wollen.«

Der Wächter brummte, wandte sich zu irgendwelchen anderen um, die sich irgendwo hinter ihm befanden, und bellte etwas, das Kirk nicht ganz verstand. Dann gab er ihnen mit einer Handbewegung zu verstehen, daß sie eintreten sollten.

Sie gingen hinein und bewegten sich langsam voran, denn die Sicht war nicht gut – vor allem dann, als die Tür hinter dem letzten Mann ins Schloß fiel und das Licht aussperrte, das in den Gang gefallen war. Kirk streckte instinktiv die Hände aus, spürte eine Wand und folgte ihr.

Und so ging es scheinbar endlos weiter, obwohl die Häuser dieses Bezirks sehr klein wirkten. Kirk nutzte die Zeit, um darüber nachzudenken, was er Menikki und Omalas erzählen wollte. Vielleicht gaben sie ihnen nicht sehr viel Zeit für Worte, wenn sie erst einmal wußten, wer da in ihr Versteck gekommen war.

Kirk dachte noch über die passende Wortwahl nach, als rechts von ihm urplötzlich ein kleines blaues Licht aufflammte. Noch bevor sich seine Augen an die Helligkeit gewöhnen konnten, erkannte er, daß der Gang, durch den sie gekommen waren, in einen größeren Raum mündete. Er war voller Obirrhat. Es waren vielleicht ein Dutzend, die nicht mitgerechnet, die Scotty und er mitgebracht hatten. Und schon wurden sie umringt.

Der zweite Obirrhat trat vor und deutete mit einer ausholenden Armbewegung auf seine Gefährten. »Ein paar Besucher«, sagte er. »Aus Torril. Sie möchten mit den Führern sprechen.«

Einer der Anwesenden im Raum beäugte sie im schimmernden Licht. »Wie interessant«, sagte er. Er schaute Kirk an. »Ich bin auch aus Torril. Und ich habe Sie noch nie im Leben gesehen.«

Kirk stieß innerlich einen Fluch aus. Sie hatten nicht daran gedacht, daß vielleicht längst irgendwelche Delegationen aus den anderen Städten hier waren – eine grobe Nachlässigkeit, rückblickend betrachtet.

Kurz darauf zahlte Scotty schon für ihren Fehler. Der hinter ihm stehende Obirrhat versetzte ihm einen heftigen Schlag auf den Kopf, der ihn in die Knie gehen ließ. Als er zusammenbrach, wirbelte Kirk herum, denn er erwartete, daß auch er angegriffen wurde.

Seine Erwartung wurde nicht enttäuscht. Als er nach rechts auswich, entging er einer Faust mit einem Stein, die ihn neben Scotty niedergestreckt hätte. Er packte die Handgelenke des Angreifers mit beiden Händen, drehte sich, sank auf ein Knie und warf den Mann über seine Schulter.

Der Obirrhat schrie vor Schmerzen auf, als sein Gelenk brach; er knallte gegen zwei Gefährten. Kirk, der hoffte, die Überraschung nutzen zu können, hechtete auf den besinnungslosen Ingenieur zu, um ihn hochzureißen und mit ihm zum Ausgang zu fliehen.

Leider klappte es nicht. Obwohl es ihm gelang, Scotty zu erreichen, ohne daß ihn irgend jemand daran hinderte, hatte er ihn kaum vom Boden hochgehoben, als von der Seite her etwas gegen seinen Schädel knallte.

Seine letzten Gedanken, bevor er die Besinnung verlor, galten McCoys Bemühungen: Sie waren allesamt für die Katz gewesen.

# 15

Sie haben *was* getan?« schrie Farquhar, der im Lazarett am anderen Ende von McCoys Büro stand.

McCoy setzte eine finstere Miene auf. Zwar konnte er dem Gedanken, den Mann in alles einzuweihen, nichts abgewinnen, aber es sah so aus, als hätte er keine andere Wahl. »Sie sind in den heiligen Bezirk gegangen.«

»In den hei...«, keuchte der Botschafter. »Etwa allein?«

McCoy nickte zögernd.

»Die haben sie doch nicht alle!« schäumte Farquhar. »Als wir das letzte Mal dort waren, hätte man uns beinahe umgebracht.« Er streckte die Arme aus, als rechne er damit, jemand würde eine Erklärung in seine Hände legen. »Was, zum Henker, haben sie sich nur dabei gedacht?«

McCoy zuckte die Achseln. »Sie haben wahrscheinlich angenommen, sie seien in der Lage, den Konflikt eher zu beenden, wenn sie sich mit den Obirrhat unterhalten.«

»Moment mal«, sagte der Botschafter. »Sie wollen sich mit den Obirrhat treffen? Einfach so?!«

»Nicht *einfach so*«, erwiderte McCoy. »Sie haben natürlich zuvor ein paar Vorsichtsmaßnahmen ergriffen.«

»Vorsichtsmaßnahmen? Welche Vorsichtsmaßnahmen könnten sie wohl vor einer Meute blutdurstiger Rebellen schützen?«

In McCoys Ohren klangen Farquhars Worte so, als sei

die Objektivität des Botschafters im Begriff, sich allmählich zu verabschieden. Er mußte allerdings zugeben, daß Steinigungen manche menschliche Einstellung verändern konnten.

»Vorsichtsmaßnahmen«, wiederholte er. »Zum Beispiel ein paar kleine plastische Veränderungen, damit sie wie Malurier aussehen.«

Der Botschafter starrte ihn verblüfft an. »Sie haben an ihnen herumgebastelt?«

McCoy spürte, daß ihm nun langsam die Galle hochkam. »Es war, verdammt noch mal, die einzige Möglichkeit, ihnen die Chance einzuräumen, Menikki und Omalas zu finden. Ich dachte ...«

»Es war also *Ihre* Idee.«

*»Ja,* es war meine verfluchte Idee! Sie müssen doch irgendwie an die verschwundenen Minister herankommen. Und auf diese Weise erschien es uns möglich.«

Einen Moment lang herrschte Stille. »Und nun machen Sie sich Sorgen«, sagte Farquhar.

»Ja, glauben Sie etwa, ich hätte Ihnen alles erzählt, wenn ich mir keine machen würde?« schnaubte McCoy. »Sie müßten inzwischen längst wieder hier sein. Ihnen ist irgendwas passiert. Ich spüre es in den Knochen.«

»Und was soll ich Ihrer Meinung nach jetzt tun?« fragte der Botschafter und lächelte plötzlich. »Es dem Rat erzählen?«

McCoy nickte. »Ja, genau das. Der Rat ist vielleicht die einzige Hoffnung, die sie jetzt noch haben.«

Farquhar schaute ihn an wie einen Verrückten. »Ich habe es nur als Witz gemeint. Wenn der Rat jetzt eine Armee in den Bezirk schickt, könnte dies die geringe Chance auf einen Frieden, die wir noch haben, zunichte machen.«

»Und wenn er es nicht tut«, sagte McCoy, »könnten der Captain und Scotty den Löffel abgeben.«

Der Botschafter schüttelte den Kopf. »Nein. So läuft es nicht, Doktor. Wir können nicht das Leben von Tausenden oder gar Millionen für zwei tollkühne Abenteurer aufs Spiel setzen.«

McCoy ging auf Farquhar zu. »Die beiden tollkühnen Abenteurer haben vor nicht allzu langer Zeit Ihre Haut gerettet«, knurrte er. »Sie können sie doch nicht so einfach abschreiben!«

»*Ich* habe ihnen nicht geraten, in den Bezirk zurückzukehren«, fauchte der Botschafter. »*Ich* habe ihnen nicht gesagt, daß sie ihr Leben riskieren sollen!«

Das saß. McCoy war drauf und dran, dem Mann eine reinzuhauen. Und als er in Farquhars Gesicht sah, schien dieser ähnliche Wünsche zu hegen.

Er tat es schließlich doch nicht. Obwohl der Gedanke ihm abscheulich erschien, wußte er doch, daß der Botschafter recht hatte.

»Sie haben gewonnen«, murmelte McCoy und wandte Farquhar den Rücken zu.

»Ich... habe gewonnen?« wiederholte Farquhar. Er klang ungläubig.

»Ja, verdammt. Sie haben gewonnen. Wir gehen nicht zum Rat.« McCoy grunzte hilflos. »Wir drücken ihnen eben die Daumen und hoffen, daß Jim und Scotty lebend wieder dort rauskommen.«

Eine Weile sagte niemand etwas. Schließlich brach Farquhar das Schweigen. »Jim? Sie nennen Ihren Captain beim Vornamen?«

McCoy warf ihm einen Blick über die Schulter zu. »Ist daran irgendwas nicht in Ordnung?« fragte er.

Der Botschafter zuckte die Achseln. »Nein, nichts. Es ist nur so, daß...« Er zuckte erneut die Achseln. »Ich habe nur nicht erwartet, daß so was möglich ist. Wegen der Vorschriften und dergleichen.«

»Wissen Sie, Botschafter«, erwiderte McCoy, »das Leben besteht nun mal nicht nur aus Diplomatie ... und Vorschriften.«

Zum ersten Mal, seit sie einander begegnet waren, hatte McCoy den Eindruck, daß Farquhar ihm zuhörte, ihm *wirklich* zuhörte. Dann kehrte seine gewohnte Steifheit wieder zurück, und er zupfte an seinem Jackett.

»Ich werde allein runterbeamen«, sagte Farquhar. »Wenn die Minister mich fragen, sage ich, der Captain und seine Leute werden an Bord gebraucht. Um... irgendein technisches Problem auf die Reihe zu bringen.«

»Schön.« Es war McCoy gleichgültig, welche Entschuldigung der Botschafter dem Rat auf die Nase band. Er war zu sehr damit beschäftigt, sich einen neuen Plan auszudenken, um seinen Freunden beizustehen.

»Dr. McCoy?«

»Hm?«

»Sie sollten wissen, daß ich mir *auch* Sorgen um sie mache.« Farquhar biß sich auf die Unterlippe. »Captain Kirk und Mr. Scott sind tapfere Männer. Wenn es irgendeine Gerechtigkeit gibt, kehren sie sicher und gesund zu uns zurück.«

McCoy schaute ihn an. Er war mehr als überrascht. »Danke«, sagte er.

Farquhar räusperte sich. »Schon gut.« Dann drehte er sich um und verließ McCoys Büro.

»Was für eine Falle wollen Sie denn aufstellen, Mr. Spock?« fragte Garcia.

»Eine wirkungsvolle«, erwiderte Spock.

Unter seiner gewissenhaften Führung schnitt der blaßblaue Intervallerstrahl eine exakte, ununterbrochene Rille in die Maserung des Schiefergesteins der Bergwand. Glücklicherweise kam diese Form der Mineralablagerung in der Region sehr oft vor.

Der Vulkanier gab sich Mühe, sich auf die Arbeit zu konzentrieren und nicht allzu lange der Vorstellung nachzuhängen, wie viele Klingonen die Kinder und er in den vergangenen Stunden gesichtet hatten. Allem Anschein nach zog sich das Netz um sie zusammen;

jeder Moment, den sie im Freien verbrachten, war ein Flirt mit der Katastrophe.

Andererseits zeigten die Kinder kein Anzeichen von Sorge. Sie standen in sicherer Entfernung und schauten ihm zu; der blaßblaue Strahl der Waffe färbte ihre Gesichter.

Ihm war klar, daß sein Gesichtsausdruck und seine knappen Antworten ihnen keine Besorgnis zeigen durften. Sie bauten auf ihn, und Panik war das letzte, was sie jetzt brauchten.

Unter den gegebenen Umständen war es da schon weitaus besser, sie schrittweise in alles einzuweihen, was er vorhatte – wie ein Lehrer, der seinen Schülern etwas beibrachte. *Ja,* dachte er. *Das ist die Methode, die ich anwenden muß.*

Leider hatte er trotz der gelegentlichen Vorträge, die er an Bord über technische und wissenschaftliche Neuerungen hielt, keine Erfahrung mit Kindern dieses Alters. Er konnte nur hoffen, daß ihnen seine Erläuterungen verständlich waren.

»Auf Vulkan«, erklärte er, »gibt es ein Raubtier, das man Le-matya nennt. Es lebt in den Bergen. Aber in Zeiten der Dürre, wenn seine natürliche Beute knapp wird, wird es mutiger und kommt in die Täler hinab, um dort zu jagen. Dann stellt man Fallen auf, um zu verhindern, daß die Le-matya die Haustiere anfallen.«

Pfeffer schaute zu ihm auf. »Meinen Sie so was wie Hunde und Katzen? Fressen sie sie auf?«

Medford verzog das Gesicht. Der Gedanke schien ihr nicht sehr zu behagen.

»Es sind keine Hunde und Katzen«, sagte Spock. »Aber ihre vulkanischen Entsprechungen. Und, ja, sie fressen sie auf. So leben die Le-matya eben – indem sie ihre Nahrung jagen.«

Als Spock fortfuhr, sich einen Weg durch das Gestein zu schneiden – der Intervaller war nur etwas schwerfälliger als ein Phaser –, roch er plötzlich Ozon. Es war der gleiche Geruch, wie er auf der Erde während der sommerlichen Stürme auftrat. Interessant, dachte er, obwohl er allerlei andere Gedanken im Kopf hatte. Der Auflösungsprozeß wies Ähnlichkeiten mit den Anwendungen einfacher statischer Elektrizität auf.

Doch das wichtigste Ergebnis bestand darin, daß es funktionierte. Er würde in wenigen Augenblicken fertig sein.

»Natürlich«, nahm er den Faden wieder auf, »hat man auf Vulkan Zugang zu abgestorbenen Baumästen und Blättern. Hier müssen wir hingegen etwas erfinderischer sein.«

Er wandte sich kurz von seiner Tätigkeit ab, um einen Blick auf das Publikum zu werfen. Die Kinder beobachteten ihn noch immer mit großem Interesse.

Nachdem er die Arbeit beendet hatte, nahm er den Finger vom Abzug der Waffe. Der Zersetzungsstrahl hörte schlagartig auf.

Nun kommt der schwierige Teil, dachte er. Der Teil, der einiger Finesse bedarf. Er mußte die verschiedenen Schichten, aus denen das Gestein bestand, voneinander trennen. Es waren ursprünglich grundverschiedene Materialien, von jenen Kräften abgelagert, die den Planeten vor Jahrmillionen erschaffen hatten.

Kniend richtete er den Intervaller auf die Verwerfungen zwischen der obersten Schicht und jener, die sich direkt unter ihr befand. Dann betätigte er erneut den Abzug.

»Wenn ich fertig bin«, gab er bekannt, »könnt ihr die Stücke aufheben. Das heißt, wenn sie leicht genug sind.«

Der Strahl grub sich zwischen die Schichten, zuerst am linken Rand, dann fraß er sich nach rechts weiter. Wenige Sekunden später löste sich die oberste Platte.

Spock schaltete den Intervaller ab und trat zurück, um seine Arbeit zu begutachten. Inzwischen hatten die

Kinder sich dem Gestein genähert und nahmen es in Augenschein.

Pfeffer schaute zu Spock auf. »Kann man es anfassen? Ist es noch heiß?«

»Ihr könnt es wirklich anfassen«, versicherte Spock ihm. »Ihr könnt es sogar aufheben.«

Die Augen des Jungen blitzten in einer Mischung aus Ehrfurcht und Unglauben auf. Er nahm den Rand der Schieferplatte in die Hände und zog versuchsweise daran.

Sie ließ sich leicht bewegen. Noch leichter sogar, als Spock erwartet hatte. Ermutigt zog Pfeffer sie ganz aus dem Gestein.

»Vorsichtig«, sagte Spock warnend. »Sie ist zerbrechlich. Und wir wollen nicht, das sie bricht. Noch nicht, auf keinen Fall. Miss Medford, würden Sie Mr. Pfeffer bitte zur Hand gehen?«

Medford gehorchte eifrig und griff nach dem anderen Ende der Platte. Zusammen mit dem rothaarigen Jungen legte sie sie dort ab, wo der Boden eben war.

»Kann ich auch beim Tragen helfen?« fragte Wan.

»Aber gewiß doch«, erwiderte Spock. »Doch zuerst müßt ihr alle ein Stück zurücktreten.«

Wan, David und Garcia folgten seiner Anweisung. Als sie sicher aus dem Weg gegangen waren, richtete Spock den Strahl des Intervallers auf die beiden nächsten Schichten.

Diesmal ging es nicht so leicht vonstatten, wie er es sich gewünscht hätte. Aber es war noch genug von der obersten Schicht intakt, um ihren Zwecken zu dienen. Wan und Garcia nahmen die Platte an sich und trugen sie fort.

Nun wurde nur noch eine Schieferplatte gebraucht. Mit großer Sorgfalt machte er sich wieder an die Arbeit. Der Schnitt wurde der sauberste von allen. Spock stellte den Strahl ab, aktivierte die Sicherung und schob den Intervaller in seinen Schulterbeutel zurück.

Keinen Augenblick zu früh. Die Sonne sank nun schnell im Westen; bald würde es draußen zu dunkel sein, um die Waffe einzusetzen, ohne große Beachtung auf sie zu ziehen.

David schaute zu ihm auf. Die anderen standen alle am Fuß des Hügels.

»Soll ich helfen?« fragte der Junge, wenn auch nicht ganz so eifrig wie die anderen.

»Aber gern«, erwiderte Spock.

Sie hoben die Steinplatte gemeinsam hoch und brachten sie nach unten, wo die anderen auf sie warteten. Während die Kinder, die noch immer kaum glauben konnten, daß man einen Felsen wie ein Butterbrot zerschneiden konnte, zuschauten, legten sie die Platte neben den anderen ab.

Spock suchte das unebene Gelände in allen Richtungen mit Blicken ab, um sich zu versichern, daß die Klingonen nicht schon im Anmarsch waren. Dann richtete er seine Aufmerksamkeit auf die Grube. Sie hatte einen Durchmesser von etwa zwei Metern und war doppelt so tief. Er hatte sie erst vor kurzem mit Hilfe des erbeuteten Intervallers ausgehoben. Spock maß sie mit den Augen, zückte erneut die klingonische Waffe und schnitt einen Schlitz in den Grubenboden.

»Wozu ist das?« fragte Garcia.

»Eine der Platten, die wir mitgebracht haben«, sagte Spock, »wird mit dem unteren Rand senkrecht in den Schlitz geschoben, damit sie am seitlichen Rand der Grube aufragt. Die zweite Platte wird in einem mehr oder weniger rechten Winkel auf die erste gelegt, und die dritte ruht in etwa der gleichen Weise auf der zweiten.«

»Wie ein Kartenhaus«, merkte Medford an.

Die Analogie war Spock vertraut. »Ja. Danach bedecken wir die oberste Platte mit loser Erde und drücken sie fest. Wenn wir uns ein bißchen Mühe geben, sieht es hinterher so aus wie ein Teil des Weges. Ganz einfach.«

»Ich verstehe«, sagte Wan. »Wenn jemand drauftritt, fällt er hinein.«

Der Vulkanier nickte. »Wenn alles nach Plan geht, gibt die zerbrechliche oberste Platte nach, die Seitenwände knicken ein, und unsere Verfolger finden sich in der Grube wieder.«

»So wie das Tier, von dem Sie gesprochen haben«, sagte Pfeffer. »Das ... Le-matya?«

»Genau. So wie ein Le-matya, das sich auf der Jagd zu nahe an einen vulkanischen Landsitz heranwagt.«

»Mr. Spock?« sagte Wan.

»Ja, Miss Wan?«

»Warum können Sie die Klingonen nicht einfach mit dem Intervaller erschießen? Sie sind doch so geschickt beim Anschleichen und so ...«

Spock schüttelte den Kopf. »Ich könnte es vielleicht bei einem oder zwei Klingonen tun«, sagte er. »Aber solche Taktiken haben nur begrenzten Nutzen. Irgendwann würde man mich umzingeln und töten. Mit der Falle erreichen wir vielleicht das gleiche Ziel, ohne uns allzu großer Gefahr auszusetzen.«

»Das hab' ich gewußt«, behauptete Pfeffer. »Was für 'ne doofe Frage.«

Spock schaute ihn an. »Es gibt keine dummen Fragen, Mr. Pfeffer. Besonders dann nicht, wenn man so jung ist wie Miss Wan – oder Sie selbst.«

Pfeffer schaute verlegen drein. »Entschuldigung«, murmelte er.

»Nicht nötig«, erwiderte Spock. »Jedenfalls nicht bei mir.« Er wandte sich wieder dem Mädchen zu. »Sollten wir jedoch weitere Intervaller erbeuten können, Miss Wan, könnten wir unsere Vorgehensweise auch ändern. Aber im Augenblick müssen wir vorsichtigere Methoden anwenden.«

Wan nickte. »Verstehe«, sagte sie.

Es war befriedigend, dies zu wissen. Besonders angesichts dessen, was er mit ihr vorhatte, wenn die Sonne wieder aufging. »Und nun«, sagte Spock und musterte den Rest der Kinder mit einem Blick, »würde ich es zu schätzen wissen, wenn ihr mir alle helfen könntet. Wir müssen die Grube tarnen, solange wir noch Licht haben.«

Es war ziemlich lange dunkel und friedlich. Dann vernahm er ein heiseres Flüstern: »Captain, wachen Sie auf.«

Noch ehe Kirk die letzten Überreste der traumlosen Betäubung abgeworfen hatte, erkannte er die Stimme. Sie gehörte Scotty. Dem guten alten Scotty. Immer verläßlich, immer zur Stelle, wenn man ihn brauchte.

Als er die Augen öffnete und sich umdrehte, erwartete er, das vertraute Gesicht zu sehen: die dunklen Brauen, die warmen braunen Augen voller Intelligenz und Humor. Er war nicht auf die tiefliegenden silberfarbenen Augen vorbereitet, die ihn aus dem ledernen Gesicht ansahen, das so schwarz war wie die Leere, die er kurz zuvor erblickt hatte.

Wenn er dazu in der Lage gewesen wäre, wäre er sogar aufgesprungen. Doch leider stand ihm diese Möglichkeit nicht offen, da er an Händen und Füßen mit dicken, rauhen Seilen gefesselt war.

»Verdammt«, keuchte er laut und versuchte sich verzweifelt vorzustellen, wie es einem Malurier gelungen war, sich der Stimme seines Freundes zu bedienen. Dann fiel ihm wieder alles ein.

Er wußte, wo er war, warum Scottys Worte aus dem Mund eines Maluriers kamen, und warum sie beide gefesselt waren. Und obwohl dieses Wissen ihn dahingehend beruhigte, daß er nicht den Verstand verloren hatte, war es kaum erfreulich, sich in den Händen von Rebellen zu befinden, die schon bewiesen hatten, daß sie Gewalttaten gegenüber nicht negativ eingestellt waren.

Scottys blasse, fast leuchtende Augen verengten sich in ihren Plasmahöhlen. »Sind Sie in Ordnung, Sir? Einen Moment lang dachte ich schon, man hätte Ihnen den Schädel eingeschlagen.«

Kirk brachte ein Lächeln zustande. »Nein. Ich habe noch alle fünf Sinne beisammen. Oder zumindest die meisten.«

»Sie haben uns die Kommunikatoren abgenommen«, sagte Scotty.

Kirk nickte. Ihre Häscher waren gründlich gewesen.

Er wandte sich von Scotty ab und musterte die Umgebung. Sie befanden sich in einem kleinen Raum mit einem einzelnen Fenster, das einen grauen Lichtstrahl einfallen ließ. Die Tür befand sich an der gegenüberliegenden Wand. Kirk war sich ziemlich sicher, daß sie verschlossen war und wahrscheinlich streng bewacht wurde. Er glaubte sogar auf der anderen Seite Stimmen zu hören.

Er prüfte seine Fesseln. Ein Experte hatte ihn verpackt. Und in diesem Raum gab es nichts, das scharf genug war, um sie zu durchschneiden.

Nicht, daß dies ein unüberwindbares Hindernis gewesen wäre. Wenn man genau nachdachte, gab es immer einen Ausweg.

In diesem Fall bot das Fenster beispielsweise zwei Vorteile: Wenn sie es einschlugen, hatten sie alle Scherben, die sie brauchten, um die Fesseln zu durchtrennen. Und die Öffnung sah so aus, als sei sie groß genug, um sich ins Freie zu schlängeln.

Natürlich hatten sie, so wie ihre Fußgelenke zusammengebunden waren, keine andere Möglichkeit, als zum Fenster hinüberzuhüpfen. Ein mühsames Unterfangen, aber eines, das zu bewältigen war. Das heißt, wenn Flucht ihre erste Priorität gewesen wäre, was aber nicht zutraf. Sie hatten nicht all dies auf sich genommen, um mit leeren Händen wieder abzurücken. Ihr Ziel bestand darin, sich mit den Obirrhat zu unterhalten. Und die beste Möglichkeit, dies zu tun, bestand darin hierzubleiben.

»Bei all dem Zeug in Ihrem Gesicht fällt es mir schwer, mir vorzustellen, was Sie denken«, sagte Scotty.

»Ich denke darüber nach«, erwiderte Kirk, »daß wir ungeachtet unserer gegenwärtigen Lage in einer möglicherweise gar nicht schlechten Position sind. Wenn wir diese Leute davon überzeugen können, daß wir...«

Er wurde vom Knarren der Tür unterbrochen, die nun aufgestoßen wurde. Kurz darauf betraten drei Obirrhat den Raum.

Keiner von ihnen musterte die Gefangenen besonders freundlich. Und zwei der drei trugen ihre Phaser auf eine Weise, die besagte, daß sie keine Skrupel hatten, sie auch einzusetzen.

»Wie ich sehe, sind Sie wach«, sagte der unbewaffnete Obirrhat. Und dann, zu seinen Gefährten: »Stellt sie auf die Beine.«

Die Phaserträger folgten seinem Befehl. Sie nahmen die Arme der Gefangenen und hievten sie hoch.

Es war eine rauhe Behandlung, aber Kirk leistete keinen Widerstand. In Zeiten wie diesen half einem der Mund mehr als die Muskeln.

»Verdammte Manteil-Spione«, fauchte der unbewaffnete Obirrhat. »Glaubt ihr etwa, ihr hättet uns mit der Geschichte, daß ihr aus Torril kommt, hereinlegen können?« Er trat einen Schritt vor. »Und jetzt möchte ich zwei Dinge wissen: Wer hat euch geschickt? Und was ist euer Ziel?«

Kirk grunzte. »Bevor wir dazu kommen, möchte ich gern klarmachen, daß wir nicht diejenigen sind, für die Sie uns halten.«

Der Mann kniff die Augen zusammen. »Was wollen Sie damit sagen?«

»Wir sind Fremdlinge«, erklärte Scott. »Angehörige der Diplomatengruppe der Föderation, die gekommen ist, um bei der Lösung Ihres Konflikts mit den Manteil zu helfen.«

»Fremdlinge?« echote der Obirrhat. »Wie kann das sein?«

»Ich weiß, daß es schwer zu glauben ist«, sagte Kirk. »Aber es ist wahr.« Er hob die Hände ans Gesicht und berührte seine Wange. »All dies ist das Ergebnis von Plasma und Farbe. Darunter sind wir Menschen.«

»Ach so«, sagte der Obirrhat, obwohl er äußerst skeptisch klang. »Und ich nehme an, Sie können Ihre Worte auch beweisen?«

Kirk nickte. »Sie brauchen nur mein Hemd aufzumachen. Die Tarnung betrifft nur unsere Gesichter und unsere Hände.«

Der noch immer argwöhnisch wirkende Mann gab einem seiner Gefährten einen Wink. »Tu, was er sagt, Zaabit.«

Zaabit steckte den Phaser in seinen Gürtel – nach hinten, damit der Gefangene ihn nicht ergreifen konnte, wenn er dicht vor ihm stand – und knöpfte Kirks Hemd an der Brust auf. Kurz darauf schnappte er nach Luft.

»Was ist denn?« fragte der diensthabende Obirrhat.

»Er hat nicht gelogen«, erwiderte Zaabit und wandte sich zu seinem Genossen um. Er war so überrascht, daß er Kirk den Rücken zudrehte, so daß es diesem ein leichtes gewesen wäre, seinen Phaser zu packen. Aber unter den gegenwärtigen Umständen sah Kirk davon ab.

Der Anführer schien seine Gefangenen nun in einem anderen Licht zu sehen. »Dann sind Sie also *wirklich* Außenweltler«, sagte er.

»Sind wir«, bestätigte Kirk. »Und wir sind nicht in den heiligen Bezirk gekommen, um Sie auszuspionieren. Wir sind hier, um Ihre Anführer Menikki und Omalas zu finden. Die ehemaligen Minister. Wir wollen mit ihnen reden.«

Das Gesicht des Obirrhat zuckte. »Worüber?«

»Wir wollen Ihre Version der Geschichte hören«, erläuterte Kirk. »Wenn es einen Ausweg aus diesem Konflikt gibt, werden wir ihn nicht finden, wenn wir uns nur mit den Manteil abgeben.«

Der Obirrhat verdaute diese Information. »Tut mir leid, daß ich Sie enttäuschen muß«, sagte er dann, »aber Menikki und Omalas sind nicht hier. Und selbst wenn sie es wären, würden sie ihre Zeit nicht damit vergeuden, sich mit Ihnen zu unterhalten.«

»Ihre Zeit vergeuden!« platzte Scotty heraus. Seine Entrüstung kam an die Oberfläche. Selbst in der malurischen Maske schienen seine Augen Blitze zu versprühen.

»So ist es«, erwiderte der Obirrhat und schnitt ihm jedes weitere Wort ab. »Denn genau das wäre es – eine völlige Verschwendung von Zeit. Es gibt keine Möglichkeit für eine Aussöhnung mit den Manteil. Sie sind von diesen verdammten Cubaya besessen.«

»Vielleicht«, schlug Kirk vor, »sollten wir diese Entscheidung Menikki und Omalas selbst überlassen. Immerhin vertreten wir eine unparteiische Gruppierung in dieser ...«

»Genug«, sagte der Obirrhat. »Ich brauche mir doch von einem Fremdling nicht sagen zu lassen, was für mein Volk das Beste ist.«

Der Tonfall, in dem er *mein Volk* gesagt hatte, machte Kirk nachdenklich.

»Sie sind selbst einer der beiden«, sagte er.

Der Obirrhat nickte. »Ich bin Menikki. Sie sehen also, daß ich Fachmann für die Manteil bin, speziell für die aus dem Rat. Und wenn ich sage, ich glaube, daß Ihre Einmischung zu nichts führt, dann weiß ich, wovon ich spreche.«

»Bei allem gebührenden Respekt«, sagte Scotty, »Sie haben es doch nicht mal versucht. Wenn Sie nur wieder an den Verhandlungstisch zurückkehren würden ...«

»Warum denn?« fragte der Minister. »Damit man mir

noch einmal sagt, daß unsere heiligen Stätten bedeutungslos sind; daß sie viel unwichtiger sind als eine Herde schmutziger Tiere? Damit ich wieder von Männern erniedrigt werden kann, die nicht über ihren absurden Glauben hinaussehen können?«

»Na schön«, wandte Kirk nun ein. »Dann bleiben Sie hier und tun, was Sie tun müssen. Aber geben Sie uns wenigstens eine Vorstellung von Ihren Bedürfnissen, damit wir versuchen können, eine eigene Lösung zu formulieren.«

Menikki schnaubte. »Sie meinen, ich soll etwas für Ihre Bildung tun? Und Sie dann zu den Manteil zurückschicken?«

Kirk nickte. »So was in der Art. Wir brauchen einfach mehr, um weiterzumachen. Alle Informationen, die wir bisher bekommen haben, stammen vom Rat. Und wie Sie wissen, sind die recht einseitig.«

Der Minister schüttelte den Kopf. Er wirkte ungläubig. »Ja, glauben Sie denn *wirklich*, daß wir Sie wieder gehen lassen?«

Kirk runzelte die Stirn. Dies war eindeutig *keine* positive Entwicklung.

»Was meinen Sie damit?« fragte er.

Menikkis Gesicht zuckte – ein Anzeichen von Bedauern? »Ich meine damit, daß wir Sie nicht am Leben lassen können. Nicht, nachdem Sie unser Versteck gesehen haben.«

Kirks Mund wurde trocken. Er nahm aus den Augenwinkeln wahr, daß Scotty ihn anschaute.

»Es wäre aber nicht sehr intelligent«, sagte Kirk. »Auch wenn man uns die Kommunikatoren abgenommen hat... Meine Leute wissen, daß wir hier sind. Wenn wir uns zu lange nicht melden, werden sie sich an Traphid wenden.«

»Wir haben keine Angst vor Traphid«, erwiderte der Minister.

»Es ist doch dumm«, sagte Kirk. »Die Manteil könnten jederzeit hier eindringen und Sie zerschmettern. Das wissen Sie doch. Und unser Tod wird diese Entwicklung nur beschleunigen.«

Menikki zuckte die Achseln. Er wandte sich an die beiden Obirrhat, die neben Kirk und Scotty standen. »Erledigt sie«, sagte er.

Seine Gefährten hoben ihre Phaser. Und Kirk hatte keinen Zweifel daran, wie die Waffen eingestellt waren.

Na ja, dachte, ich war wohl nicht überzeugend genug. Nun wird's Zeit, die Alternative auszuprobieren.

Bevor der neben ihm stehende Obirrhat den Abzug betätigen konnte, hatte Kirk mit den zusammengebundenen Händen ausgeholt und die Waffe beiseite geschlagen. Er gab dem überraschten Obirrhat keine Zeit, sich zu erholen, sondern kehrte die Schlagrichtung um und versetzte ihm einen Hieb auf den Mund.

Der Obirrhat taumelte zurück, seine Waffe schepperte zu Boden. Kirk machte einen Satz auf sie zu, doch da er gefesselt war, schaffte er es nicht ganz. Als er zu Boden fiel und sich dabei sie Rippen prellte, lag die Waffe nur wenige Zentimeter vor seinen ausgestreckten Händen.

Inzwischen hatte sich der Obirrhat von der Überraschung erholt und griff ebenfalls nach ihr. Kirk zog verzweifelt die Knie an und stieß sich erneut ab.

Diesmal schaffte er es. Seine Finger schlossen sich gerade noch rechtzeitig um die Waffe, und er wirbelte herum und richtete sie auf seinen Gegenspieler.

Als der Obirrhat erkannte, daß er sich auf der falschen Seite des Phasers befand, zog er die Hände zurück und trat nach hinten.

Erst jetzt warf Kirk einen Blick in Richtung Scotty. Wie sich herausstellte, war er nicht ganz so weit gekommen wie sein Captain. Der Kopf seines Bewachers steckte in seiner schraubstockartigen Beinklemme. Der Obirrhat hatte zwar seine Waffe nicht mehr, aber Scotty hatte sie ebensowenig. Sie lag auf dem Boden, knapp hinter ihnen.

Kirk sah, wie sich Menikki auf das Objekt ihrer beider Begierde stürzen wollte. Kirk feuerte einen hellroten Warnschuß ab, der auf dem Boden zwischen dem Minister und dessen Ziel eine häßliche Spur hinterließ. Menikki schaute ihn mit aufgerissen Augen an.

»An Ihrer Stelle würde ich den Rückzug antreten«, sagte Kirk. Er wandte sich wieder seinem Gegenspieler zu, bevor er auf böse Gedanken kam. »Und damit meine ich Sie alle.«

Scotty entspannte mit einem erleichterten Seufzer die Beine und ließ den Kopf seines Gegners herausrutschen. »Verdammt«, sagte er. »Ein Glück, daß ich ihn nicht noch länger halten mußte.«

Als die Obirrhat sich zurückzogen, wobei sie die zweite Waffe in weitem Abstand umkreisten, rutschte Scotty an sie heran und nahm sie an sich. Dann kam er auf die Knie und warf Kirk einen Blick zu.

»Wenn Sie es sich etwas bequemer machen wollen ... Ich halte sie in Schach, Sir.«

Die Obirrhat wirkten wie gelähmt. Dem Anschein nach hatten sie nicht viel Erfahrung mit derlei Dingen.

Kirk nickte. »Danke«, sagte er zu Scotty. Er rutschte an die Wand, setzte sich hin und lehnte sich mit dem Rücken gegen sie. Dann spannte er die Beine an und schob sich langsam nach oben, bis er aufrecht stand.

»Na schön«, sagte er und richtete seine Waffe auf ihre Häscher. »Jetzt sind Sie dran, Mr. Scott.«

Kurz darauf hatte sich auch der Ingenieur aufgerappelt. Er wandte sich Kirk zu und sah so aus, als müsse er unter der Plasmaschicht ein Lächeln verbergen. »Gute Arbeit, Sir.«

»Gleichfalls.« Kirk wandte sich wieder an die Obirrhat: »Jetzt wollen wir's mal auf andere Art versuchen.«

»Das würde ich auch gern«, sagte eine Stimme von der offenen Tür her. Und keine Sekunde später trat ein gebückter älterer Einheimischer ein.

Menikki fluchte, dann schob er sich zwischen den

Neuankömmling und die Menschen. »Tun Sie ihm nichts«, bat er Kirk. »Er ist keine Gefahr für Sie.«

»Wir tun niemandem etwas«, versicherte Kirk ihm. »Es sei denn, man zwingt uns dazu.«

»Ist schon in Ordnung, Menikki«, sagte der andere Minister. »Ich glaube ihm.«

Menikki runzelte die Stirn. »Du bist zu vertrauensselig, Omalas.«

Der ältere Obirrhat zuckte die Achseln. »Vielleicht. Aber vielleicht bist du auch nicht vertrauensselig genug.«

Scotty nutzte den Vorteil der Ablenkung, um mit seinem Phaser auf die Seile zu zielen, die seine Gelenke fesselten. Der dunkelrote Strahl brauchte nur eine Sekunde, um sie zu durchschneiden.

Keine üble Idee, dachte Kirk, und tat es ihm gleich.

»Das war unnötig«, sagte Omalas. »Wir hätten sie auch aufknoten können.«

Kirk grunzte. »Es sah nicht so aus, als könnten Sie das allein entscheiden.«

Der Obirrhat schaute erheitert drein; seine Augenfältchen kräuselten sich, als er seinen Kollegen ansah. »Menikki kann zwar manchmal ein Hitzkopf sein«, erwiderte er. »Aber im allgemeinen tut er, was ich sage.«

Der jüngere Mann schüttelte den Kopf. »Diesmal nicht, Omalas. Es steht jetzt zuviel auf dem Spiel... Nicht nur unser Leben, sondern auch das unseres Volkes und der Erfolg der ganzen Revolte. Wer wird die Leute ohne uns führen?«

Omalas deutete auf die Starfleet-Offiziere. »Diese Männer haben uns einen Weg angeboten, unseren Disput ohne weiteres Blutvergießen zu lösen. Ist es das nicht wert, ein paar Risiken einzugehen?«

Menikki räusperte sich. »Sie bieten uns eine trügerische Hoffnung an, selbst wenn sie es persönlich anders sehen. Die Manteil sind so stur wie Felsen. Das weißt du doch so gut wie ich.«

»Es kann aber auch sein«, konterte Omalas, »daß die Manteil das gleiche über uns sagen.« Er schaute Kirk an, als erwarte er eine Bestätigung. »Stimmt's?«

Kirk versuchte ein Lächeln, aber das Plasma hinderte ihn daran. »Ich fürchte, ja«, sagte er nickend.

Omalas musterte ihn eingehend. »Und trotz unserer und ihrer Sturheit glauben Sie, einen dauerhaften Frieden bewerkstelligen zu können?«

Kirk nickte. »Es wäre nicht das erste Mal.«

Omalas schien zufrieden. »Na schön. Ich komme aber nicht aus meinem Versteck, um mich mit Traphid und den anderen zu treffen. Möglicherweise sind wir weniger willkommen, als Sie glauben. Aber ich will mich bemühen, Ihnen alle Informationen zu geben, die Sie brauchen, um Ihren Auftrag zu erledigen.«

»Danke«, sagte Kirk und ignorierte die Reaktion des jüngeren Ministers.

»Doch bis dahin müssen Sie die Phaser zurückgeben. Ich fürchte, daß der Rest unserer Kameraden, die mich draußen auf dem Gang erwarten, es mißverstehen könnten, wenn sie Sie mit Waffen in den Händen sehen.«

Kirk zögerte. Konnte man dem Obirrhat trauen?

Doch andererseits: Hatten Sie eine andere Wahl?

»Also bitte, mein Freund«, sagte Omalas. »Sie haben mich gebeten, Ihrem Wort zu vertrauen. Vertrauen Sie nun dem meinen.«

Kirk legte den Phaser zögernd in Omalas' Hand. Scotty murmelte zwar einen leisen Fluch, doch dann folgte er seinem Beispiel.

»Ausgezeichnet«, sagte Omalas und gab die Waffen ihren Besitzern zurück. »Kommen Sie jetzt mit. Ich lasse Sie auch vom Rest der Fesseln befreien. Dann können wir alles bereden, was Sie möchten.«

# 16

Kirk war zwar nicht sehr hungrig, aber Omalas bestand darauf, daß sie etwas aßen. »Mit einem leeren Magen«, sagte er, »ist noch niemand auf kluge Gedanken gekommen.«

Er führte sie in einen kleinen Raum mit einer Kommode, einem Holztisch und einigen Stühlen und bat sie, sich zu setzen. Dann ließ er von einem seiner Glaubensgenossen Brot, einen Krug mit kaltem, duftendem Wasser und ein paar Becher bringen.

Wie sich zeigte, schmeckte das Brot der Obirrhat, das außen rund und hart, doch innen weich und süß war, so gut wie jede andere Mahlzeit, an die Kirk sich erinnern konnte. Auch Scotty schien es zu munden. Er brach einen dicken Brocken Brot ab, schob ihn in den Mund und kaute eifrig.

»Vorsichtig, Mr. Scott«, scherzte Kirk. »Sonst zerreißt das Plasma.«

Der Ingenieur brummte und nahm einen Becher Wasser. »Tja, Sir, da unsere Tarnung nun ohnehin beim Teufel ist, werden Sie mir gewiß verzeihen, wenn ich diese Frage als eher geringfügig erachte.«

Omalas setzte sich zwar zu ihnen an den Tisch, lehnte es aber ab, irgend etwas zu essen – was Kirk anfangs leicht nachdenklich machte. Doch andererseits, wurde ihm bald klar, hätte der Obirrhat einfachere Gelegenheiten gehabt, sie um einen Kopf kürzer zu machen, wenn er es gewollt hätte.

»Ich weiß Ihre Gastfreundschaft zwar zu schätzen«,

sagte Kirk, »aber warum ist es so wichtig, daß wir etwas essen?«

Der Minister lächelte. »Weil Sie keine Gelegenheit mehr dazu haben werden, bis ich sie klug gemacht habe. Es ist unser Gesetz.«

Dies machte auch Scotty aufmerksam. »Ein solches Unternehmen«, kommentierte er, »kann wohl sehr lange dauern.«

Omalas schüttelte weise den Kopf. »Nicht länger als eine Nacht.«

Scott schaute Kirk an. Kirk zuckte die Achseln.

Als das Essen beendet war, das Omalas hatte auftragen lassen, reinigte der Minister den Tisch höchstpersönlich mit der bloßen Hand von den Krumen. Dann ging er zu der Kommode hinüber, die an der Wand stand.

»Sie wollen die Obirrhat also verstehen lernen?«

Kirk lächelte. »Deswegen sind wir hier. Deswegen haben wir unsere Knochen und unser Leben riskiert.«

»Gut«, sagte Omalas. Er öffnete eine Schublade, entnahm ihr drei uralt aussehende, in Leder gebundene Bücher und legte sie ohne Umschweife vor sie auf den Tisch.

»Alles, was Sie über uns wissen müssen«, sagte er, »steht hier drin.«

Kirk streckte die Hände aus und nahm den nächsten der Wälzer an sich. Wie er vermutet hatte, fühlte sich das Leder ölig an. Man pflegte die Bücher wohl sehr gut.

Er schaute auf und sah, daß Omalas ihn musterte. »Gibt es bei Ihnen zu Hause auch solche Bücher?«

Kirk zog die Hand zurück. »Ja.«

Der Minister setzte sich hin, nahm einen der Wälzer an sich und schlug die erste leicht vergilbte Seite auf. Er neigte den Kopf und deutete an, daß die Menschen es ihm gleichtun sollten.

Und so folgten sie seinem Beispiel.

Aoras seufzte. Sie suchten nun seit einem Tag und einer Nacht nach den Menschenkindern, was eine *sehr* beträchtliche Zeitspanne war, wenn man die Beute bedachte. Aber Gidris hatte sich geweigert, den Captain oder die *Kad'nra* um Hilfe zu bitten.

Und nun hatte die Suche sie zu zweit in diesen flachen, engen Einschnitt zwischen den beiden Hängen geführt. Da unten im Windschatten war es nicht ganz so kalt wie anderswo, aber die Sonne war dennoch ein verfluchter Dolch in seinen Augen.

Aber die Sonne war nicht das einzige Problem.

»Kruge ist ein Narr«, sagte Gidris mit zusammengebissenen Zähnen.

Aoras antwortete nicht. Er wußte, warum.

Auch wenn Kruge in der Befehlskette erst hinter Gidris kam – er kam allemal vor Aoras. Und es war nicht klug, einen Vorgesetzten zu kritisieren, auch nicht in Gegenwart eines noch Höheren.

Außerdem, sagte Aoras sich, hat Gidris mich gar nicht angesprochen. Über sein Unvermögen verärgert, die Menschenkinder zu finden, verbreitete er seine schlechte Laune bei jedem, der seinen Weg kreuzte, und nun war zufällig Aoras an der Reihe.

»Zuerst grinst er wie ein Schwachkopf über die Bemerkungen des Captains. Und dann, als ich ihn nach dem Grund dafür frage, sagt er, er sei *von den Möglichkeiten fasziniert.*« Gidris schnaubte. »Ich werde ihn mehr in Faszination versetzen, als ihm lieb ist.«

Aoras wollte Gerede dieser Art nicht hören, auch wenn er nicht allzuviel davon verstand. Es war zu gefährlich.

Irgendwann, daran zweifelte er nicht, würde Kruge Gidris wegen seiner Position auf der *Kad'nra* herausfordern. Und wenn Kruge Erster Offizier wurde, wollte Aoras unter keinen Umständen als derjenige bekannt werden, dem Gidris seine privaten Vorlieben und Abneigungen mitgeteilt hatte, besonders dann nicht, wenn Kruge seine größte Abneigung dargestellt hatte.

Trotz Aoras' stummem Wunsch, Gidris möge den Mund halten, schäumte der Erste Offizier weiter. »*Sie brauchen die Sache nicht weiter zu verfolgen,* hat er gesagt. Aber wie *gern* hätte ich sie weiter verfolgt! Wie gern hätte ich die Gelegenheit wahrgenommen, Kruges verwanzten Kopf von seinen wackligen Schultern zu fegen!«

Bitte, dachte Aoras. Spar es dir für ein anderes Mal auf. Und für zwei andere Ohren. Ich bin zu jung, um irgendwann mit einem Dolch in der Kehle aufzuwachen.

Dunkelrot vor Wut stieß Gidris eine Salve von Flüchen aus. Dann blieb er für eine Weile still, als gäbe er Aoras' Bitte endlich nach. Aoras zweifelte jedoch nicht daran, daß der Stellvertreter des Kommandanten in der Privatsphäre seines Schädels mit der Tirade fortfuhr.

Nun hatte er nur noch die Sonne gegen sich. Hätten die verfluchten Kolonisten aus der Föderation sich nicht einen anderen Planeten aussuchen können, um…?

Plötzlich erregte irgend etwas auf dem Weg vor ihm seine Aufmerksamkeit. Aoras blieb starr stehen und erkannte, was es war.

Ein Kind. Ein Menschenkind.

Ein Mädchen. Es wandte ihnen den Rücken zu, hatte sie noch nicht erblickt. Mit etwas Glück führte es sie zum Rest der Bande.

Aoras wollte Gidris mit der Hand berühren, um ihn zu warnen. Doch der Erste Offizier hatte die Kleine schon gesehen und schob die Hand seines Untergebenen mit brüsker Geringschätzung zur Seite.

Dann warteten sie, hielten den Atem an, standen steif wie Statuen da und wagten nicht, sich zu rühren, um das Mädchen nicht zu alarmieren und ihm die Chance zu geben, Alarm auszulösen. Die Menschenkinder waren schwer zu finden gewesen; weder Gidris noch Aoras wollten ihr Glück herausfordern.

Glücklicherweise schien das Mädchen sich seiner Umgebung jedoch nicht bewußt zu sein. Es tat etwas mit seinem langen schwarzen Haar – drehte es zu einem Knoten, nahm Aoras an –, und diese Bemühung schien seine ganze Konzentration in Anspruch zu nehmen.

Jedenfalls sah es so aus. Doch kurz bevor sie dazu ansetzte, hinter einer Biegung am Hang zu ihrer Linken zu verschwinden, schien sie die Anwesenheit der Klingonen zu spüren. Sie drehte sich herum und sah sie. Dann riß sie die Augen auf und floh.

Die Jagd war eröffnet. Aoras setzte sich in Bewegung, seine Beine bemühten sich, die Entfernung zwischen ihnen zu verringern. Normalerweise hätte er sich Zeit gelassen, weil er wußte, daß ein Menschenkind ihm nicht entkommen konnte. Aber es war den Kindern gelungen, sie seit Stunden an der Nase herumzuführen; sie hatten ein Recht darauf, daß man sie ernstnahm.

Gidris war sogleich neben ihm und blieb mit ihm auf einer Höhe. Er hatte seinen Intervaller schon gezückt. Er war darauf vorbereitet, die Mission zu erfüllen, um seine Position in der Hierarchie zu zementieren. Da Aoras dem Erfolg nicht unvorbereitet gegenüberstehen wollte, zog er ebenfalls seine Waffe.

Dann passierte etwas. Aoras war sich aber nicht genau sicher, was es war. Urplötzlich gab der Boden unter seinen Füßen nach, dann hörte er etwas knacken, und überall um ihn herum stob Erde auf.

Er stürzte in die Dunkelheit, was allerdings nur einen kurzen Augenblick währte. Dann spürte er, daß er fest auf den Boden aufschlug, und ein Gewicht, das nur das von Gidris sein konnte, krachte auf ihn und preßte ihm die Luft aus der Lunge.

Als er nach Atem ringend auf dem staubbedeckten Boden lag, erkannte er, daß Gidris besinnungslos war.

Ihm fehlte die Kraft, ihn von sich herunterzuschieben; sein ganzes Ich war verzweifelt damit beschäftigt, Sauerstoff in die Kehle zu bekommen. Durch den Dunst der noch immer herabfallenden Trümmer konnte er über sich ein Licht ausmachen. Und dann wurde es ihm klar: Sie waren in eine Fallgrube gestürzt, und zwar *sehr tief.* Sie war eindeutig zu tief, um natürlichen Ursprungs zu sein.

Kurz darauf blitzte etwas in dem Licht auf, das Aoras an Intervallerbeschuß erinnerte. Er wollte dem Schützen zurufen, er solle das Feuer einstellen, weil hier unten jemand war. Aber es war zwecklos. Über seine Lippen kam nur ein schmerzhaftes Rasseln.

Was, um alles in der Welt, war hier los? In seinem offenen Mund vermischte sich der Geschmack von Furcht und Verärgerung. Wer hatte diese Grube ausgehoben? Und warum wurden sie beschossen?

Und dann wurde ihm alles klar. *Kruge.* Er hatte sich vorgenommen, den Vorteil der Situation zu nutzen, um Erster Offizier zu werden, und …

Aber warum auf diese Weise? Warum hatte er sie nicht aus der Ferne ins Visier genommen? Wollte er den anderen zeigen, wie gerissen er war? Ach was, unlogisch. Das Mädchen – es hatte damit zu tun, oder? Wie hatte Kruge es für seine Pläne einspannen können? Egal. Es *mußte* Kruge sein – wer denn sonst?

Währenddessen wurde der Intervallerbeschuß fortgesetzt und erhellte die Finsternis. Nach und nach wurden die über Aoras befindlichen Trümmer entfernt und dadurch sein Blickfeld erweitert. Er war nun in der Lage, so viel Luft in die Lunge zu bekommen, um protestierend aufzustöhnen – damit der Intervallerschütze, falls es nicht Kruge war, erfuhr, daß hier unten jemand war.

Doch wie er es erwartet hatte: Es nützte nichts. Wenn er doch nur gewußt hätte, wohin seine Waffe gefallen war. Er hatte sie beim Sturz in das Loch verloren. Inzwischen konnte der Beschuß von oben sie längst unbrauchbar gemacht haben.

Aoras schaute hilflos zu, als am Rand der Grube eine Gestalt sichtbar wurde.

Eigenartig. Die Gestalt sah nicht wie Kruge aus. Eigentlich sah sie nicht einmal klingonisch aus. Schließlich hatte das Intervallerfeuer genug Trümmer entfernt, um ihm die Identität des Fremden zu zeigen. Aoras' Augen weiteten sich überrascht.

Ein Vulkanier! Und er trug eine Starfleet-Uniform!

Obwohl er nur halbwegs atmen konnte, äußerte er einen Fluch. Nun verstand er, wie die G-7-Einheit verschwunden und es den Kindern gelungen war, ihnen zu entkommen. Sie wurden von einem Flottenoffizier angeführt!

»Machen Sie weiter«, rasselte er. »Töten Sie uns! Aber man wird uns rächen!«

Der Vulkanier schaute zu ihm hinab. »Ich habe nicht die Absicht, Sie zu töten«, sagte er. »Ich wollte nur sehen, ob Sie unbewaffnet sind und keine Möglichkeit haben, ins Freie zu klettern. An Ihrer Stelle würde ich meine Kräfte sparen. Sie werden wahrscheinlich längere Zeit dort unten bleiben.«

Und dann verschwand er inmitten kindlichen Gelächters. Aoras, der so verwirrt war, als sei er gerade einem Dolchstoß ausgewichen, stierte auf den Kreis des blauen Himmels über sich. Gidris rührte sich nun auch.

Aoras knurrte. Das würde ihm der Erste Offizier niemals glauben. *Niemals.*

»Sir?«

Es war Scotty, der ihm am Tisch gegenübersaß. Er schaute Kirk aus rot umrandeten Augen an.

»Verzeihung«, sagte Kirk. »Ich muß wohl für einen Augenblick eingenickt sein.«

»Ist schon in Ordnung«, sagte Scotty. »Nachdem ich

die ganze Nacht auf war und die Schriften gelesen habe, fühle ich mich auch 'n bißchen abgeschlafft.«

Kirk schaute sich um. »Wo ist Omalas?«

»Hat er nicht gesagt«, erwiderte Scotty. »Nur, daß er nicht lange wegbleibt.«

Nun fiel es Kirk wieder ein. »In Ordnung«, sagte er. »Wann war das?«

»Erst vor'n paar Minuten, Sir.« Scotty hielt inne. »Haben Sie schon irgend 'ne Idee? Ich meine, um das Problem mit den Cubaya zu lösen?«

Kirk lächelte wenig begeistert. Das Heilige Buch der Obirrhat beschäftigte sich mit jedem Thema – von Ernährungsregeln bis zu Begräbnisriten, von landwirtschaftlichen Tips bis zu Eheschwüren. Die Gesetze, die die heiligen Bezirke betrafen, machten nur einen kleinen Teil der in ihnen enthaltenen Informationen aus. »Kann ich nicht behaupten, Scotty. Und Sie?«

»Auch nicht. Jedenfalls *jetzt* noch nicht.«

Plötzlich ging die Tür auf, und Omalas stand auf der Schwelle. Er hatte ein Tablett mit frischem Brot und einen Krug kaltes Wasser mitgebracht, wie am Abend zuvor.

»Um den Erwerb von Weisheit zu feiern«, erklärte er.

Es lag auch noch etwas anderes auf dem Tablett – zwei Dinge, um genau zu sein. Ihre Kommunikatoren.

»Nachdem wir gefeiert haben«, sagte Omalas, »verbinden wir Ihnen die Augen und bringen Sie dorthin, wo Sie waren ...« Er lächelte. »... als Sie das Bewußtsein verloren. Dann dürfen Sie sich mit Ihrem Schiff verständigen oder in den Regierungssaal zurückkehren – je nachdem, was Sie wollen. Ich würde Ihnen allerdings nicht empfehlen, sich in diesem Bezirk herumzutreiben. Menikki ist unglücklich darüber, daß ich Sie aufgenommen habe. Er wird nicht zögern, Gewalt einzusetzen, wenn er Sie noch mal erwischt.«

»Verstehe«, sagte Kirk. »Aber Sie brauchen sich keine

Sorgen zu machen. Wir haben bekommen, was wir haben wollten.«

Jetzt stellt sich nur noch die Frage, dachte er, ob wir etwas damit *anfangen* können.

Vheled kochte vor Zorn. »Sagen Sie das noch mal«, sagte er zu Kruge.

Der Zweite Offizier schaute ihm in die Augen. »Der Erste Offizier ist offenbar verschwunden. Auch Loutek, Aoras, Iglat und Shrof.« Zwar freute er sich über Gidris' augenscheinlichen Mißerfolg, aber er ließ es sich nicht anmerken. »Nur Dirat und Rogh sind noch da, aber es ist ihnen nicht gelungen, den Auftrag zu erfüllen.«

Vheled fluchte und spuckte aus. »Wie schwer kann es denn sein, eine Bande Menschenkinder zu finden?«

Kruge zuckte die Achseln. »Nicht besonders, sollte man meinen. Wenn Sie wollen, nehme ich eine zweite Gruppe und ermittle weiter.«

Vheled setzte eine finstere Miene auf. »Nein«, sagte er. »Sie bleiben hier. Sie leiten die Mission, bis ich wieder zurückkehre.«

Kruges Augen verengten sich. »Bis Sie zurückkehren?«

Vheled nickte. »Ich gehe selbst hinaus, um zu sehen, was da los ist. Ich erledige die Aufgabe, die Gidris angefangen hat.« Er grunzte. »Könnte sein, daß Sie schneller Erster Offizier der *Kad'nra* sind, als Sie angenommen haben, Kruge.«

Der Zweite Offizier zeigte ein heimtückisches Grinsen. »Ich würde mich freuen, Ihnen in jeder Hinsicht dienen zu können«, sagte er.

Vheled knurrte. »Darauf würde ich einiges setzen. Holen Sie mir nun ein paar Männer. Aber gute! Chorrl, Engath, Norgh und Zoragh. Und Grael, den Nik'nash. Wir haben schon mehr als einen Tag mit dieser Torheit vergeudet. Ich möchte so schnell wie möglich fertig werden.«

# 17

McCoy hielt sich im Lazarett auf, murmelte vor sich hin und bemühte sich herauszukriegen, warum die neuen Biomonitore noch immer nicht richtig arbeiteten, als er das Geräusch von Schritten vernahm. Er wirbelte herum. Zwei Malurier standen vor ihm.

Sein erster Impuls bestand darin, die Bordwache zu rufen. Was, zum Henker, machten die beiden auf der *Enterprise,* und dann auch noch *hier?*

Dann erkannte er, daß es gar keine Malurier waren. »Jim!« rief er. »Scotty!«

»Mit Haut und Haar«, sagte Kirk. »Wenn auch nicht nur mit unserer eigenen.«

»Es sah fast so aus«, fügte Scotty hinzu, »als ob Sie uns nicht erkannt hätten.«

*Fast?* dachte McCoy. *Ich habe euch nicht erkannt! Verdammt noch mal, ich leiste wirklich gute Arbeit!*

»Quack«, erwiderte er. Und dann: »Schön, euch zwei zu sehen. Ich hab mich allmählich gefragt, was wohl aus euch geworden ist.« Er hielt inne und spürte, daß er errötete. »Offen gesagt, ich habe das sogar den Botschafter gefragt.«

Kirk schaute ihn mit gerunzelter Stirn an. Jedenfalls glaubte McCoy, ein Stirnrunzeln zu erkennen. Es war schwer zu sagen, da das Plasma es nicht genau erkennen ließ.

»Tut mir leid, Jim«, fügte er hinzu. »Ich hab mir Sorgen gemacht. Ich dachte, wir hätten vielleicht die Manteil hinter euch herschicken sollen.« Er räusperte sich. »Doch zum Glück ist es nicht dazu gekommen.«

Kirk nickte. »Ist schon in Ordnung, Pille. Ich verstehe dich. Aber könntest du mir jetzt – vorausgesetzt, du bist nicht zu sehr mit den Monitoren beschäftigt – das Ding vom Gesicht nehmen? Es fühlt sich an wie eine Tetracit-Schlammpackung.«

Tetracitschlamm war berühmt für die mikroskopischen Parasiten, die in ihm lebten. Und die Analogie sagte McCoy einiges, da er sich einst eine Woche lang bemüht hatte, sich von den juckenden Bissen dieser Viecher zu erholen.

»Wenn ich mich recht erinnere«, sagte er, »habe ich Mr. Scott zuerst verarztet. Also sollte er, der Fairneß halber, auch zuerst von der Maske befreit werden.«

Scotty hob eine Hand, um anzuzeigen, daß ihm die Reihenfolge gleich war. »Ich hab nichts dagegen, wenn...«

Aber Kirk schnitt ihm das Wort ab. »Der Doktor hat recht, Scotty. Sie kommen als erster dran.«

»Sir, ich...«

»Geben Sie sich keine Mühe«, fuhr Kirk fort. »Ich weiß doch, daß das Zeug sie ebenso zwickt wie mich.«

Scotty gab seinen Protest auf und trat an das nächste Biobett. »Na schön«, sagte er zu McCoy. »Dann zaubern Sie mal, Doktor.«

McCoy durchquerte den Raum, öffnete eine Schublade und entnahm ihr ein frisch geladenes Laserskalpell.

»Achten Sie aber darauf, daß Sie nichts *anderes* entfernen«, ermahnte Scotty ihn.

McCoy lächelte. »Ich kann nichts versprechen, Commander. Jetzt halten Sie die Klappe und legen Sie sich hin. Es dauert nur eine Minute.«

Während er wartete, öffnete Kirk seinen Kommunikator. McCoy hörte das Klicken hinter seinem Rücken.

»Wie geht's da oben, Mr. Sulu?«

Natürlich hatte der Steuermann während Kirks Abwesenheit dessen Position eingenommen. Er antwortete auf der Stelle.

»Könnte nicht besser sein, Sir. Willkommen daheim.«

»Danke, Lieutenant. Weitermachen.« Dann schien ihm noch ein Gedanke zu kommen. »Sie kümmern sich doch um meine Feuerblume, oder?«

Diesmal hörte McCoy Sulu leise lachen, bevor er antwortete. »Sie gehört zu meinen obersten Prioritäten, Captain. Können Sie sie nicht bis ins Lazarett riechen?«

Auch Kirk lachte nun. »Weitermachen.« Es klickte erneut, als er den Kommunikator schloß.

Inzwischen hatte McCoy den Hauptteil des Plasmas von Scottys Gesicht gelöst. Die Haut des Ingenieurs war natürlich noch immer so schwarz, wie seine Augen silbern waren, aber zumindest trug er nun wieder die eigenen Gesichtszüge.

»Mann, fühlt sich wirklich gut an, das Zeug vom Leib zu haben«, sagte Scotty.

»Stillhalten«, sagte McCoy warnend, »sonst verlieren Sie vielleicht etwas, das Sie noch brauchen.« Dann fragte er, ohne den Blick von dem Laserskalpell zu lösen: »Nun, Jim? Habt ihr erfahren, was ihr erfahren wolltet?«

Der hinter ihm stehende Captain gab ein Brummen von sich. »Schwer zu sagen, Pille. Wir haben zwar mit Menikki und Omalas gesprochen und hatten dank Omalas' Hilfe die Möglichkeit, die Heiligen Schriften der Obirrhat zu lesen, aber wir sind noch weit davon entfernt, etwas ...«

Kirk schnippte plötzlich mit den Fingern. »Verdammt, Pille – ich hab's!«

McCoy schaltete das Skalpell aus und drehte sich zu Kirk um. »Siehst du nicht, daß ich hier einen komplizieren chirurgischen Eingriff vornehme? Was schreist du hier herum?«

Kirk strahlte. »Ich habe die Lösung, Pille – die Antwort auf das Problem der Malurier. Warte nur ab, bis du sie gehört hast.«

»Mach weiter«, sagte McCoy. »Ich bin ganz Ohr.«

»Sagen Sie's aber nur, wenn ich es nicht vortragen muß«, sagte Scotty.

Noch bevor Kirk ein Dutzend Worte herausgebracht hatte, wußten sie, daß er auf der richtigen Fährte war.

*Ich könnte mich daran gewöhnen, das Kommando zu haben,* dachte Kruge. Er musterte das Innere der Kuppel, die Vheled zu seinem Hauptquartier gemacht hatte, legte die Füße auf den Schreibtisch und nickte. *Ich könnte mich sehr leicht daran gewöhnen.*

Und er schwor sich, daß es eines Tages soweit sein würde. War Gidris erst aus dem Weg geräumt – möglicherweise war dies schon geschehen –, würde er sich ein neues Ziel stecken. Und welch passenderes Ziel konnte es geben, als sich an den Gedanken zu gewöhnen, Captain zu werden? Wenn schon nicht auf der *Kad'rna,* dann eben auf einem anderen Schiff.

Bei all den mörderischen Scharmützeln zwischen den Kamorh'dag und den Gavish'rae mußten bald einige Positionen frei werden. Er mußte nur an den richtigen Fäden ziehen, dann ...

Plötzlich ging die Tür auf, und Oghir, einer seiner Männer trat ein. »Ich habe Nachrichten von der *Kad'rna,* Zweiter Offizier.« Er hielt zögernd inne. »Von Haastra.«

Haastra? Vom Leiter der Bordwache? Kruge nahm die Füße vom Tisch, stellte sie auf den Boden und beugte sich vor. »Was gibt's?« bellte er.

Oghir wirkte über das, was er ihm mitzuteilen hatte, nicht sehr glücklich. »Es hat einen Unfall gegeben, Zweiter Offizier. Einen Akt, der ...« Er hielt schon wieder inne.

Kruge sprang auf die Beine und knurrte: »Genug! Ich will es von Haastra selbst hören!« Er riß den Kommunikator von seinem Gürtel und aktivierte ihn. Es dauerte einige Sekunden, bevor Haastra reagierte.

»Kruge?« erkundigte er sich. »Ich muß mit dem Captain sprechen.«

»Der Captain ist beschäftigt«, erwiderte Kruge. »Ich führe hier das Kommando.«

Er vernahm einen gedämpften Fluch, aber keinen Einwand. Haastra war normalerweise nur dem Captain meldepflichtig. Aber wenn Vheled Kruge das Kommando übertragen hatte, konnte er ihn nicht übergehen.

»Es hat eine Explosion in einem Frachtraum gegeben«, sagte Haastra. »An den Warptriebwerken.«

Kruge fletschte unwillkürlich die Zähne. »Sabotage?«

»Zweifellos.«

»Wer könnte es getan haben?«

»Wissen wir … noch nicht.«

»Schäden?«

»Umfangreiche. Solange wir den Warpantrieb nicht repariert haben, sind wir auf Impulskraft beschränkt.«

Kruge spuckte aus. Er war nicht wild darauf, Vheled davon in Kenntnis zu setzen. Kein Wunder, daß der Kurier nur so zögerlich gesprochen hatte.

»Reparatur sofort in Angriff nehmen«, fauchte Kruge. »Ich will, daß die Maschinen in ein paar Stunden wieder laufen.«

»Natürlich«, erwiderte Haastra. Aber seine Stimme vermittelte einen Anflug von Ironie, als zweifle er daran, daß der Chefingenieur zu solchen Wundertaten fähig sei.

»Außerdem, Haastra«, fuhr Kruge fort, »sorgen Sie dafür, daß der Schuldige identifiziert und in Gewahrsam genommen wird. Wenn der Captain zurückkehrt, wird er kaum hören wollen, daß sich ein *unbekannter* Saboteur in unseren Reihen befindet.«

Er konnte sich vorstellen, daß der Leiter der Wache bei dieser Bemerkung hochfuhr. »Daran brauchen Sie mich nicht zu erinnern«, gab Haastra zurück.

Dann war das Gespräch beendet. Kruge steckte seinen Kommunikator weg und schaute Oghir an.

»Nun?« fauchte er. »Worauf warten Sie? Gehen Sie an Ihre Arbeit zurück!«

Er brauchte es ihm nicht zweimal zu sagen. Die Tür war kaum aufgeglitten, als er auch schon verschwunden war.

Kruge, nun allein mit seinen Gedanken, schlug mit den Fäusten auf den Schreibtisch. Der Schreibtisch machte einen Satz, und seine Beine knirschten, als sie über den Boden scharrten.

Ein Saboteur! Es war empörend! Wenn Haastra ihn nicht bald fand, war er vielleicht nicht der einzige, der ein blaues Wunder erleben würde.

Plötzlich war es Kruge gar nicht mehr so angenehm, das Kommando zu haben.

Im Regierungssaal herrschte fühlbare Spannung, ein Anflug von Feindseligkeit, den niemand zuvor empfunden hatte. Kirk registrierte ihn sofort, als er, McCoy und Scotty Farquhar in den Raum hinein folgten.

Traphid und die anderen Manteil-Minister standen mit grimmiger Miene um den Konferenztisch unter dem Eisenring. Vor einem Fenster stand ein Monitor, flankiert von zwei Wachmännern.

Farquhar blieb vor Traphid stehen und legte die Finger an seine Schläfen. »Wir sind Ihnen für Ihre Nachsicht dankbar, Erster Minister.«

Der Manteil erwiderte seine Geste, doch nur flüchtig. Wenn Traphid zuvor ungeduldig gewirkt hatte, so erschien er nun geradezu beunruhigt.

Sein Betragen war nach allem, was in den letzten Tagen passiert war, auch nicht schwer zu verstehen. Kirk hätte sich an seiner Stelle ebenfalls beunruhigt gefühlt.

»Wenn es Ihnen gelingt, das Blutvergießen zu beenden«, sagte Traphid zu Farquhar, »sind *wir* Ihnen dankbar.« Sein Gesicht zuckte. »Ich muß Sie allerdings daran erinnern, daß unsere Verehrung der Cubaya nicht zur Debatte steht. Auch sind wir nicht bereit, hinsichtlich ihrer Rechte und ihres Wohlergehens Boden preiszugeben.«

Farquhar nickte. »Wir verstehen, Erster Minister. Und ich versichere Ihnen, daß wir Ihre Verehrung der heiligen Tiere keineswegs unterschätzen. Auch haben wir in dieser Hinsicht die Bedenken der Obirrhat nicht auf die leichte Schulter genommen.«

Traphid schien es zu billigen. »Gut. Dann wollen wir fortfahren.«

Als die Menschen zu ihren Plätzen vor dem Monitor gingen, warf der Botschafter Kirk jedoch einen Blick zu, als wolle er sagen: *Machen Sie mich nicht zum Lügner, Captain.*

Kirk runzelte die Stirn. Es war nicht Farquhars Mißbilligung, über die er sich Sorgen machte.

Auf ein Zeichen Traphids hin beeilten sich die Wachen am Monitor, das Gerät einzuschalten. Kurz darauf erwachte der Bildschirm zum Leben.

Er zeigte Menikki und Omalas in einem kahlen, fensterlosen Raum, der keinen Hinweis auf ihren Aufenthaltsort gab. Schließlich stand nicht fest, daß der Plan der Föderierten von Erfolg gekrönt war, deswegen wollten die Obirrhat keinen Hinweis auf das Versteck ihrer Anführer geben.

Natürlich hätten die Manteil, wenn sie gewollt hätten, das Sendesignal verfolgen können, aber Traphid hatte sein Wort gegeben, daß dies nicht geschah. Und um die Obirrhat weiter zu besänftigen, hatte der Rat sie mit einem halben Dutzend Schalt- und Sendeeinheiten versehen, die sie dazu nutzen konnten, das Originalsignal umzuleiten und seine Herkunft zu verschleiern.

Omalas schaute Traphid an. »Guten Tag, Erster Minister.«

Traphid erwiderte seinen Blick mit offensichtlichem Gleichmut. »Guten Tag, Kollege. Wenn das Glück uns lacht, wird dies vielleicht ein erfolgreicher Tag für uns alle.«

Man brauchte nicht angestrengt zuzuhören, um die Spannung in ihren Stimmen und die Sorge um jene zu erkennen, die ihr Leben bereits verloren hatten. Aber sie befleißigten sich wenigstens eines zivilen Tonfalls. Wenn das kein Grund zur Hoffnung ist, dachte Kirk.

Er räusperte sich. Farquhar bemerkte es.

»Die Idee, die wir Ihnen vorstellen möchten«, sagte der Botschafter, »stammt von Captain Kirk. Ich bitte Sie nun, ihm Ihre Aufmerksamkeit zu schenken.«

Alle Blicke ruhten auf Kirk. Er holte tief Luft und begann mit der Rede, die er am vergangenen Abend vorbereitet hatte.

»Wie Sie wissen, hatten Lieutenant Commander Scott und ich Gelegenheit, die Obirrhat in ihrem heiligen Bezirk zu besuchen. Minister Omalas war so freundlich, uns die Heiligen Schriften seines Volkes zu zeigen.«

Dies war das Stichwort für McCoy, dem Captain den elektronischen Notizblock zu reichen, den er mitgebracht hatte. »Viel Glück«, murmelte er leise.

»Danke«, erwiderte Kirk. Er warf einen Blick auf den Block, dann wandte er sich wieder an die Anwesenden und die beiden Minister auf dem Bildschirm.

»Korrigieren Sie mich, wenn ich etwas Falsches sage, Minister Omalas, aber Ihr Protest hinsichtlich der freien Bewegung der Cubaya basiert auf folgendem Absatz: *Kein Tier des Waldes oder Feldes soll sich auf geheiligtem Boden niederlassen.*«

Das Zitat stimmte genau. Kirk hatte es an diesem Morgen von Omalas persönlich durch eine direkte Kommunikationsverbindung auf der *Enterprise* erhalten. Als der Captain aufschaute, überraschte ihn das Nicken des Ministers also nicht.

»Dies ist in der Tat die Grundlage unseres Protests«,

bestätigte er. »Und deswegen können wir die Anwesenheit der Tiere in dem uralten Bezirk nicht dulden.«

»In Ordnung«, sagte Kirk. »Nun haben wir dem Rat vor einiger Zeit vorgeschlagen, daß man ein Raubtier – zum Beispiel einen Gettrex – zähmen und in der Umgebung Ihres heiligen Bezirkes lassen könnte.«

»Es wäre *unerhört*«, platzte Menikki heraus. »Die Gettrex sind bei uns noch viel weniger willkommen als die Cubaya!«

»Darüber wurden wir informiert«, versicherte Kirk ihm. »Dann haben wir unserem Vorschlag etwas hinzugefügt: daß man das Raubtier durch seinen Geruch ersetzt. Auch dies wurde für unpassend erachtet. Und das gleiche gilt für eine chemische Komponente, die einen solchen Geruch erzeugt. Wir haben sogar angeboten, den Geruch eines Tiers anzuwenden, das auf diesem Planeten gar nicht vorkommt, aber auch dies wurde zurückgewiesen.«

»Und das war auch richtig so«, bestätigte Omalas. »Alle diese Möglichkeiten würden zu einem direkten Konflikt mit unseren Schriften führen, wie wir sie interpretieren.«

Kirk schaute Omalas auf dem Monitor an. »Schön. Keine tierischen Gerüche. Aber wie wäre es mit *anderen?*« Er legte eine Pause ein, um die Reaktion der Malurier zu beobachten. »Wie wäre es mit dem Duft einer *Blume?*«

Er warf einen erneuten Blick auf den Block. »*Ihr sollt schmücken die heiligen Steine mit allen Arten von Blumen und wachsenden Dingen, denn sie erfrischen das Gedächtnis und beschleunigen das Herz.* Steht es nicht so in Ihren Schriften, Minister Omalas?«

Der Obirrhat knurrte. Auch dies überraschte Kirk nicht. »So ist es. Wir haben uns nie dagegen gewandt, im heiligen Bezirk Blumen zu halten.« Sein Gesicht zuckte – vor Neugier, wie Kirk annahm. »Aber ich glaube nicht, daß eine Pflanze Ihrem Ziel dient, Captain. Ich habe noch nie von einem Gewächs gehört, das einen Cubaya mit seinem Duft fernhalten würde. Offen gesagt, diese Tiere werden von den meisten stark riechenden Blumen sogar angezogen.«

»Das stimmt«, erwiderte Kirk. »Solange man die Diskussion auf malurische Gewächse begrenzt.« Er wandte sich zu Scotty um.

Der Ingenieur schnippte seinen Kommunikator auf und sagte: »Mr. Kyle, sie können das Exemplar nun herunterschicken.«

Es dauerte nur zwei Sekunden, dann materialisierte zu seinen Füßen ein kleiner schwarzer Gegenstand, eine glänzend schwarze Kugel.

Scotty bückte sich und hob sie auf, dann reichte er sie dem Captain. Kirk nahm sie mit einem Nicken an sich und drückte an der Seite der Kugel auf einen kleinen Bolzen.

Die obere Hälfte teilte sich in zwei Segmente, die sich zurückzogen und den Kugelinhalt enthüllten: eine blühende Pflanze mit langen, dunkelblauen Blütenblättern und einem langen, stachelig aussehenden Stengel. Kirk hielt sie dem Monitor und den obirrhatischen Ministern entgegen, als sei es ein Geschenk von vergänglicher Schönheit.

Was es auch ist, dachte Kirk, wenn man der Meinung ist, daß der Friede etwas Schönes hat.

»Was ist das?« fragte Menikki.

»Eine klingonische Feuerblume«, erwiderte Kirk. »Nicht gerade die Art Pflanze, die man überall anpflanzen möchte, damit sie alles in ihrer Umgebung tötet. Diese hier stammt aus dem botanischen Garten unseres Schiffes; sie wurde von allen anderen Pflanzen getrennt gehalten. – Aber noch wichtiger ist, daß die Feuerblume einen Duft abgibt, den die Cubaya bestimmt als unerfreulich empfinden.«

Traphid zog die Nase hoch. »Ich rieche aber nicht das geringste«, sagte er.

»Natürlich nicht«, warf McCoy ein. »Sie sind ja auch kein Cubaya. Das ist ja gerade das Schöne. Kein Malurier wird sich von dem Geruch gestört fühlen, aber er hält die Tiere in beträchtlicher Entfernung.«

Omalas schaute McCoy an. »Und das wissen Sie genau?«

McCoy nickte. »Ich hatte Gelegenheit, Sensordaten der Cubaya zu sammeln, deswegen weiß ich, wie ihr Geruchssinn funktioniert. Sie haben offenbar große Ähnlichkeit mit einem klingonischen Tier namens Puris; und die Puris gehen den Feuerblumen aus dem Weg, als wären sie die Pest. Sie können Ihren ... äh ... Arm darauf verwetten, daß sich die Cubaya nicht stärker in diese Blume verlieben als in den übelriechendsten Gettrex dieses Planeten.«

Menikki kniff die Augen zusammen. »Glauben Sie etwa, daß wir allein auf Ihr Wort hin unsere Revolte abbrechen?« Er stieß einen höhnischen Kehllaut aus.

»Es gibt eine Möglichkeit, meine Worte zu beweisen«, erwiderte McCoy. »Ich habe schon angefangen, Komponenten zu synthetisieren, die den Geruch der Feuerblume kopieren. Wir können sie den Cubaya in den Weg legen, und wenn sie sich abwenden, wissen wir, daß wir recht haben.«

»Und wenn sie es nicht tun?« fragte Menikki.

»Glauben Sie mir«, sagte McCoy. »Es gibt kein *Wenn.*«

»Um es zu glauben, müssen wir anwesend sein«, sagte Omalas.

»Natürlich«, stimmte McCoy ihm zu.

Menikki wandte sich an seinen Kollegen. »Sollen wir unser Versteck verlassen? Es ist unmöglich.«

Omalas schnaubte. »In den Schriften steht auch noch ein anderer Satz, mein Freund: *Dem Übervorsichtigen ist alles unmöglich.*«

# 18

Es war für den Transporteringenieur Kyle ein leichtes, die Hauptherde der Cubaya zu lokalisieren. Dinge dieser Größenordnung waren nicht zu übersehen.

Es war auch nicht schwieriger, die im Regierungssaal Versammelten – die Manteil-Minister, ihre Wachen, Farquhar und die drei Starfleet-Offiziere – an den Ort zu versetzen, der vor der Herde lag. Oder einige Angehörige der Mannschaft mit Bechern synthetischen Feuerblumendufts hinabzubeamen.

Die schwierige Aufgabe bestand darin, Menikki und Omalas und *deren* Wachen ausfindig zu machen, da man sich nur anhand von Straßennamen orientieren konnte. Doch irgendwie gelang Kyle auch dies.

Und nun standen sie alle zusammen auf einem sanften Hang, von dem aus man die Mutterstadt überblicken konnte, und schauten zu, wie der Wind den hellen, blaugrünen Bodenbewuchs wogen ließ. Glücklicherweise wehte er in die richtige Richtung – den Cubaya entgegen, die mit jeder Minute näher kamen.

Sie kamen nicht nur den Beobachtern näher, sondern auch den in Abständen von knapp dreißig Metern stehenden Bechern. Man hatte eine Mauer aus Feuerblumenduft aufgebaut, um die Tiere dazu zu bringen, ihren Kurs zu ändern – falls alles nach Plan verlief.

Kirk, der zufällig neben McCoy stand, legte seinem Freund eine Hand auf die Schulter. »Hör mal, Pille, wie zuversichtlich bist du, daß es mit dem künstlichen Zeug funktioniert?«

McCoy setzte eine finstere Miene auf. »Es gibt keinen Grund, warum es *nicht* funktionieren sollte«, erwiderte er.

»Das beantwortet aber nicht meine Frage«, sagte Kirk.

»Verdammt noch mal, Jim, ich bin Arzt, kein Veterinär. Es braucht Zeit, die Dinge zu perfektionieren.«

Kirk nickte. »Ich habe schon befürchtet, daß du so etwas sagst.«

Der Boden bebte unter den Hufen der herannahenden Herde. Doch bis jetzt zeigten die Tiere keine Absicht, sich von ihnen abzuwenden.

Nicht, daß sie sich in echter Gefahr befanden. Die Cubaya waren nicht schnell genug, um sie niederzutrampeln, und sie umgingen Hindernisse aus Gewohnheit, statt über sie hinwegzulaufen. Aber wenn die Cubaya die Duftgrenze passierten, war die Stadt nicht mehr weit von ihnen entfernt – bei ihrer gegenwärtigen Geschwindigkeit nur eine knappe Tagesreise. Und dann würden sie den heiligen Bezirk in Kürze überfluten.

Deswegen *mußte* es klappen. Wenn sie die Cubaya nicht aufhielten, taten es die Obirrhat, und dann nahm der Konflikt ein neues Niveau der Gewalttätigkeit an.

Die Tiere waren nun nur noch knapp hundert Meter entfernt. Sie schoben sich durch den grasähnlichen Bodenbewuchs, als sei es der Fluß, an dem Kirk sie zum ersten Mal gesehen hatte. Noch immer war nicht zu erkennen, ob der Inhalt der Becher eine Wirkung auf sie ausübte.

Kirk fiel auf, daß die Malurier Blicke tauschten: Omalas mit Menikki, Traphid mit seinen Manteil-Kollegen. Obwohl er noch immer kein Fachmann für malurische Gesichtsausdrücke war, glaubte er nicht, daß sie sehr zuversichtlich waren.

Und ihre Zuversicht nahm ab, je näher die Cubaya an sie herankamen. Kirk konnte es ihnen nicht verübeln.

Achtzig Meter. Siebzig. Sechzig.

Kirk seufzte. Hatte er es nicht irgendwie geahnt?

Fünfzig. Vierzig. Dreißig.

»Na los«, sagte McCoy laut, und meinte damit die Becher. »Tut endlich eure Arbeit, verdammt noch mal! Aber *dalli!*«

Urplötzlich, als hätte sein Ausbruch einen Zauber gewirkt, verlangsamten die Tiere in der ersten Reihe ihr Tempo und wechselten panisch die Richtung. Die nächste Reihe folgte ihnen. Und dann die übernächste.

Kurz darauf teilte sich die ganze Herde in der Mitte, wandte sich nach rechts und links und lief parallel zur Becherreihe. Die Gruppe aus Maluriern und Menschen schaute ihnen zu, Besorgnis wurde zu Unglaube, der Unglaube zu spontanem Frohlocken.

»Na schön!« rief McCoy. »Ich wußte doch, daß es klappt!«

Kirk fehlte der Nerv, um ihn an seine vorherigen Worte zu erinnern. Wichtig war nur, daß es funktioniert hatte.

»Captain Kirk?«

Kirk wandte sich um. Omalas stand neben ihm. »Ja, Minister?«

»Ich danke Ihnen. Offen gesagt, unsere ganze Welt dankt Ihnen.«

Kirk sah aus den Augenwinkeln, daß Farquhar ihnen zuschaute. Er beobachtete sie und lauschte. Er zuckte die Achseln.

»Wir sind als Team zu Ihnen gekommen, Minister. Wenn irgend jemandem Anerkennung gebührt, sollte sie gleichermaßen an uns alle gehen.«

Omalas nickte. Nach seinem Blick zu urteilen, schien er zu verstehen. »Dann werde ich genau das tun – Ihnen allen meine Anerkennung zollen.« Er beugte sich näher heran. »Aber Ihnen am meisten, mein weiser Freund.«

Und dann ging er zu Farquhar hinüber, um sein Versprechen zu erfüllen.

Als Vheled auf dem Platz zwischen den rotlehmigen Hügeln materialisierte, schaute er Grael an. Der Mann öffnete in Übereinstimmung mit den zuvor geäußerten Instruktionen des Captains seinen Kommunikator und sprach hinein.

»Wie weit?« fragte Grael.

»Ungefähr dreißig Meter«, kam die statisch leicht verzerrte Antwort Terriks, der den Standort aller Klingonen lokalisiert hatte, die mit Gidris ausgezogen waren – auch dies auf Vheleds Befehl hin. »Direkt hinter der nächsten Biegung.«

»Ausgezeichnet«, sagte Grael. Er schloß den Kommunikator und steckte ihn weg.

Genug ist genug, sagte sich der Captain. Normalerweise hätte er es nicht für nötig gehalten, Technik einzusetzen, um Menschenkinder zu jagen. Aber die Kinder hatten sich irgendwie als erfinderischer erwiesen, als er geglaubt hätte – es sei denn, natürlich, Gidris hatte seinen Auftrag einfach vermasselt.

Wie dem auch sein mochte, Vheled wollte kein Risiko eingehen. Er wollte die Sache beenden und die G-7-Einheit finden, und zwar schnell, bevor ihr ruhmreicher Sieg im Namen der Gavish'rae durch Gerüchte über Unvermögen befleckt wurde.

Vheled deutete in die von Terrik angegebene Richtung. »Engath, Chorrl, ihr bildet die Vorhut. Norgh, von hinten decken. Auf geht's!«

Sie setzten sich in Bewegung. Als die Gruppe vorsichtig und wachsam vorrückte, nickte Vheled befriedigt vor sich hin. Er wollte Fehlern erst gar keinen Raum geben. Er wollte es mit allen Mitteln verhindern, den gleichen Problemen zu begegnen wie Gidris.

Sie hatten den Marsch kaum begonnen, als Engath und Chorrl ihnen ein Zeichen gaben. Offenbar hatte sich Terriks Ortung als korrekt erwiesen. Und es gab keine Gefahr, sonst wären ihre Gesten anders ausgefallen.

Auf Engaths Gesicht lag sogar so etwas wie ein Lächeln. Und als Vheled seine Position erreichte, fiel ihm auf, daß Chorrl die gleiche Stimmung ausdrückte, auch wenn er es besser verbarg.

Kurz darauf sah er den Grund ihrer Erheiterung. Vor ihnen befand sich ein tiefes Bodenloch.

Aber Terrik hatte zwei Klingonen hier geortet. Und wenn sie nirgendwo zu sehen waren...

Mußten sie in diesem *Loch* sein.

Wäre dies die Mission eines anderen gewesen – hätte statt der seinen die Laufbahn eines anderen auf dem Spiel gestanden –, er hätte es ebenfalls für lustig gehalten. Doch unter diesen Umständen kroch die Wut in seinem Hals nach oben wie ein kleines, bösartiges Raubtier.

Er trat mit steifem Nacken auf die Grube zu. Blieb an ihrem Rand stehen. Und schaute in die Finsternis hinab. Seine Augen waren zwar an den hellen Sonnenschein angepaßt, aber er konnte schwache Formen ausmachen. Es sind zwei von uns, dachte er. Aber keiner von ihnen schien sich seiner Anwesenheit bewußt zu sein.

Vheled trat angeekelt etwas Dreck in das Loch hinein. Die Gestalten rührten sich nun, äußerten sogar einen Fluch. Sie standen auf, so daß er ihre Gesichter besser sehen konnte.

Einer war Gidris. Der andere war Aoras.

»Captain!« schrie der Erste Offizier. Er schien aus einer Kopfwunde zu bluten. »Ich... Ich... bin froh, Sie zu sehen. Man hat uns hereingelegt...«

»Wer?!« donnerte Vheled. »Eine Bande menschlicher *Kinder?!*«

»Nein«, sagte Aoras, »nicht nur Kinder. Bei Ihnen ist ein Vulkanier. Er hat diese Falle angelegt, die...«

Vheleds Antwort bestand aus einem Tritt gegen den Grubenrand. Dreck regnete in die Tiefe, in dem die beiden gefangen waren. Er beendete Aoras' Protest.

»Ihr Purisbälger! Was ist denn schon ein einzelner

Vulkanier? Was hat er getan? Hat er euch mit seiner legendären Geisteszauberei überredet, in dieses Loch zu springen?«

»Captain Vheled«, rief Gidris, der sich erklären wollte, »er gehört nicht zu den Kolonisten! Er hatte eine Starfleet-Uniform an!«

Starfleet?

*Starfleet!*

Die Vorstellung war wie in eine Wunde geriebenes Salz. Wenn die Flotte in dieser Sache aktiv war, stand die ganze Mission auf dem Spiel. Und das erfuhr er erst jetzt?

Bevor Vheled noch recht klar wurde, daß er seinen Intervaller gezogen hatte, feuerte er ihn auch schon in die Grube ab. Tödliche blaue Lichter blitzten auf. Als die Dunkelheit zurückkehrte, waren Gidris und sein Gefährte tot.

Vheled biß sich auf die Lippe. Er durfte nicht zulassen, daß Emotionen sein Verhalten so sehr steuerten. Sie vergnügten sich hier nicht in einem Freudenhaus. Sie hatten eine Mission, und er war derjenige, von dem Erfolg und Versagen abhingen.

Wenn er die Lage beherrschen wollte, mußte er zuerst sich selbst beherrschen. Er holte tief Luft und steckte den Intervaller ein.

Ohne Grael diesmal als Vermittler einzusetzen, nahm er seinen eigenen Kommunikator und meldete sich bei Terrik. Die Antwort kam sofort.

»Ja, Herr?«

»Vergessen Sie meine ursprünglichen Anordnungen«, sagte Vheled. »Ich bin nicht mehr daran interessiert, meine Leute zu finden. Sollen sie verrotten. Im Moment interessieren mich nur die Kinder. Und ein anderer – ein erwachsener Vulkanier.«

Am anderen Ende trat eine Pause ein. Terrik schien ebenso überrascht zu sein, wie Vheled es gerade noch selbst gewesen war. »Sofort«, erwiderte er.

Leider waren klingonische Sensoren nicht so weit entwickelt wie die der Föderation. Terrik würde eine Weile brauchen, um die Gegend nach dem Vulkanier abzusuchen, auch wenn er seine ungefähren Koordinaten kannte.

Doch Vheled konnte abwarten. Diesmal würde er es *richtig* machen.

Auf dem Hauptschirm bildeten die Sterne Steifenmuster – stets ein erfreulicher Anblick, aber diesmal noch mehr. Der malurische Konflikt hatte zu den dornigsten Problemen gehört, denen Kirk je gegenübergestanden hatte; er freute sich, daß er hinter ihm lag.

»Geschätzte Ankunftszeit auf Beta Canzandia III?« fragte er Chekov.

»Vier Tage, sechzehn Stunden, neunundzwanzig Minuten, Sir.«

Kirk lächelte vor sich hin, als er hörte, daß der Navigator die Zeit aufrundete. Spock hätte ihm die Zeit bis auf die Hundertstelsekunde genannt, auch wenn es nicht im geringsten notwendig gewesen wäre.

Es war gut, Spock wiederzusehen und seinen Kommentar über das zu hören, was sich in der Kolonie getan hatte. So, wie er den Vulkanier kannte, hatte er nicht nur das Problem der G-7-Einheit erkannt und beseitigt, sondern es auch noch zu einem Vorteil ausgebaut. Inzwischen ließ das Gerät wahrscheinlich schon Pflanzen wachsen, die *größer* waren als die erwarteten.

»Sir?«

Kirk drehte sich im Kommandosessel um, als er Uhuras Stimme hörte. »Ja, Lieutenant?«

Uhura blickte ihn irgendwie besorgt an. »Sternbasis XII«, sagte sie. »Sie meldet, auf der Kolonie Canzandia sei möglicherweise irgend etwas nicht in Ordnung.«

Kirk spürte, daß seine Kiefermuskeln sich anspannten, aber er blieb äußerlich gelassen. »Einzelheiten, Lieutenant.«

Uhura runzelte die Stirn und gab die Meldung so weiter, wie sie sie erhalten hatte. »Die Kolonie hat es offenbar versäumt, sich planmäßig zu melden. Und als die Sternbasis einen Subraum-Kontaktversuch unternahm...« Sie biß sich auf die Lippe. »...hat niemand geantwortet.«

Kirk schluckte. *Carol. Und Spock.*

Beta Canzandia lag nicht weit vom klingonischen Grenzgebiet entfernt – auch wenn die Klingonen nichts damit zu tun haben mußten. Es konnte an vielen Dingen liegen.

»Danke, Lieutenant. Informieren Sie die Basis, daß wir unterwegs sind.«

Bevor Uhura dem Befehl entsprechen konnte, hatte Kirk sich schon wieder umgedreht. »Mr. Sulu, gehen Sie auf Warp neun.«

Doch selbst bei dieser Geschwindigkeit würden sie fast einen Tag brauchen, um die Kolonie zu erreichen. Kirk hoffte, daß das Problem, mit dem man dort kämpfte, so lange warten konnte.

David saß in einem niedrigen Hohlweg unter einem Felsüberhang und kaute zusammen mit den anderen Kindern auf der letzten Klingonenration, als sie über sich das Scharren von Schritten hörten. Spock zog auf der Stelle den Intervaller und gab allen ein Zeichen, sich so leise wie möglich zu verhalten.

Rauhe, kehlige Laute ertönten. David wußte nun, daß es Klingonen waren, die sich miteinander unterhielten. Und dann vernahm er ein scharfes Klatschen, das wie eine Ohrfeige klang.

Unten im Zwielicht des Überhangs hielt David den Atem an und schaute sich um. Die anderen Kinder wirkten ängstlich, aber auch wachsam. Als sein Blick den des Vulkaniers traf, sah er, daß dieser ungewöhnlich gelassen wirkte. Er war selbst angesichts dieser schrecklichen Gefahr ruhig.

Spock legte einen Finger auf seine Lippen. Er wollte nicht, daß irgend jemand etwas sagte, nicht einmal im Flüsterton, denn es bestand die Möglichkeit, daß die Klingonen sie noch gar nicht entdeckt hatten.

War ihre Glückssträhne womöglich zu Ende? Oder gingen die Eindringlinge ihrer Wege? Dann explodierte unter einem Lichtblitz ein Stück des Felsens, aus dem der Überhang bestand. Als Spock und die Kinder den Kopf einzogen, regnete es Schmutz- und Gesteinsfragmente, die sie mit feinem roten Dreck besprengten.

»Kommt raus, ihr Föderationshunde! Kommt raus, sonst vernichte ich euren Bau! Und euch gleich mit!«

David spürte, daß sein Puls raste. Er sah den Ausdruck auf den Gesichtern seiner Freunde. Nun waren sie nicht mehr nur ängstlich. Sie hatten *Angst.*

David versuchte ihnen ein Beispiel zu geben. Er bemühte sich, so lässig und gefühllos wie Spock zu sein, auch wenn er im tiefsten Inneren bibberte.

Er fragte sich, wie viele Eindringlinge da oben waren. Waren es nur zwei oder drei, konnte der Vulkanier sie eventuell mit dem Intervaller überraschen.

Nein – sie mußten wissen, daß er eine Waffe hatte. Sonst hätten sie sich nicht die Mühe gemacht, aus der Ferne zu schießen. Dann hätten sie einfach nur den Kopf in die Höhlung gesteckt und die Waffen auf sie gerichtet. Und von der Waffe konnten sie nur wissen, wenn sie auf die Klingonen in der Grube gestoßen waren und sie herausgezogen hatten. David biß sich auf die Lippe. Vielleicht hatten sie nicht nur die eine Falle gefunden. Vielleicht hatten sie auch ...

Ohne Vorwarnung eruptierte der Felsen erneut in einem Wust aus blauem Chaos. Diesmal war es mehr Gestein als Erde, und es tat weh, wenn man getroffen wurde.

»Glaubt ihr, ihr könntet mit mir spielen?« brüllte die Stimme des Unbekannten. »Glaubt ihr, ihr könntet mich so hereinlegen wie die, die euch zuerst verfolgt haben?«

Brüllendes Gelächter ertönte. Und es kam nicht von zwei oder drei Klingonen, sondern von einer größeren Gruppe. Dann brach es ab.

Unter dem Felsüberhang schlug Davids Herz gegen seine Rippen. Sie waren ihnen überlegen; wahrscheinlich hatten all ihre Gegner Waffen wie die, die allmählich ihr Versteck auffraßen.

Doch so verängstigt er auch war und so hoffnungslos die Situation auf ihn wirkte, er weigerte sich, sich den Klingonen zu ergeben. Er wußte schließlich, was er und seine Freunde den Marodeuren angetan hatten, und daß man ihnen das Weiterleben nicht erlauben würde, wenn sie sich ergaben.

Wenn er blieb, wo er war, wenn er sich nicht rührte und nicht schrie, würden die anderen seiner Meinung nach auch nicht aufgeben. Und dann hatte Spock vielleicht eine Chance, sie irgendwie hier herauszubringen.

Er hatte den Gedanken kaum gedacht, als der Vulkanier seinen Intervaller abfeuerte – aber nicht auf die Klingonen. Er richtete ihn auf die Seitenwand der Höhlung.

Zuerst war David nicht klar, was Spock da tat. Doch dann, als sich der Strahl in die Erde fraß, erkannte er seinen Plan. Er machte einen Tunnel. Einen Fluchttunnel. Und vielleicht, dachte David, hat er noch mehr im Sinn als nur zu fliehen. Wenn es Spock gelang, *hinter* den Klingonen aufzutauchen und sie zu überraschen ...

Kurz darauf schoben sich Kopf und Schultern des Vulkaniers hinter dem Intervallerstrahl her in die enge Passage, die er erzeugt hatte. Und wieder einen Moment später war er völlig verschwunden.

Er war kaum untergetaucht, als der Klingone über ihnen das Feuer wieder aufnahm. Blaues Licht blitzte auf und riß ein großes Loch in ihre Schutzwand.

»Letzte Warnung!« schrie der Marodeur. »Die letzte Chance, euer wertloses Leben zu retten!«

David konnte Spock nun nicht mehr sehen, doch dieser brauchte Zeit, um in eine Position zu gelangen, in der er ihnen helfen konnte.

Erneut wurde die Wand der Höhlung vom Intervaller des Klingonen getroffen. Und noch einmal. Halb begraben in Erde und Gesteinstrümmern, gepiesackt von der Heftigkeit, mit der die Steinchen flogen, knirschte David mit den Zähnen.

Die anderen Kinder wirkten wie schmutzbedeckte Geschöpfe, die sich an die Oberfläche gegraben hatten. Nun, da Spock fort war, erwarteten sie wohl von David, daß er die Führung übernahm.

Er war nicht bereit, klein beizugeben. Der Vulkanier brauchte alle Zeit, die sie ihm verschaffen konnten.

*Na los, Spock! Na los!*

Doch als David sich gegen den nächsten Ansturm wappnete, regnete es plötzlich Klingonen vom Himmel. Bevor er ihnen ausweichen oder es auch nur versuchen konnte, wurde er von zwei großen, starken Händen gepackt und grob über die Schwelle des Überhangs geworfen.

Dann packte ihn ein anderer Klingone an der Hemdbrust und riß ihn vom Boden hoch. David starrte urplötzlich in zwei wie Obsidiansplitter aussehende Augen. Darunter grinste ihn ein Mund voller spitzer Zähne schief an.

»Endlich«, knurrte der Klingone mit einer Stimme, die so klang, als riebe jemand zwei Steine aneinander. »Da haben wir ja den kleinen Puris, der uns eine so fröhliche Jagd beschert hat!«

Von einem Zorn gepackt, der seiner Furcht ebenbürtig war, setzte David sich zur Wehr. Er trat den Klingonen, schlug auf ihn ein, aber dessen dicke Lederrüstung schien ihn vor allem zu schützen. Sein Grinsen wurde breiter.

Dann brüllte ein anderer Klingone wie unter Schmerzen auf. »Der Vulkanier! Terrik hat bestätigt, daß ein Vulkanier hier ist!«

Das Grinsen auf dem Gesicht von Davids Häscher erlosch. Er drückte den Jungen fest an sich und richtete seine Waffe in die Höhle.

»Sucht ihn!« schrie der Klingone, dem Spocks Abwesenheit zuerst aufgefallen war – offenbar der Anführer. »Findet ihn, oder ich verspreche euch, daß ihr die Heimat nie wiederseht!«

Die Klingonen, die sich im Hohlweg aufhielten, scharrten panisch durch die rote Erde und das geborstene Gestein, aber erfolglos. Einer setzte sogar seinen Intervaller ein, obwohl er damit das Risiko einging, seine Kollegen zu verletzen.

»Er ist nicht hier!« schrie schließlich jemand.

»Ihr Trottel! Er *muß* da sein! Oder hat er sich etwa in Luft aufgelöst?«

Und dann sah David es – eine winzige Umschichtung roter Erde, durchzogen von vereinzelten nadelfeinen Strahlen aus blauem Licht, keine zehn Meter von der Stelle entfernt, an der sie sich versteckt hatten. Er schaute sich schnell um. Es hatte offenbar niemand bemerkt – weder die Klingonen noch die anderen Kinder.

Er drehte sich in die andere Richtung und begann in einem verzweifelten Versuch, seine Häscher abzulenken, wieder sich zu wehren. »Loslassen!« schrie er. »Hände weg!«

Seine Bemühungen führten nur dazu, daß der Klingone ihn noch fester packte. Aber sie dienten ihrem Zweck, das sah er, als er einen verstohlenen Blick auf die Stelle warf. Das blaue Licht war weg, aber nun konnte er Spocks Hände sehen, die Gesteinsplatten anhoben, um den Weg freizumachen.

Außerdem arbeitete der Vulkanier schnell. Vielleicht tauchte er schon in wenigen Sekunden auf und konnte auf die Klingonen feuern.

»Loslassen!« schrie David mit neuer Kraft. Dann versetzte er seinem Häscher einen festen Schlag auf den Mund.

Der Klingone knurrte einen Fluch und warf den Jungen von sich. David, der sogleich seine Chance sah, riß die Hand des brutalen Kerls an sich und biß hinein. Dann lag er plötzlich mit dem Gesicht auf dem Boden – erschreckt, aber frei. Der Klingone hielt seine schmerzende Hand und musterte ihn mit einem finsteren Blick.

Als er sich auf ihn stürzen wollte, wich David aus und entging dem Griff seines Gegners um Haaresbreite. Dann hastete er von Spock fort, rutschte und stolperte über das unebene Terrain, und das Blut rauschte in seinen Ohren.

»Hinterher!« brüllte jemand. »Und zwar schnell, sonst ist dein Leben verwirkt!«

Der Klingone hatte den Satz kaum ausgesprochen, als David spürte, daß sich ein Gewicht an seine Knöchel hängte und sie zusammendrückte. Obwohl er die Arme ausbreitete, um den Sturz zu dämpfen, schlug er heftig auf den Boden auf.

Der Klingone, der ihn gepackt hatte, ließ einen polternden Fluch ertönen, dann riß er ihn hoch und versetzte ihm eine Ohrfeige. »Unverschämter Wurm! Wenn du das noch mal machst, fessle ich dich!«

David Gesicht brannte von der Ohrfeige. Seine Knöchel taten auch weh. Aber es war ihm egal. Denn hinter den versammelten Klingonen und ihren Gefangenen sah er nun Spock, der sich aus der Tiefe nach oben zog. Erst tauchte der Vulkanier bis zu den Achselhöhlen auf, dann bis zur Taille.

Doch als er schon glaubte, Spock werde den Fremdlingen nun Saures geben, hörte er eine Kinderstimme ausrufen: »Mr. Spock!«

Die Klingonen fuhren herum, wenn auch in verschiedene Richtungen. Doch einige drehten sich in die *richtige* – und zielten mit den Waffen auf den schmutzverkrusteten Vulkanier. Einer hielt Garcia wie einen Schild vor sich.

»Mach nur weiter so«, sagte er zu Spock. »Versuch's doch mal. Dann stirbt das Jüngelchen hier als erstes.«

Spock runzelte die Stirn. Er hatte keine Wahl. Er hatte das Überraschungsmoment verloren.

Langsam, zögernd, legte er den Intervaller vor sich auf den Boden. Kurz darauf nahm ein Klingone ihn an sich. Als er sich wieder aufrichtete, schlug er Spock ins Gesicht.

»Das«, sagte er höhnisch, »ist dafür, daß du meine Zeit vergeudet hast.« Er drehte sich um und gab einigen seiner Leute ein Handzeichen. »Zieht ihn da raus. Ich habe noch ein paar Fragen, die beantwortet werden müssen.«

# 19

Als Spock grob aus dem Tunnel gezogen wurde und auf allen vieren vor den Kindern landete, setzte er sich nicht zur Wehr. Zwei andere Klingonen zogen ihn auf die Beine und stellten ihn vor den lederbekleideten Riesen, der das Kommando führte.

»Sie haben das Gerät gestohlen, das G-7 genannt wird«, fauchte der Klingone. Sein Gesicht war nur wenige Zentimeter von dem Spocks entfernt. »Ich will es haben.«

Spock wich dem Blick des Fremdlings nicht aus, im Gegenteil. Er hätte lügen und sagen können, daß er nichts über die Einheit wisse. Aber er war Vulkanier, und denen fiel das Lügen äußerst schwer.

Außerdem war ziemlich offensichtlich, daß er oder eins der Kinder das Gerät beiseite geschafft hatte. Und er war viel besser darauf eingestellt, ein Verhör durch Klingonen auszuhalten als die Kinder.

»Nun?« fragte der Klingone.

Spock schwieg, auch wenn er wußte, daß er sich damit nicht beliebt machte.

In den Augen des Klingonenanführers blitzte schwarzes Feuer. Er nahm Spocks Kopf in seine behandschuhte Rechte und drückte zu. Die Berührung war unerfreulich, sogar erniedrigend, aber Spock hielt sie aus.

Der Klingone schob Spocks Kopf ruckartig zur Seite, dann ließ er ihn los. »Sie werden es nie sagen«, bemerkte er. »Und Folter wäre bei Ihnen reine Zeitverschwendung. Es könnte aber sein, daß ich sie trotzdem anwende – zu meinem puren Vergnügen, wenn wir weniger unter Zeitdruck stehen.«

Er drehte sich um, schien etwas zu suchen. Schließlich fiel sein Blick auf David.

»Ein Mensch ist jedoch nicht ganz so verschwiegen«, grollte er. »Speziell ein so kleiner.« Er machte eine Handbewegung, und der blonde Junge wurde zu ihm gebracht.

Doch David zuckte mit keiner Wimper. Er gab sein Bestes, um den Klingonen in die Augen zu schauen.

Er hat eine schlechte Wahl getroffen, dachte Spock. Von allen Kindern, die ihm zur Verfügung stehen, hat er sich ausgerechnet den hartnäckigsten ausgesucht. Der Junge würde ihm wahrscheinlich nichts erzählen.

*Vielleicht interpretiere ich seine Absichten aber auch falsch,* wurde ihm plötzlich klar. Vielleicht war all dies nur eine Vorführung, die auf dem Glauben basierte, daß er, bevor David gefoltert wurde, lieber nachgab.

Spock hätte nicht gezögert, den Aufenthaltsort der G-7-Einheit preiszugeben, wenn es Davids Sicherheit bedeutet hätte. Doch Klingonen waren nicht als gnädige Charaktere bekannt... und auch nicht dafür, daß sie schnell vergaßen. Nun, da man sie so lange in die Irre geführt hatte, wollten sie ihre Rache – auch dann, wenn sie erfuhren, wo sich das Gerät befand.

»Wo ist die Terraforming-Einheit?« fragte der Klingone.

David hätte es auch nicht gesagt, wenn er es gewußt hätte. Sein Verhalten war eindeutig vulkanisch.

Spock bedauerte es, daß die Kinder in die Sache hineingezogen worden waren. Er hatte versucht, sie tiefer in die Berge zu schicken. Er hatte ihre Sicherheit vor seine eigene gestellt. Aber sie hatten die Wahl getroffen, bei ihm zu bleiben und ihm zu helfen. Nun ernteten sie die Früchte ihres Entschlusses.

»Wo ist der Mechanismus?« knurrte der Klingone.

David schaute Spock an und blieb still.

Die Verbindung des Jungen zu dem Flottenoffizier blieb jedoch nicht unbemerkt. Die ebenholzschwarzen Augen des Klingonen funkelten unter dem Grat seiner Brauen auf.

»Es sieht so aus«, sagte er, »als bezöge das Kind seinen Mut von dem Vulkanier. Nun, diese Hilfsquelle kann ihm leicht genommen werden.«

Er drehte sich zu jenen seiner Leute um, die keine Kinder festhielten und deutete mit einer Kopfbewegung auf einen in der Nähe befindlichen Fels aus rotem Gestein, der aus dem Boden ragte.

»Bringt ihn hinter den Felsen«, befahl er. »Dann wollen wir doch mal sehen, wieviel von seiner Torheit seine eigene ist.«

Von einem halben Dutzend auf ihn gerichteter Intervaller in Schach gehalten, schaute Spock zu, als die Klingonen den Jungen ergriffen und hinter den Felsen brachten.

Der durch die Berge fegende Wind war so kalt, daß sogar die Sonne zu frösteln schien. Vheled schaute sich den Jungen an.

David schaute trotzig zurück. Er wirkte fast so stur wie ein Klingone, obwohl er sich im Griff zweier muskulöser Krieger wand. Und der Intervaller in der Hand des Captains scherte ihn auch nicht. Vheled mußte innerlich lächeln.

Der Mut, den der Junge zur Schau stellte, war offenbar sein eigener, nicht der seines Vorbildes. Er war ganz anders als der kleine Riordan, der in der Kolonie in Tränen ausgebrochen war. Aber er war trotzdem ein Kind. Es war unwahrscheinlich, daß er durchhielt. Und wenn doch, war es auch nicht wichtig. Er würde sich ein anderes Kind nehmen. Irgendwann mußte er das schwächste Glied der Kette finden. Es war nur eine Frage der Zeit.

»Du weißt, was ich will«, sagte Vheled. Er hob den

Intervaller in Augenhöhe des Jungen, so daß er genau in die Mündung blicken konnte. »Sag es mir – oder stirb. Es ist ganz einfach.«

Der Junge blinzelte mehrmals. Aber er weinte nicht. Und was noch schlimmer war: Er gab Vheled nicht die Information, die er haben wollte.

Es war zum Wahnsinnigwerden. Vheled entschied, daß nun Blut fließen mußte, damit die Menschen sahen, daß er es ernst meinte.

»Zurücktreten«, sagte er zu seinen Leuten, damit die Wirkung des Intervallers sie nicht traf. Als sie gehorchten, drückte er das Ende des Laufes auf die Stelle zwischen den Augen des Jungen. Irgendwie gefiel es ihm nicht, Tapferkeit mit dem Tod zu belohnen, doch in diesem Fall hatte er keine Wahl.

Plötzlich war da ein Aufflammen blauer Strahlung, aber nicht aus der Waffe, die er gegen den Jungen richtete.

Als Vheled aufschaute, sah er, daß einer seiner Leute auf den anderen geschossen hatte. Und Chorrl, der getroffen worden war, löste sich vor seinen Augen auf.

Der Captain der *Kad'nra* wußte zwar nicht, was da geschah, aber er wußte, daß es nichts Gutes bedeuten konnte. Erst als die Waffe in seine Richtung schwang, verstand er allmählich die Tragweite des Problems.

»Grael«, sagte er. »Was hast du …«

Er hatte keine Zeit mehr, die Frage zu beenden. Graels Finger betätigte den Abzug.

Vheled machte einen Satz zur Seite und entging dem Tod ganz knapp. Der blaue Strahl zischte an ihm vorbei und löste einen Teil des Felsens auf.

Als Vheled auf dem Boden landete, rollte er sich fort und sprang feuernd wieder auf. Leider war seine Zielgenauigkeit nicht sehr hoch, so daß er Grael um einen guten halben Meter verfehlte.

Und noch schlimmer war, daß Graels zweiter Schuß saß. Vheled spürte, daß es ihn auseinanderriß; der

Schmerz war schlimmer, als alles, was er sich hatte vorstellen können. Er klappte zusammen, die Waffe entfiel seiner Hand.

Doch sogar als er in dem seine Atome zerreißenden Strahl zugrunde ging, gelang es dem Captain der *Kad'nra,* den Kopf noch so lange zu heben, um Grael anzuschauen und ihm einen Fluch entgegenzuschleudern.

*»Verräter!«*

Grael blieb einen Moment vor den Überresten seines ehemaligen Kameraden und des Captains stehen und machte den Versuch, die Realität seiner Tat zu akzeptieren. Er hatte bisher angenommen, ein Verrat fiele einem beim zweiten Mal leichter.

Irrtum. Es war noch schlimmer. Viel schlimmer. Aber jetzt konnte er nicht mehr zurück. Er hatte gerade erst angefangen, das unheilige Versprechen zu erfüllen, das er Kiruc gegeben hatte – zuerst mit der Sabotage der *Kad'nra,* und nun bei der Liquidation Vheleds, um ihn daran zu hindern, die Terraforming-Maschine der Kolonisten zu erbeuten.

Hinter dem Felsen befand sich ein halbes Dutzend weiterer Klingonen, mit denen er fertig werden mußte. Und dann Kruge und seine Leute, unten in der Kolonie.

Eins nach dem anderen, sagte er sich. Er mußte eine Möglichkeit finden, seine restlichen Gefährten umzubringen – und zwar am besten so, daß er nicht auch dabei ums Leben kam. Schließlich bestand das ganze Ansinnen der Aktion in der Sicherung seiner weiteren Existenz.

Grael war so in seinen Gedanken gefangen, daß er fast das Menschenkind vergessen hatte – das ihn nun aus seinen seltsam blauen Augen anstarrte. Als er den Blick erwiderte, kam ihm eine Idee.

Es ist riskant, dachte Grael. Aber vielleicht war es auch seine einzige Chance. Er ging zu Vheleds Überresten hinüber, nahm den Intervaller des Captains an sich und hielt ihn dem Jungen hin.

Der Junge schaute schweigsam, argwöhnisch. Er rührte sich nicht von der Stelle.

»Nimm ihn«, sagte der Klingone leise, damit ihn niemand hörte. »Du willst deinen Freunden doch helfen, oder nicht?«

Der Junge nickte. »Ja«, sagte er leise.

»Dann hast du jetzt die Chance dazu. Nimm ihn.«

Der Junge wägte seine Entscheidung kurz ab. Dann trat er vor und streckte die Hand aus. Grael legte die Waffe in sie hinein.

»Kannst du sie bedienen?« fragte er.

Der Junge nickte erneut. Er tat so, als würde er den Abzug betätigen.

»Gut«, sagte Grael. Er führte den Jungen zum Rand des Felsens. »Stell dich hier hin.« Er deutete auf das andere Ende der Gesteinsmasse und sagte: »Ich werde hier stehen. Wenn ich dir ein Zeichen gebe, schaltest du so viele aus, wie du kannst.«

Der Junge kniff die Augen zusammen. Sie enthielten eine stumme Frage. *Warum?*

Grael gab keine Antwort. Es kümmerte ihn nicht.

Als der Verräter den Kopf um die Ecke des Felsens schob, kam die Szenerie langsam in sein Blickfeld. Die Klingonen hatten die Kinder und den Vulkanier so zusammengetrieben, daß sie sie leichter umstellen und bewachen konnten. Offenbar hatte niemand die kurze Schießerei gehört. Es war auch noch nicht genügend Zeit vergangen, um sie mißtrauisch zu machen.

Grael wandte sich um und gab das Signal. Dann wartete er, bis David zuerst schoß. Er wollte erreichen, daß das Feuer der Klingonen dem Jungen galt, nicht ihm.

Warum sollte er sich einer größeren Gefahr aussetzen, als unbedingt nötig? Der Junge konnte für ihn den Kugelfang spielen. Aber Davids erster Feuerstoß fegte weit an dem Klingonen vorbei, der ihm am nächsten war.

Doch ansonsten funktionierte alles bestens. Die Klingonen hatten kaum registriert, daß sie beschossen wurden, als sie das Feuer auch schon erwiderten und sich auf die Richtung, aus der die blauen Blitze kamen, einschossen.

Grael hatte keine Ahnung, ob der Junge getroffen worden war; es war ihm auch nicht wichtig. Das Wichtigste war, daß er für Ablenkung sorgte.

Mit unfehlbarer Genauigkeit mähte der Verräter nacheinander schnell zwei seiner Kameraden nieder. Ein dritter erblickte ihn und gab einen Schuß ab, aber er war nicht gut gezielt. Und Bruchteile einer Sekunde später zuckte er selbst unter schrecklichen Schmerzen.

Dann rasten einige Strahlen zu nahe an Grael vorbei, so daß er sich hinter den Felsen zurückziehen mußte. Zwei weitere Feuerstöße trafen die Kanten seiner Dekkung und pulverisierten sie. Bruchstücke regneten über ihn hinweg.

Der Verräter holte tief Luft, schob den Kopf um den Fels und feuerte erneut. Wieder war er erfolgreich, und ein Kamerad fiel.

Vier erledigt. Blieben noch zwei. Doch bevor Grael sich ein neues Opfer suchen konnte, machte der Vulkanier dies überflüssig. Er sprang hinter einen Klingonen, ergriff in an der Stelle zwischen Hals und Schulter, und der Krieger brach zusammen.

Als der letzte unverletzte Klingone sich umdrehte, um auf den Starfleet-Offizier zu schießen, versuchten einige Menschenkinder, ihn von hinten anzugreifen. Und als der Klingone sie abschüttelte, stand er dem Angriff des Vulkaniers hilflos gegenüber.

Ein einziger Schlag genügte. Der Klingone sackte zusammen, als hätten sich seine Knochen in zerbrechliches Schilfrohr verwandelt.

Erst dann wandte sich Grael seinem jungen Komplizen zu, um zu sehen, ob er verletzt worden war. Dem

Jungen schien es jedoch gutzugehen. Und er hielt den Intervaller noch immer in der Hand.

»Deine Arbeit ist beendet«, sagte er. »Gib mir die Waffe zurück.«

David zögerte, wie schon zuvor. Grael beäugte ihn. Ob er wohl den Mut hatte, den Abzugsfinger eines Klingonen auf die Probe zu stellen? Aus dieser Nähe?

Grael, plötzlich inspiriert, deutete mit seiner Waffe in Richtung der anderen Menschen. »Treib es nicht zu weit«, sagte er. »Ich bin auf eurer Seite – wenn ihr nichts dagegen habt.«

Vielleicht lag es an der Bedrohung seiner Freunde; vielleicht lag es auch irgendwie an der Stimme des Klingonen, die eine Wahrheit anzudeuten schien. Auf jeden Fall senkte David die Waffe und warf sie Grael zu.

Der Klingone fing sie auf und grunzte. »Ein kluger Entschluß.« Dann kam er aus seiner Deckung und sah, daß der Vulkanier am Boden kniete und die Waffe eines Gefallenen an sich nahm.

»Ich würde sie an Ihrer Stelle nicht anfassen«, sagte Grael.

Der Vulkanier schien – wie der Junge – die verschiedenen Elemente der Situation abzuwägen. Dann zog er die Hand zurück.

Dies gab Grael Gelegenheit, seine Arbeit zu beenden. Er tötete seine beiden besinnungslosen Kollegen und vernichtete dann ihre Waffen.

Während er dies tat, blieb der Vulkanier unbeteiligt, und nur ein leichter Schatten fiel über sein Gesicht. Doch die Gesichter der Kinder stellten offen ihre Emotionen zur Schau: Entsetzen und Ekel.

»Sie waren eure Feinde«, sagte Grael, als er fertig war. »Warum freut ihr euch nicht, daß sie nicht mehr leben?«

»Es war unnötig, was Sie getan haben«, erwiderte der

Starfleet-Offizier. »Sie wären noch stundenlang bewußtlos geblieben.«

»Unnötig?« echote der Klingone. Er setzte einen anzüglichen Blick auf. »Vielleicht für Ihre Zwecke, aber nicht für meine.«

Der Vulkanier musterte ihn eingehend. »Ich muß gestehen«, sagte er, »daß ich Ihr Motiv nicht verstehe – und Ihr Ziel schon gar nicht.«

»Mein Motiv«, erwiderte Grael, »geht Sie nichts an. Und mein Ziel, zumindest insofern, als Sie davon wissen müssen, besteht darin, diese Mission zu verwirren und uns zurück zur Heimatwelt zu bringen. Ich werde unsere Abreise noch für heute veranlassen.« Er deutete mit seinem Intervaller in Richtung Kolonie. »Sie haben also genug Zeit und Gelegenheit, in die Siedlung zurückzukehren und Ihre menschlichen Freunde zu befreien.«

Der Blick des Vulkaniers blieb an Grael haften. »Ein Akt der Gnade?« fragte er.

Der Klingone schüttelte den Kopf. »Ach, was.«

Spock nahm es so hin und schaute seine jungen Schützlinge an. »Kommt«, sagte er, »laßt uns tun, was er vorgeschlagen hat.«

Nur der Junge mit dem gelben Haar und den seltsamen blauen Augen schenke Grael einen letzten Blick. Die anderen folgten dem Vulkanier an dem Felsen vorbei und verschwanden in der Ferne.

Als der Klingone sicher war, daß sie gegangen waren, steckte er seinen Intervaller ein, setzte sich mit dem Rücken gegen den Felsen und überdachte sein weiteres Vorgehen.

Kruge schritt gerade in der Kuppel auf und ab, als die Tür sich erneut öffnete. Wie zuvor stand die kräftige Gestalt Oghirs im Rahmen.

»Zweiter Offizier? Grael hat sich gemeldet.«

Sein Ausdruck war nicht zuversichtlicher als zuvor. Kruge fluchte und öffnete seinen Kommunikator. »Grael? Hier ist der Zweite Offizier. Meldung! Was ist passiert?«

Graels Tonfall war hohl und flach, als könnten seine Gefühle nicht mit der Katastrophe fertig werden, die sich dort draußen abgespielt hatte. »Sie sind alle tot«, meldete er.

Kruge schüttelte den Kopf. »Was soll der Unsinn?«

»Sie sind alle tot«, wiederholte Grael. »Captain Vheled, der Erste Offizier Gidris, alle. Ich bin der einzige Überlebende.«

Kruge brauchte einen Moment, bis die Worte zu ihm durchdrangen. Und dann einen weiteren, um sie zu glauben. »Wer hat sie umgebracht?« fragte er. »Doch wohl nicht diese Bälger?«

»Nein, keine Kinder. Es sind keine *Kinder* dort draußen, Zweiter Offizier. Nur Erwachsene – Starfleet-Offiziere.« Er hielt inne. »Es ist irgendeine Falle, glaube ich. Ich nehme an, sie *wollen*, daß wir dort hinausgehen und einen Versuch machen, ihre Technik zu stehlen ...«

Kruge widerstand dem Impuls, den Kommunikator an die gewölbte Kuppelwand zu werfen. Er hätte wissen müssen, daß Kinder nicht in der Lage gewesen wären, erfahrene Krieger wie Gidris hereinzulegen. Er hätte es *wissen* müssen.

Und Vheled ebenfalls. Er hätte mehr Männer mitnehmen sollen, vielleicht sogar die Gegend aus der Ferne von der *Kad'rna* aus beschießen lassen.

Aber nun war es zu spät. Laut Grael war der Captain tot. Und das galt auch für ihre Hoffnungen, sich das volle Maß der wissenschaftlichen Errungenschaften dieser Kolonie anzueignen.

Kruge wurde schlagartig klar, daß er bekommen hatte, was er hatte haben wollen. Er führte nun das Kommando – und nicht nur für eine Weile, sondern für immer.

Dieses Wissen ernüchterte ihn. »Bleiben Sie dran«, sagte er zu Grael.

»Jawohl, Herr«, kam die Antwort.

Kruge zügelte seinen Zorn und überdachte die Möglichkeiten. Viele waren es nicht.

Er konnte die wenigen ihm noch verbliebenen Leute einsetzen und sich den Starfleet-Offizieren in den Bergen stellen, aber danach stand ihm nicht der Sinn. Wenn es eine Falle war, wie Grael angedeutet hatte, wer konnte dann wissen, was dort alles auf sie wartete?

Die zweite Option bestand im Rückzug und in der Flucht. Sie konnten sich mit allen Daten, die Mallot Boudreau und dessen Computern entrissen hatte, zufriedengeben.

Natürlich zehrte die zweite Option an Kruges Nerven. Sie sahen wie eine Purisherde aus, wenn sie mit eingezogenem Schwanz Leine zogen und ihre Aufgabe nur halb erfüllt hatten. Und das war der Sache der Gavish'rae nicht im geringsten dienlich. Andererseits hatte Boudreau ihm ins Gesicht gelogen. Er mußte gewußt haben, was sie in den Bergen erwartete; er mußte in die Sache eingeweiht gewesen sein. Und Kruge konnte es nicht ausstehen, wenn man ihn belog.

Doch was konnten sie andererseits hier noch erreichen? Die Chance, daß die G-7 eine furchtbare Waffe war, bestand trotzdem; innerlich glaubte er noch immer daran. Aber es bestand auch die Möglichkeit, daß das verdammte Ding nie existiert hatte.

Vielleicht war die ganze Ansiedlung nur ein Köder der Föderation gewesen. Wenn sie zur Heimatwelt zurückkehrten und Mallots Daten analysierten, stellte sich vielleicht heraus, daß alles nur Gewäsch war – nur ein neuer Köder.

Trotzdem, sie konnten nicht ohne etwas von Wert zurückkehren. Sie konnten nicht …

Mit der Plötzlichkeit eines Sommersturms in den Bergen von Fesh'rin zeichnete sich der richtige Handlungskurs vor ihm ab. Er nahm den Kommunikator.

»Grael?«

»Zweiter Offizier?«

»Ich bin jetzt der *Captain*«, erinnerte Kruge ihn schroff.

»Ja, Captain?« fragte Grael.

»Kontaktieren Sie das Schiff und lassen Sie sich an Bord beamen. Und alarmieren Sie die Transportertechnik. Es werden noch mehr folgen.«

»Wie Sie wünschen – *Captain* Kruge.«

Oghir, der noch immer im Türrahmen stand, schaute Kruge an. »Wir ziehen ab?« fragte er vorsichtig.

Kruge nickte. »Ja, wir gehen. Aber nicht allein.«

Oghir schaute ihn verwirrt an. »Nicht allein?« fragte er.

»Natürlich nicht«, sagte der neue Captain der *Kad'rna* und schob sich an Oghir vorbei zur Tür hinaus. »Die Kolonisten kommen mit.«

Und während Oghir ihm folgte, eilte er zu den Kuppeln, in denen Boudreau und die anderen verlogenen Menschen gefangengehalten wurden.

Ein kleiner, unscheinbarer grauer Ball erschien in der Ferne auf dem Hauptbildschirm. Kirk wußte, was es war: Es gab keinen Grund, eine Vergrößerung zu verlangen.

»Nähern uns Beta Canzandia X«, meldete Sulu von seinem üblichen Platz am Ruder. Seine Stimme klang gespannt, aber Kirks Nerven waren mindestens ebenso gespannt. Die Reise hatte für ihn eine Ewigkeit gedauert. »Geschätzte Ankunft auf Canzandia III in dreiundzwanzig Minuten und dreißig Sekunden.«

»Noch immer keine Antwort von der Kolonie«, meldete Uhura.

Kirk beugte sich vor und stützte das Kinn auf seine Faust. Wenn sie auf den Planeten beamten, stellten sie möglicherweise nur fest, daß man Schwierigkeiten mit einer schadhaften Kommunikationseinheit hatte. Oder daß es um irgendein verdammtes Interferenzproblem in der Atmosphäre ging.

Dann würde Spock ihn ansehen, als hätte er es mit einem Verrückten zu tun, der mit Warp neun durchs All gerast war. *Wie Sie sehen, Sir,* würde er sagen und dabei verständnislos eine Braue heben, *geht es uns bestens.*

Chekov beugte sich an der Navigation über die Kontrollen, als wolle er besseren Überblick über die Monitore bekommen. Plötzlich wirbelte der Fähnrich auf seinem Sitz herum.

»Sir, ich habe ein klingonisches Schiff auf dem Schirm – es befindet sich in der Kreisbahn um den Kolonialplaneten!«

Kirk verdaute die Information in einer Sekunde, dann gab er seine Anweisungen.

»Geschwindigkeit beibehalten, Mr. Sulu!« Er drückte einen Knopf auf der Lehne des Kommandosessels. »Mr. Scott?«

»Aye, Sir.«

»Wir kriegen Probleme. Mit den Klingonen. Torpedos und Phaser scharfmachen und bereithalten.«

»Schon geschehen«, versicherte Scott.

Kirks Verstand raste. Was hatten die Klingonen vor? Wollten sie sich nur versichern, ob jemand ihre Grenzen verletzte – oder hatten sie mehr im Sinn?

Oder waren sie etwa hinter der Terraforming-Technik her? Zuzutrauen war es ihnen. Die Klingonen hatten schon in der Vergangenheit manche Technologie der Föderation als Bedrohung angesehen. Warum nicht auch jetzt?

*Verdammt.* Die Kolonisten konnten sich nicht verteidigen. Nicht zurückschlagen. Gegen eine Streitmacht der Klingonen waren sie hilflos.

Wenn sie Carol etwas taten ... oder Spock ...

Er registrierte, daß sich seine Hände plötzlich zu Fäusten geballt hatten. Er entspannte sie mit einiger Mühe, dann tippte er erneut auf die Lehne. »Mr. Leslie?«

»Sir?« kam sofort die Antwort.

»Einsatzkommando vorbereiten. Sieht so aus, als müßten wir den Klingonen mal wieder eine Kolonie entreißen.«

Leslie verstand schnell. »Wir sind in fünf Minuten fertig, Sir.«

»Fünf Minuten reichen mir«, erwiderte Kirk.

Es würde doppelt solange dauern, bis sie Beta Canzandia III erreichten. Kirk wußte, es würden die längsten zehn Minuten seines Lebens werden.

# 20

Am Aussichtspunkt des Spielplatzes lagen Spock und die Kinder auf dem Bauch und beobachteten die Lage unter ihnen. Zwischen den Gebäuden der Kolonie ging es bemerkenswert friedlich zu.

»Wie kriegen wir raus, in welchen Kuppeln sie festgehalten werden?« fragte Garcia.

»Sie sind in denen, die bewacht werden«, erwiderte der Vulkanier. »Außerdem ist es allein mein Problem – nicht das eure. Ich gehe nämlich allein dort hinunter.«

Die Kinder schauten ihn trotzig an. Sie waren, obwohl die Klingonen sie in Angst und Schrecken versetzt hatten, darauf aus, ihn zu begleiten.

»Mr. Spock hat recht«, sagte nun David. »Dies ist etwas, das er am besten allein erledigen kann.«

Spock warf dem Jungen einen beifälligen Blick zu. Auf irgendeine Art, dachte er, ist er über Nacht erwachsen geworden. Und im gleichen Augenblick, in dem er seinen seltsamen jungen Verbündeten musterte, wurde ihm plötzlich klar, was ihm an David so bekannt vorkam.

*Nein,* dachte er nach kurzem Nachdenken. Es ist nicht möglich. Der Captain hätte eine solche Sache bestimmt erwähnt. Es sei denn ... er wußte es selbst nicht. Und dann wurde ihm der Rest der Wahrheit offenbar und entfaltete sich wie eine Schriftrolle.

»David hat recht«, sagte er ruhig. »Ich habe eine bessere Chance, erfolgreich zu sein, wenn ich es allein versuche.«

Sie sahen zwar alle nicht glücklich aus, aber sie gaben nach. Mit einem raschen Blick über die Schulter in Gesichter, die er nie wieder vergessen würde, ging Spock zu den Kuppeln der Ansiedlung hinunter.

Für den Abstieg vom Hügel zur Kolonie brauchte Spock wie erwartet fast genau siebzehn Minuten. Und er brauchte fast ebensoviel Zeit, um die Wachen aufzuspüren, die an den Gebäuden postiert waren. Zum Glück sah er sie zuerst, nicht umgekehrt.

Die Klingonen unterhielten sich miteinander, was es erschwerte, sich ihnen zu nähern. Er konnte sich kaum von hinten an den einen heranschleichen, während der andere diesen im Blickfeld hatte. Doch nach ein, zwei Minuten zeigte sich eine Gelegenheit. Ein Wächter ging fort – um seinem Vorgesetzten Meldung zu machen oder um irgendwelchen körperlichen Bedürfnissen nachzugehen.

Er war kaum eine halbe Minute fort, als Spock auch schon um den Rand der Kuppel schlich, hinter dem einzelnen Wächter auftauchte und ihn an der Schulter packte. Obwohl der Mann stämmig war, sackte er sofort zusammen.

Spock fing sein Opfer im Fallen auf, packte es unter den Achselhöhlen und schleppte es in die Kuppel. Wie er gehofft hatte, öffnete sich die Eingangstür automatisch.

»Mein Gott«, keuchte jemand.

Spock warf einen Blick über seine Schulter und erblickte die verängstigten Kolonisten. Jemand deutete auf ihn. Er erkannte das Gesicht.

»Es ist Spock«, sagte Boudreau ungläubig. Er sah den besinnungslosen Klingonen und lachte. »Wie, zum Henker, haben Sie *das* gemacht?«

»Keine Zeit für Erklärungen«, erwiderte Spock. Er ließ den Wächter neben den Eingang fallen und zog dessen Intervaller aus dem Gürtel. Dann richtete er sich auf. »Ich würde es allerdings zu schätzen wissen, wenn Sie mir dabei helfen könnten, die Aufmerksamkeit des anderen Wächters abzulenken. Je mehr Lärm, desto besser.«

Als er Carol Marcus zwischen den Unverletzten fand, warf er ihr den Intervaller zu. Sie fing ihn auf, dann schaute sie ihn an.

»Für den Fall, daß sich meine Methoden als erfolglos erweisen«, sagte Spock. »Ich rate Ihnen allerdings, die Waffe im Moment nicht sichtbar zu tragen.«

»Mr. Spock«, sagte Carol. Sie sah noch immer so aus, als stünde sie unter einem Schock. »Die Kinder ...«

»Es geht ihnen gut«, sagte Spock knapp. »Und nun, Doktor ... Schlagen Sie bitte Krach.«

Carol nickte. Dann machten sie und ihre Kollegen einen Lärm, den der zweite Wächter einfach nicht überhören konnte. Wenige Sekunden später glitt die Tür auf, und der Klingone machte einen Schritt hinein. Er hielt eine Waffe in der Hand und richtete sie auf die vor ihm stehenden Kolonisten. Da er die Abwesenheit seines Gefährten natürlich schon bemerkt hatte, war er wütend und wachsam.

Er erblickte Spock früh genug aus den Augenwinkeln, um herumzuwirbeln und seinem Nervengriff zu entgehen. Doch er war zu langsam, um den Abzug der Waffe zu betätigen, bevor der Vulkanier ihn mit einem schnellen rechten Haken zu Boden schlug.

*Ich darf nicht vergessen,* dachte Spock, *dem Captain zu danken, daß er mir dies gezeigt hat.*

Diesmal gab er den erbeuteten Intervaller an Boudreau weiter. Der Wissenschaftler nahm ihn an sich und brummte. »Ich hätte nie gedacht, daß ich den Tag noch erleben würde, an dem ich *so etwas* in die Hand nehme.«

»Wie schon gesagt«, sagte Spock, »es ist nur eine Vorsichtsmaßnahme. Wissen Sie, wo Ihre übrigen Kollegen sind?«

Boudreau nickte. »In einer anderen Kuppel. Aber ich weiß leider nicht, in welcher.«

»Keine Sorge«, versicherte Spock. »Ich habe diese hier gefunden. Ich werde auch die andere finden.«

»Brauchen Sie keine Hilfe?« fragte Carol.

Spock schüttelte den Kopf. »Ich würde es lieber sehen, wenn Sie verschwinden, solange Sie es noch können. Auch ohne Intervaller dürften Sie in dieser Hinsicht keine Schwierigkeiten haben.«

Die blonde Frau sah so aus, als sei sie drauf und dran, mit ihm zu streiten, aber schließlich unterließ sie es doch. »Kommen Sie«, sagte sie zu den anderen. »Lassen Sie uns von hier verschwinden und Mr. Spock seine Arbeit tun.«

Irgend etwas an ihrer Ausdrucksweise ließ Spock nachdenklich werden. Und im nächsten Moment schob sich das letzte Stück des Puzzles an die richtige Stelle. David … *Marcus?* Ja. David Marcus.

Spock wartete, bis der letzte Mensch sich ins Freie begeben hatte. Dann ging er in die entgegengesetzte Richtung und suchte nach der anderen Gefängniskuppel und dem Rest der Wissenschaftler.

Unter ihnen lag die Ansiedlung so still da wie zuvor. Sie war sogar so still, als sei niemand dort.

»Es dauert zu lange«, meinte Pfeffer.

»Aber *nein*«, sagte Medford. »Er ist doch erst ein paar Minuten da unten.«

»Wenigstens hat noch niemand geschossen«, sagte Garcia. »Ich hab jedenfalls keine Blitze gesehen.«

Das erinnerte sie alle an ihr ursprüngliches Entsetzen beim Beobachten des Überfalls auf die Kolonie. Einen Moment lang sagte niemand etwas. Und Wan schüttelte sich.

Dann brach David das Schweigen. »Er macht das schon. Ich weiß es.«

Mr. Spock hatte Vertrauen in ihm erweckt. David war

sich sicher: Der Vulkanier würde sie sogar hier rausholen, wenn er in die Mündung einer klingonischen Waffe schaute.

Obwohl seine Mutter gesagt hatte, er solle ihm aus wem Weg gehen, wünschte er sich, so zu sein wie er. Er wünschte sich, ein Mann zu werden, der dem Vulkanier vielleicht eines Tages ebenso aus irgendwelchen Schwierigkeiten heraushelfen konnte, wie dieser nun ihnen beistand.

Natürlich würde sich ihm nie eine solche Chance bieten. Doch andererseits rief der Vulkanier genau diese Gefühle in ihm hervor.

Er hatte noch immer keinen Vater. Aber wenn er sich jemanden vorstellte – nun ja, in seiner Vorstellung durfte er ruhig etwas weniger können als Mr. Spock.

»Moment mal«, sagte Garcia. »Was ist das denn?«

Zwischen den Kuppeln bewegte sich etwas. Eine Reihe von Menschen – keine Klingonen, sondern Kolonisten. Sie bewegten sich zum Rand der Ansiedlung hin, die den Kindern am nächsten war.

»Es sind unsere Eltern«, keuchte Wan. »Und die anderen. Sie sind entkommen!«

David nickte. Er wußte, daß man Spock vertrauen konnte. Er hatte es *gewußt.*

Pfeffer wollte aufstehen, weil er die Absicht hatte, den Hügel hinunterzugehen und sich zu ihnen zu gesellen. Aber Medford packte seinen Arm so, wie sie zuvor den von Garcia gepackt hatte.

»He, bist du verrückt?« sagte sie. »Was ist, wenn sie geschnappt werden? Dann schnappen sie uns auch.«

Sie hatte recht. Selbst jetzt mußten sie noch vorsichtig sein. Selbst jetzt, auch wenn alles so aussah, als stünden sie kurz vor dem Sieg, mußten sie sich zurückhalten – für den Fall des Falles.

Mit schmerzhafter Langsamkeit kletterten sich die Kolonisten den Hügel hinauf. Spock war bei ihnen; er führte die Menschen an und gab ihnen mit Gesten zu verstehen, daß sie sich beeilen sollten. Nach einer Weile kamen sie so nahe, daß die Kinder ihre Gesichter erkennen konnten.

David sah Wans Eltern in der ersten Reihe, dann die von Pfeffer und Garcia. Aber wo war seine Mutter? Er suchte den Abhang ab und schluckte.

Und dann sah er sie. Sie ging neben Dr. Boudreau am Ende der Gruppe. Und ausgerechnet sie hielt einen Phaser in der Hand!

Einer der Kolonisten erspähte nun die Kinder und wies die anderen auf sie hin. Plötzlich kamen sie in Scharen den Hügel heraufgerannt, streckten mit strahlenden Augen die Arme aus und jubelten.

Es gab nun keinen Grund mehr, sich zu verstecken. Ein Ausbruch herzlicher Gefühle verschloß Davids Kehle, und ehe er sich versah, lief er ebenso verrückt wie die anderen den Hügel hinab und auf seine Mutter zu.

Als sie ihn erblickte, lief sie ebenfalls, bis sie sich trafen und einander in die Arme fielen. So hatten sie schon seit Jahren nicht mehr miteinander geschmust – seit er ein kleines Kind gewesen war –, aber nun war es ihm egal. Obwohl David sich alle Mühe gab, konnte er seine Tränen nicht zurückhalten, jedenfalls nicht ganz.

»Bist du in Ordnung?« fragte seine Mutter und wischte sich mit der Hand, in der sie den Phaser hielt, die Tränen aus den Augen. Sie lehnte sich zurück und schaute ihm ins Gesicht. »Mein Gott, wie dünn du aussiehst! Was hast du denn gegessen?«

David zuckte die Achseln. »Nicht viel, schätze ich.«

Und dann wurde er sich auch der anderen Gespräche bewußt, die rund um ihn herum stattfanden. Er nahm zwar nur Gesprächsfetzen wahr, aber sie klangen gut. Und sie klangen richtig.

»...dann haben wir uns in der Höhle versteckt; es war kalt, aber wir haben uns gegenseitig gewärmt...«

»... und dann haben wir ihm auf den Kopf gehauen, und dann hat Mr. Spock ...«

»... die Klingonen in eine *Falle* gelockt? Was soll das *heißen*, ihr habt ...«

Alle scharten sich aufgeregt um sie. Und es kamen immer mehr Kolonisten den Hügel herauf und gesellten sich zu ihnen. Dr. Riordan war auch dabei; seine Frau und sein Sohn waren noch etwas zurück.

David schaute Timothy zwei Sekunden in die Augen und erinnerte sich an die Geschichte, die seine Mutter ihm über den Rattenfänger und den kleinen Jungen erzählt hatte, der zurückgeblieben war, als die anderen Kinder dem Rattenfänger gefolgt waren.

Genau diesen Blick hatte Riordan im Gesicht. Als hätte man ihn zurückgelassen; als hätte man ihm irgend etwas von Wert genommen. In der Geschichte war es natürlich nicht die Schuld des Kleinen gewesen, daß er zurückgeblieben war; er war gehbehindert und konnte nicht so schnell laufen. Als Riordan sich errötend von ihm abwandte, hatte David das Empfinden, daß man nicht jede Behinderung so ohne weiteres sehen konnte.

Dann vergaß er Riordan und schaute den anderen zu, die den Hügel hinauf zum Spielplatz marschierten. Obwohl er es nicht genau wußte, hatte er doch den Eindruck, daß sie es alle geschafft hatten.

*Alle.*

Als Kruge die erste der beiden Laborkuppeln erreichte, in denen die Kolonisten eingesperrt waren, änderte er plötzlich seine Ansicht. Natürlich wollte er Geiseln mitnehmen. Aber irgend jemand sollte auch für den gegenwärtigen Stand der Dinge *bezahlen*, und zwar *ordentlich*.

Er dachte an einige besondere Personen. Einer war Boudreau. Der andere war Timothy Riordan.

Schließlich brauchten die Wissenschaftler auf der Heimatwelt nicht *alle* Menschen, um die Einzelteile der neuen Terraforming-Technik zusammenzusetzen. Einen oder zwei, sogar jemand mit Boudreaus Reputation, würde man kaum vermissen. Doch bevor er den Abzug betätigte, wollte er sie alle winseln sehen. Ja, es würde ihm gefallen.

Er war dermaßen auf seine Rache konzentriert, daß er nicht einmal bemerkte, daß die Kuppeltür unbewacht war. Oghir hingegen war wachsamer.

»Captain«, keuchte er. »Die Wachen! Wo sind sie?«

Kruge verlangsamte seine Schritte und schaute sich vorsichtig um. Ja, wo waren sie?

Dann erspähte er ein paar Stiefel, die hinter der Rundung der Kuppel hervorragten, und als er näher heranging, fand er den Wächter auf dem roten Boden ausgestreckt – besinnungslos.

Mit einem frustrierten Brüllen stürzte Kruge auf die Tür zu. Kurz bevor er gegen sie geprallt wäre, glitt sie auf und enthüllte dem neuen Captain der *Kad'nra* das leere Innere.

Kruge eilte hinaus und rannte zur nächsten Kuppel. Die Wut wallte in ihm auf wie eine Intervallerladung, denn er erwartete das Schlimmste … und fand es auch. Auch die zweite Kuppel war leer. Leer wie eine Gruft.

Die Gefangenen waren weg. Wohin? Er nahm seinen Kommunikator vom Gürtel und öffnete ihn, um die wenigen Männer zu alarmieren, die noch in der Ansiedlung waren. Er war überrascht, als er von der *Kad'nra* aus angesprochen wurde.

Es war Haastra. »Wir haben ein Problem, Zweiter Offizier … Wir …«

»*Captain,* Haastra! Ich bin jetzt *Captain.* Vheled und Gidris sind tot.«

Am anderen Ende trat ein kurzes Schweigen ein, denn dies mußte der Leiter der Bordwache erst einmal verdauen. Kruge empfand auch keine Überraschung darüber. Vheleds Tod war auf das persönliche Versagen Haastras zurückzuführen, auch wenn er nichts hatte tun können, um ihn zu verhindern. Aber oberste Bordwächter waren immer für das Wohlergehen des Captains verantwortlich. Neue Captains waren auch nicht dafür bekannt, daß sie alte Bordwächter in ihrer Position beließen, und Kruge hatte nicht vor, in dieser Hinsicht die Ausnahme von der Regel zu sein.

Schließlich sagte Haastra – offensichtlich widerwillig und enttäuscht: »*Captain,* ich wollte gerade sagen, daß wir ein Problem haben.«

»Dann haben wir ja sogar *mehrere*«, erwiderte Kruge. »Was ist denn jetzt schon wieder los?«

Der Chef der Bordwache blieb ruhig – so ruhig, wie jemand, der gerade erfahren hatte, daß sein Schicksal besiegelt war. Es klang sogar fast hämisch, als er antwortete. »Uns nähert sich ein Schiff der Föderation. Es wird in wenigen Minuten hier sein.«

Kruge spürte, daß er zitterte, aber nicht vor Angst, sondern vor Wut. Wie kam es nur, daß plötzlich alles auf einmal schiefging?

»Beamen Sie uns hinauf«, fauchte er in den Kommunikator. »Alle noch lebenden Klingonen sollen sofort an Bord zurückgeholt werden. Und bereiten Sie sich darauf vor, daß wir die Kreisbahn so schnell wie möglich verlassen.«

»Zu Befehl«, sagte Haastra.

Kruge starrte die mittlere Kuppel an, in der sich die Computer befanden, und biß sich auf die Lippe. Wenn er doch wenigstens noch die Gefangenen gehabt hätte. Dann hätte seine Rückkehr auf die Heimatwelt nicht so sehr nach einer Niederlage ausgesehen.

Ihm kam eine Idee, und er grunzte. Die Menschen hatten sie geschlagen – *ihn* geschlagen. Aber bevor er ging, wollte er ihnen noch zeigen, daß ein Klingone eine solche Schande nicht einfach hinnahm.

»Captain«, sagte Oghir, »was ...?«

Kruge schnitt ihm mit einer schnellen, hackenden Geste das Wort ab. Er zog seinen Intervaller, deutete auf die mittlere Kuppel und drückte ab.

Blauweißes Licht schlängelte sich dem Ziel entgegen, sprühte über seine Oberfläche, hüllte sie ein und verzehrte sie. Nach einem Augenblick konnte Kruge durch ein brennendes, klaffendes Loch nach innen sehen, auf die Computer-Arbeitsplätze. Dann fingen die Computer an, Funken zu versprühen und zu qualmen, und schließlich explodierten sie in einzelnen Feuerbällen.

Kruge grinste, als er das Chaos sah, und feuerte weiter. Unter fortwährenden Explosionen vermischten sich die Flammen zu einem Großbrand. Über der Reihe der brennenden Arbeitsplätze fing das Netzwerk der weißen Kunststoffröhren an zu schmelzen und löste sich ab.

Und dann eruptierte die ganze Kuppel wie ein erwachender Vulkan in einem unerwarteten Paroxysmus der Zerstörung. Die Hitze versengte Kruge das Gesicht, aber er wich nicht zurück. Es war ein *gutes* Gefühl.

Und was noch besser war: das Feuer breitete sich nun auch auf die anderen Kuppeln der Umgebung aus. Auch sie gingen nach und nach in Flammen auf.

Dies war nur eine Andeutung dessen, was die Föderation von Kruge, dem Captain der *Kad'rna*, zu erwarten hatte. Nur ein Vorgeschmack der Rache, die er eines Tages an Starfleet nehmen würde.

Als er diese Aussicht genoß, wurde ihm klar, daß er sich schon in der Entmaterialisierungsphase befand. Das letzte, was er sah, war das glosende Inferno, das sich nach und nach über die gesamte Kolonie ausbreitete. Im größeren Konzept der Dinge war es zwar nur ein jämmerlich kleiner Trost, aber für den Augenblick mußte es reichen.

David hatte eine Feier, wie sie nun auf dem Hügel stattfand, noch nie erlebt. Erwachsene und Kinder lagen sich in den Armen; sie küßten sich und lachten in einem fort. Nur Spock nahm nicht daran teil. Er richtete ein wachsames Auge auf die Ansiedlung am Fuß des Hanges, wo die Klingonen noch immer eine Bedrohung darstellten.

David zog seine Mutter hinter sich her und ging zu dem Vulkanier hinüber. Spock bemerkte ihn und hob eine Braue; er sah zuerst den Jungen, dann dessen Mutter an.

»Brauchen Sie irgendwelche Hilfe?« fragte David.

Der Vulkanier schüttelte den Kopf. »Nein, im Moment nicht.« Dann sagte er zu Davids Mutter: »Ihr Sohn ist ein sehr tapferer junger Mann.« Er machte diese Bemerkung ohne den geringsten Anflug eines Gefühls.

Carol nickte. »Ja, weiß ich.«

Irgend etwas ging zwischen den beiden vor, ein Tausch von Blicken, den David nicht verstand. Es wurde ihm auch keine große Chance dazu geboten, weil im nächsten Augenblick das Krachen einer Explosion ertönte. Und noch eine. Und dann eine ganze Reihe, die einander folgten.

David schaute mit offenem Mund auf die Ansiedlung und sah Flammen. Sie waren groß und rot und stiegen aus dem Labor auf.

»Mein Gott«, sagte jemand. »Sie brennen alles nieder!«

Dr. Boudreau trat vor. Er hielt ebenfalls einen Intervaller in der Hand und sah aus, als sei er bereit, ihn einzusetzen.

Als David zuschaute, breitete sich das Feuer auch über die anderen Kuppeln aus. Es sprang auf die Freizeitkuppel über, wo sie Feste und Hochzeiten feierten. Dann zur Magazinkuppel, wo er Dr. McCoy kennengelernt hatte. Und dann zu der, in der er und seine Mutter gewohnt hatten, in der er gegessen, seine Hausaufgaben gemacht und seine Träume von der üppig grünen Erde geträumt hatte.

Ihm war, als ginge sein ganzes Leben in Rauch auf. Und dann blickte er seine Mutter an, und er erkannte, daß auch der Garten brannte. Und die Pflanzen, die sie mit so viel Liebe gehegt und gepflegt hatte.

Alles brannte. Und sie konnten nichts dagegen tun – nur zuschauen und sich hilflos fühlen.

»Die Klingonen verlassen die Kreisbahn, Sir!« rief Chekov.

Das Bild auf dem Hauptschirm sagte Kirk alles. Nun, da die Vergrößerung auf die höchste Stufe eingestellt war, konnte er das klingonische Schiff leicht ausmachen, als es aus dem Orbit von Beta Canzandia III schoß.

Kirk war überrascht. Es war normalerweise nicht die Art der Klingonen zu fliehen, speziell dann nicht, wenn die Chancen für sie gut standen.

»Abtasten, Mr. Sulu. Ich möchte doch zu gern wissen, warum sie es so eilig haben.«

Die Antwort des Steuermanns kam erst nach endlos langer Zeit, obwohl er wahrscheinlich nur Sekunden brauchte. »Sie haben Probleme, Sir. Die Energieanzeige besagt, daß sie sich nur mit Impulskraft bewegen.«

Kirk beugte sich vor. Impulskraft? Interessant.

»Sind irgendwelche Menschen an Bord?« fragte er.

Wieder mußte er warten. Und Geduld war heute nicht seine starke Seite. Wenn die Klingonen Geiseln an Bord hatten, mußten sie schnell reagieren.

»Nein, Sir«, kam schließlich Sulus Antwort. »Keine Menschen an Bord.«

Kirk lehnte sich in den Sessel zurück. Er empfand Erleichterung, als er sah, daß das fremde Schiff sich von ihnen entfernte.

Chekov wandte sich in seinem Sitz um. »Soll ich einen Verfolgungskurs berechnen?«

Kirk fühlte sich verlockt, aber er schüttelte den Kopf. »Nein, Fähnrich. Berechnen Sie eine Kreisbahn.« Welcher Abscheulichkeiten sich die Eindringlinge vielleicht auch schuldig gemacht hatten, den Kolonisten galt höchste Priorität. Vielleicht hatte es Verwundete oder gar Tote gegeben…

Bei der Vorstellung, sie könnten seinen Freunden etwas angetan haben, biß Kirk die Zähne zusammen und schwor sich, daß sie es bereuen würden.

Dann erhob er sich aus seinem Sessel, drehte sich um und ging zum Turbolift. »Übernehmen Sie das Kommando«, sagte er zu Scotty, der an seiner Brückenstation saß. »Ich beame mit der Landegruppe hinunter.«

»Aye, aye, Sir«, sagte der Ingenieur.

Noch bevor Scotty zum Kommandosessel ging, schloß sich die Lifttür, und Kirk war unterwegs zum Transporterraum – mit einem Gebet auf den Lippen.

## 21

Kirk, Leslie und das Team der Bordwache beamten in ein Inferno hinein. Wohin sie auch schauten, überall brannten Kuppeln.

*Carol,* dachte er.

Er wandte sich zu Leslie um und schirmte seine Augen vor der schrecklichen Hitze ab. »Wo sind sie?«

Wenn die Kolonisten noch hier unten waren, in irgendeiner Kuppel, mußten sie sie herausholen. Er wußte zwar nicht wie, aber sie mußten es versuchen.

Leslie nahm seinen Tricorder und suchte die gesamte Umgebung ab. Er schwitzte stark und wischte sich mit dem Ärmel über die Stirn.

»Sie sind nicht hier«, meldete er. »Jedenfalls nicht in der Ansiedlung.«

Kirk wußte sehr gut, daß dies eine gute, aber auch eine schlechte Nachricht sein konnte. Tricorder reagierten nur auf *lebende* Wesen. Wenn die Wissenschaftler bereits tot waren ...

Er riß seinen Kommunikator heraus und brüllte: »Mr. Sulu, führen Sie einen Scan durch – in einem Radius von zwei Kilometern rings um meinen Standort.« Er runzelte die Stirn. »Mit besonderer Beachtung menschlicher und vulkanischer Lebensformen.«

»Sofort, Sir.« Sulu legte eine Pause ein, während der Kirk hörte, daß er die Anweisung weitergab. Dann meldete er sich wieder. »Westlich von der Niederlassung hält sich eine Gruppe von Menschen auf. Ein Vulkanier ist bei ihnen. Brauchen Sie weitere Einzelheiten?«

Kirk atmete erleichtert auf und schüttelte den Kopf,

obwohl er wußte, daß Sulu ihn nicht sehen konnte. »Nein. Nein, danke, Lieutenant. Kirk, Ende.«

Leslie lächelte. »Sie sind entkommen.«

»Offenbar«, erwiderte Kirk. Er warf einen Blick auf die brennenden Kuppeln. »Kommen Sie. Wollen wir doch mal sehen, ob es noch etwas gibt, was wir retten können.«

David saß am Rande des Spielplatzes, schaute auf die noch qualmenden Kuppeln hinab und versuchte sich auszumalen, was passiert war. Er wollte die Dinge rekonstruieren, die zur Vernichtung der Kolonie geführt hatten, als Spock schon die Entwarnung gegeben hatte.

Offenbar konnten sie nun gefahrlos zur Ansiedlung zurückkehren. Die Klingonen waren abgereist, Spocks Schiff hatte es gemeldet. Das Feuer hatte man, ironischerweise, mit strategischem Phaserbeschuß gelöscht.

Einige Kuppeln am anderen Ende der Siedlung schienen sogar gerettet worden zu sein. Die Terraformer würden also ein Plätzchen haben, an dem sie leben konnten, bis neue Behausungen errichtet waren.

Als die Gruppe, Kinder und Erwachsene gleichermaßen, den Hügel hinabgingen, sahen sie aus wie ein Volk auf dem Heimweg. Ihre Augen strahlen Hoffnung aus, dachte David, keine Verbitterung. Erleichterung, keine Wut.

Sogar Dr. Boudreau, der beim Anblick der brennenden Kuppeln fuchsteufelswild geworden war, hatte sich sichtlich beruhigt, als Spock den Befehl gegeben hatte, die G-7-Einheit aus ihrem Versteck in den Bergen herüberzubeamen. Seither hielt der Kolonialadministator das Gerät wie einen großen, glänzenden Säugling in den Armen.

Doch als David die Hand seiner Mutter genommen hatte und mit ihr den Hang hinuntergegangen war, hatte er sich eigenartig distanziert von dieser Erleichterung und Hoffnung gefühlt. Seiner Meinung nach hätte die Vernichtung der Kolonie vermieden werden können.

Klar, die *Enterprise* hatte die Klingonen einpacken lassen, aber nach dem, was der Klingone in den Bergen gesagt hatte, hatten sie den Planeten ohnehin verlassen wollen. Wenn man sie in Ruhe gelassen hätte – hätte das Auftauchen der *Enterprise* sie nicht provoziert –, hätten sie dann wohl ihre Waffen auf die Kuppeln gerichtet?

Wenn die *Enterprise* sich nicht eingemischt hätte, dachte er, stünde unser Haus dann noch? Und die Laborkuppel? Und all die anderen? David schüttelte den Kopf. Sie hatten die Hilfe der Flotte doch gar nicht gebraucht. Sie hatten es ohne sie geschafft. Aber die *Enterprise* hatte sich trotzdem eingemischt. Und *das* war nun das Ergebnis.

Sein Gefühl des Entsetzens nahm mit jedem weiteren Schritt zu. Als er den Fuß des Hügels erreichte und die Ansiedlung betrat, fühlte er sich noch distanzierter als zuvor. Irgendwie entfernt von allem – entfernt und taub. Ihm war, als bewege er sich auf den Beinen eines anderen, als betrachte er die verkohlten Trümmer der Kuppeln durch fremde Augen.

Obwohl der Rauch von einer steifen Brise davongetragen wurde, wirkten die Pfade zwischen den geschwärzten Kuppelskeletten wie von dicker und harter Luft überflutet. Es war, als ginge man unter Wasser. Oder wie in einem Traum.

Das Gesicht seiner Mutter war ausdruckslos. Ihre Züge hätten auch aus Stein gemeißelt sein können. Aber ihre Hand, die Davids Hand hielt, verriet sie. Sie zitterte leise in seinem Griff.

Unverbrannte Fetzen von Kuppelbaustoff ragten hoch und flatterten, als sie an ihnen vorbeikamen. Sie erinnerten ihn an große Tiere, die in dumpfem Schmerz zuckten. Zuckten und starben.

Der Rauchgeruch ließ seine Augen tränen. Aber er

wollte nicht weinen; er würde nicht mal den *Anschein* erwecken, daß er weinte. David preßte die Zähne aufeinander und ging weiter.

Warum hatte das Militär es für nötig gehalten, hier aufzukreuzen, um die Klingonen mit Phasern und Photonentorpedos wütend zu machen? *Warum?*

Sein Entsetzen verwandelte sich schlagartig in Wut. Sie saß in seiner Kehle, glatt, heiß und pulsierend. Sie breitete sich in seinem Bauch aus, wo sie wie weißglühende Kohle vor sich hinschmorte.

Die Gruppe teilte sich allmählich auf. Die Pfeffers blieben an der Ruine ihres ehemaligen Hauses stehen und blickten auf die Trümmer. Die Wans gingen auf einen Haufen spinnenartiger Überreste zu.

*Warum?* fragte David sich erneut. Schweigend, damit niemand ihn hörte. *Warum?*

Dann blickten seine Mutter und er dorthin, wo früher der Garten gewesen war. Da bewegte sich etwas – keine Kolonisten, sondern Angehörige der Flotte in roten und goldenen Uniformen. Direkt vor ihnen kniete ein Mann von der *Enterprise* in dem verschmorten Gewirr, das einst Leben gewesen war. David erkannte ihn.

Es war der Captain, der Mann, der Kirk hieß. Der sich den Klingonen in den Weg gestellt hatte.

Der Mann schaute zu dem Jungen und seiner Mutter auf. Er hielt etwas in der Hand. Es war so verkohlt, daß David einen Moment brauchte, um sich vorzustellen, was es sein könnte. Dann erkannte er es.

Es war eine klingonische Pflanze. Eine Feuerblume.

Was fiel diesem Mann eigentlich ein, die Pflanzen seiner Mutter anzufassen? Erst durch *sein* Eingreifen war der Garten vernichtet worden – auch wenn er nicht persönlich den Finger am Abzug gehabt hatte.

Mit welchem Recht schaute er so traurig drein? Als hätte er sich *Sorgen* gemacht. Jetzt, wo es zu spät war?

Davids Wut wallte plötzlich auf, und die Welt schmolz, gefangen in der Hitze seines rechtschaffenen Zorns.

Kirk hatte nicht den Eindruck, daß es lange her war, seit er Spock autorisiert hatte, Entwarnung zu geben. Deswegen war er überrascht, als er aufschaute und Carol sah.

Aber er war noch überraschter, als er den blonden Jungen erblickte, dessen Hand sie hielt. Vermutlich war er ihm in der Kolonie schon einmal begegnet. Aber bis heute hatte er keine Gelegenheit gehabt, die beiden zusammen zu sehen. Er hatte nicht geahnt, daß sie verwandt waren.

Doch als er nun ihre Gesichter verglich, war der Schluß unausweichlich. Er war ihr Sohn – daran gab es keinen Zweifel. Aber warum hatte sie ihm nichts davon gesagt? Warum hatte sie ...

Dann fiel sein Blick noch einmal auf den Jungen, und er kannte die Antwort.

*Mein Gott,* flüsterte er inwendig. Das Schlucken fiel ihm plötzlich schwer. Er spürte, daß sich ein Lächeln auf seine Züge legte.

*Habe ich ... einen Sohn?* dachte er. Der Klang dieser Frage gefiel ihm, und er dachte: *Ich habe einen Sohn!*

In diesem Augenblick wandten Carol und der Junge sich um und sahen ihn dort stehen. Sie schauten ihn an. *Eigentlich,* dachte er, *ist Gaffen der passendere Ausdruck.*

Kirk ging ihnen entgegen. Er wußte nicht genau, was er sagen wollte, wenn er sie erreichte; er war sich über nichts im klaren, aber er spürte das unerforschliche Ziehen eigenen Fleisches und Blutes. Der Gesichtsausdruck des Jungen änderte sich nun langsam.

Aber er wirkte unfreundlich. Sein Mund zuckte und

verhärtete sich, als hätte er gerade etwas geschluckt, was ihm nicht schmeckte. Auch jetzt verstand Kirk nichts, erst als der Junge ihm irgend etwas zuschrie – irgend etwas über Zerstörungen und Klingonen –, verstand er, was seine Gesichtszüge hatte entgleisen lassen.

Der Junge haßte ihn – er haßte ihn inbrünstig.

Kirk fragte sich erschreckt: Warum? Was habe ich ihm getan?

»David!« Carol nahm ihren Sohn an der Schulter und riß ihn herum, damit er sie ansah. Sie schüttelte den Kopf, als könne sie nicht glauben, was sie da eben gehört hatte.

»David«, sagte sie, diesmal in einem gefaßteren Ton, »was sagst du da?«

Der Junge setzte eine finstere Miene auf und machte einen Schritt zurück. Doch als er sprach, war seine Stimme ausgeglichen, beinahe ruhig.

»Er hat es getan, Mama. Es ist seine Schuld.«

»Seine… Schuld?« wiederholte sie. »Was soll das heißen?«

Einen Moment lang wirkte der Junge, als wolle er es ihr sagen. Dann biß er sich auf die Lippe, drehte sich um und ging fort.

Carol schaute Kirk in der Hoffnung an, daß er es ihr erklären könnte. Natürlich konnte er es nicht. Er schüttelte nur in hilfloser Verwirrung den Kopf.

Als sie hinter dem Jungen hergehen wollte, hielt Kirk sie mit einem Ausruf zurück. »Carol!«

Carol blieb stehen und drehte sich um. Sie sah elend aus. »Ja«, sagte sie. »Er ist der, für den du ihn hältst. Jetzt muß ich ihn suchen. Ich muß…« Sie runzelte die Stirn. »Wir unterhalten uns später.«

Kirk nickte empfindungslos. »Später.« Er schaute ihr zu, als sie hinter einer abgebrannten Kuppel verschwand.

In wenigen Augenblicken war er vom Gipfel des

Frohlockens in die Tiefen finsterster Verwirrung gestürzt. Und in dem Wind, der noch immer durch die Niederlassung pfiff, hörte er den bizarren und beunruhigenden Vorwurf des Jungen. *Seine Schuld … seine Schuld.*

# 22

Carol atmete tief ein. Die Luft im Bois de Boulogne war sauber und wohlriechend. Wenn man nicht gerade durch das Geäst lugte, konnte man unmöglich erkennen, daß ganz in der Nähe ein schreckliches Feuer gewütet hatte.

Aber weder sie noch Jim schauten in diese Richtung. Sie waren geistig zu sehr beschäftigt, um an die Kolonie oder sonst irgend etwas zu denken.

Glücklicherweise hatte sie David bei den Medfords unterbringen können. Er schien sie zu mögen, und es hätte ihr nicht zugesagt, ihn in Zeiten wie diesen sich selbst zu überlassen.

So einfallsreich ihr Sohn sich auch gezeigt hatte, er war kein Klingonenjäger. Er war ein zehnjähriger Junge, und seine Angst und sein Entsetzen hatten sich schließlich irgendwie äußern müssen. Es war nur schade, daß sich alles gerade vor Jim entladen hatte. Er hatte es nicht im geringsten verdient. Er war halt nur zur falschen Zeit am falschen Platz gewesen.

»Was hast du ihm erzählt?« fragte er, wobei sich vor seinem Mund kleine Atemwölkchen bildeten. »Über seinen Vater, meine ich.«

Sie verschränkte die Arme vor der Brust. Sie wußte, es war ihre alte Verteidigungshaltung. Aber es war ihr egal. »Die Wahrheit – in gewissen Grenzen. Daß ich seinem Vater vor langer Zeit begegnet bin; und daß er fortging, bevor er geboren wurde.«

Kirk schüttelte den Kopf. »McCoy hat's gewußt, nicht wahr?«

Sie nickte. »Er mußte mir versprechen, es dir nicht zu sagen. Von wegen ärztliche Schweigepflicht und so.«

Kirk knurrte. »Tja, das erklärt, warum er mir für eine Weile aus dem Weg gegangen ist.« Er schaute sie an. »Es muß schwer gewesen sein, ihn so ganz allein aufzuziehen.«

Carol zuckte die Achseln. »Nicht so schwer, wie du vielleicht glaubst. Er ist ein lieber Junge.«

»Spock hat mir erzählt, was draußen im Gebirge passiert ist. Er ist mehr als ein lieber Junge. Er ist etwas ... Ich weiß nicht. Etwas *Besonderes.*« Kirk seufzte. »Es wäre schön, wenn auch ich mir etwas darauf einbilden könnte. Es wäre schön, wenn er ... etwas von mir hätte, Carol.«

Ihre Blicke trafen sich, aber sie sagte nichts. Was hätte sie schon sagen können?

Dann stellte er die Frage doch. »Warum, Carol? Warum hast du mir in all den Jahren nichts davon gesagt?«

»Warum?« wiederholte sie. Sie lächelte wehmütig. »Weil es für alle Beteiligten das Beste war. Wenn du es gewußt hättest, was hättest du ihm geben können? Hier und da mal ein paar Tage? Du hättest nur ein schlechtes Gewissen gehabt, weil du nicht mehr Zeit mit ihm hättest verbringen können. Und David hätte nicht verstanden, daß er hinter deiner Karriere hätte zurückstehen müssen.«

Kirk schaute sie an. »War es denn besser für ihn, gar keinen Vater zu haben?«

»Ich sage ja nicht, daß es leicht war«, gab sie zu. »Weder für ihn, noch für mich. Aber es war zumindest eine saubere Trennung. Er brauchte sich nicht jeden Tag zu fragen, wo er eigentlich steht. Er brauchte sich nicht auszurechnen, warum er für seinen Vater nicht ebenso wichtig war wie für seine Mutter.«

»Das ist ungerecht«, sagte Kirk leise. »Du hast deine Laufbahn ebensowenig aufgegeben, wie ich die meine.«

Carol nahm seine Hände und drückte sie. »Ich *mußte* es auch nicht tun«, erwiderte sie. »Meine Arbeit hat Raum für eine Familie. Für ein Kind. Ich sage doch nicht, daß du ein schrecklicher Kerl bist, weil du gern ein Raumschiff kommandierst. Aber du mußt zugeben, daß David wohl kaum auf der Brücke hätte herumhopsen können, während du dich mit Klingonen anlegst.«

Kirk seufzte. »Nein. Das wäre wohl nicht möglich gewesen.« Er zog seine Hände zurück und warf einen Blick auf die Baumwipfel, in denen die Sonne wie ein prächtiger Vogel gefangen war. »Und jetzt haßt er mich.«

»Das geht vorbei«, versicherte sie. »Dafür sorge ich schon. Ich erkläre ihm, daß es nicht deine Schuld war. Daß du, so wie es aussieht, unser aller Leben ebenso gerettet hast wie Spock.«

Kirk musterte sie eingehend. »Ich weiß es zu schätzen. Aber noch mehr wüßte ich es zu schätzen, wenn du einen Schritt weiter gehen würdest.«

Sie spürte, daß sie sich bei diesem Vorschlag versteifte. »Du meinst ... ihm erzählen, wer du bist?«

Er nickte. »Ich meine damit, daß du ihm sagst, daß er einen Vater hat. Jemanden, der sich um ihn sorgt, auch wenn er nicht da ist.« Er leckte sich über die Lippen, suchte nach den passenden Worten. »Carol, ich schreibe dir doch nicht vor, wie du ihn aufziehen sollst. Was dies angeht, brauchst du offenbar keine weisen Ratschläge von mir. Aber es ist falsch, meine Identität geheimzuhalten. Wenn ich ein Junge wäre – besonders in Davids Alter –, wäre mir so etwas sehr wichtig. Zum Teufel, es würde sogar die ganze Welt verändern.«

Carol erinnerte sich an Davids Frage nach seinem Vater. Vielleicht hatte Jim recht. Vielleicht.

Andererseits konnte daraus auch so etwas wie das Öffnen der Büchse der Pandora werden. Wenn David wußte, daß sein Vater Captain eines Raumschiffes war, wollte er vielleicht eines Tages so werden wie er. Und sie wollte auf keinen Fall, daß er durch die Galaxis düste und alle Aussichten auf ein Heim und eine Familie wegen der exotischen Verlockungen ferner Planeten aufgab und dabei womöglich das Herz irgendeines Mädchens brach. Nein, das wollte sie auf keinen Fall.

»Versprich mir, daß du ihm von mir erzählst«, drängte Kirk. »Nicht jetzt. Aber wenn er über das, was heute passiert ist, hinweg ist. Wenn du glaubst, daß die Zeit reif ist.«

Sie schüttelte den Kopf. »Ich kann es nicht. Nicht so aus dem Stegreif. Das muß ich mir erst reiflich überlegen.«

Kirk wirkte nicht glücklich darüber. »Meinst du, du willst *wirklich* darüber nachdenken? Oder sagst du es nur, damit du mich vom Hals hast?«

Carol lächelte. Er kannte sie nur zu gut. Sie hatte McCoy etwas versprochen, das sie im Grunde nie hatte tun wollen. Und jetzt versuchte sie es Jim gegenüber schon wieder.

Aber Jim war kein Fremder. Er war der Mann, den sie einst geliebt hatte; der Mann, gestand sie sich – und nur sich allein –, den sie noch immer liebte.

Es war nicht recht, ihn zu belügen. Es war nicht recht, eine Maske der Täuschung anzulegen. Wenn sie sich einverstanden erklärte, darüber nachzudenken, David die Wahrheit zu sagen, mußte sie ihr Herz wirklich erforschen.

»In Ordnung«, sagte sie schließlich. »Ich werde *wirklich* darüber nachdenken. Du hast mein Wort. Aber du mußt mir auch etwas versprechen.«

»Was immer du willst«, sagte Kirk.

Carol schaute ihm in die Augen und hoffte, daß er sie verstand. »Kreuz nicht irgendwann plötzlich auf diesem Planeten auf – oder auf dem nächsten, auf dem wir zu tun haben. Versuche nicht, dich in unser Leben zu drängen.«

Kirks Mund wurde eine straffe Linie. »Glaubst du, ich würde so was tun?« fragte er ironisch.

»Absolut«, erwiderte sie. Sie sah seinen Schmerz und legte eine Hand auf seine Wange. »Laß ihn seinen eigenen Weg finden, Jim. Laß ihn aufwachsen und seine eigenen Entscheidungen treffen. Und wenn er dich irgendwann aufsuchen möchte, lege ich ihm keine Steine in den Weg. Abgemacht?«

Kirk nickte nach einem Augenblick. »Abgemacht.«

Carol seufzte schwer. »Gut. Nachdem dies nun klar ist, kannst du mir sagen, wie es auf Alpha Maluria VI gelaufen ist.«

Es war nicht schwierig, die Kinder zu finden. Von den noch existierenden zwei Kuppeln verwendete Dr. McCoy nur eine, um die Verletzungen der Kolonisten zu behandeln.

Als Spock eintrat, suchte er das Innere des Gebäudes ab. Sie waren alle da; alle, mit denen er sprechen wollte. Sie hatten sich allerdings in der Menge verstreut. Also mußte er wohl mit jedem einzeln reden.

Doch bevor auch nur anfangen konnte, seine Absicht in die Tat umzusetzen, erwies sich dies auch schon als unnötig. Ihm schien, als drehten sich alle zusammen nach ihm um. Dann standen sie auf und kamen, wie auf einen unausgesprochenen Befehl hin, zu ihm.

Zuerst Pfeffer und Wan, deren Eltern zusammenstanden und zweifellos ihre Erlebnisse während der Gefangenschaft austauschten. Dann Garcia. Und schließlich Medford und David, der sich am anderen Ende der Kuppel aufgehalten und zugesehen hatte, wie Schwester Chapel Medfords Mutter verarztete.

Dr. McCoy schaute von seinem Patienten auf und sah, daß die Kinder sich einen Weg durch die Reihen der Erwachsenen bahnten. Als er Spock sah, kam jedoch kein spöttisches Wort über seine Lippen, sondern er lächelte. Beifällig, dachte Spock.

Als die Kinder sich rings um ihn versammelt hatten, schaute Spock sie der Reihe nach an. Dann hob er die rechte Hand und spreizte die Finger, so daß sie ein V bildeten.

»Auf meinem Planeten«, sagte er, »sagen wir so Lebewohl. *Langes Leben und Wohlstand.*«

Wan schaute ihn an. »Gehen Sie jetzt?«

Spock nickte. »Ja, ich gehe.«

Wan bemühte sich angestrengt, seinen Gruß mit den Fingern zu erwidern. Es freute ihn.

»Langes Leben und Wohlstand«, sagte sie.

Dann machte auch Pfeffer, der etwas ungeschickter war, die Geste. »Langes Leben und Wohlstand.«

Garcia und Medford mußten die jeweils andere Hand zu Hilfe nehmen, um die Finger zu spreizen. Aber der Satz ging ihnen leicht über die Lippen.

Und schließlich blieb noch David übrig. Er hob die Hand mit gespreizten Fingern, als sei er auf Vulkan geboren. »Langes Leben und Wohlstand, Mr. Spock.«

Spock nickte. »Gut gesagt.« Und dann sprach er, wie geplant, David im besonderen an. »Haß ist unlogisch.«

Er hatte sich gefragt, ob der Junge ihn überhaupt verstehen würde. Doch er verstand sofort. Man sah es in seinen Augen und an seinem Kinn. Was natürlich nicht unbedingt hieß, daß er seine Ansichten über den Captain änderte. Aber wer konnte das schon wissen ...

Spock trat ein Stück zurück, um auch den Rest der Kinder einzuschließen. »Euch allen«, sagte er, »wünsche ich ein langes und gesundes Leben.«

Dann verließ er die Kuppel.

Kirk hielt sich im botanischen Garten der *Enterprise* auf und gönnte sich einen Augenblick, um die Feuerblume zu bewundern, als die Tür des Raums sich öffnete und jemand eintrat. Er schaute hoch, um zu sehen, wer es war, und es überraschte ihn, Botschafter Farquhar zu sehen. Von dem Augenblick an, als sie Alpha Maluria verlassen hatten, hatte der Mann sich rar gemacht.

Farquhar nickte ihm grüßend zu. »Captain ...«

Kirk lächelte freundlich. »Was führt sie hierher, Botschafter? Ich wußte gar nicht, daß sie etwas für Pflanzen übrig haben.«

Farquhar grunzte. »Habe ich auch nicht. Aber ich habe, glaube ich, auch für vieles andere nicht viel übrig.«

Kirk musterte ihn.

Farquhar runzelte die Stirn. »Reden wir über etwas Positives. Ich bin dankbar.«

Kirk war sprachlos. »Dankbar?« wiederholte er. »Wofür?«

Farquhars Schläfen gerieten heftig in Bewegung. »Ich war nahe daran, auf Alpha Maluria VI einen Scherbenhaufen anzurichten. Und zwar nicht nur bei einer Gelegenheit, fürchte ich. Aber irgendwie ist es Ihnen gelungen, meinen Hintern aus der Schußlinie zu ziehen. Und auch den der Malurier.«

Kirk zuckte die Achseln. »Ich bin in die Sache reingestolpert und hatte Glück, mehr nicht. Ich schätze, die Schlußanalyse wird wohl ergeben, daß dies so ungefähr alles ist, was man tun kann.« Er hielt inne. »Außerdem habe ich diesmal auch diverse Böcke geschossen. Wenn ich am Anfang auf Sie gehört hätte ... Wenn ich Ihnen etwas mehr vertraut hätte, statt nach Dienstvorschrift zu arbeiten – hätten wir das Blutvergießen vielleicht ganz vermeiden können.«

»Sie meinen«, sagte der Botschafter, »wenn ich Ihnen einen *Grund* gegeben hätte, mir zu trauen, statt Sie einfach nur unter Druck zu setzen.« Er schüttelte den Kopf. »Genau so hat es auf Gamma Philuvia funktioniert. Und davor auf Parnass. Solange ich jedermann auf dem Schiff aus dem Gleichgewicht brachte, habe ich immer bekommen, was ich haben wollte. Als ich dann auf den Planeten kam, habe ich meinen Charme eingeschaltet, und dann lief mehr oder weniger alles wie am Schnürchen.«

Kirk nickte. »Wenn irgend etwas einmal funktioniert, neigt man dazu, es immer zu wiederholen.«

»Aber es funktioniert eben nicht immer«, fügte Farquhar hinzu. »Das sehe ich jetzt ein.« Er betrachtete die Feuerblume, streckte die Hand aus und betastete ein Blütenblatt. »Die Lösung, mit der Sie kamen, war ein genialer Schachzug. Ich könnte hundert Jahre Botschafter sein, ohne daß mir so etwas einfiele.«

Kirk schaute ihn an. »Soll das heißen, sie werden's nicht mal versuchen?«

Der Botschafter wandte sich um und schaute ihn an. »Natürlich nicht.« Er versuchte ein Lächeln, und beinahe wäre es ihm auch gelungen. »Ich meine damit, ich werde es *doppelt* versuchen.« Diesmal gelang ihm das Lächeln. »Und der Captain, der glaubt, ich werfe ihm Knüppel zwischen die Beine, tut mir jetzt schon leid.«

Amen, dachte Kirk. Dann sagte er: »Ich würde gern bleiben und mich noch ein bißchen mit Ihnen unterhalten, aber ich muß leider auf die Brücke.«

»Lassen Sie sich nicht aufhalten«, sagte der Botschafter.

Kirk kicherte leise. »Tu ich nicht.« Kurz darauf ging er auf den Korridor hinaus.

Erstaunlich, dachte er. Hin und wieder sah es wirklich so aus, als könnten Leoparden *doch* ihre Flecken verlieren. Er dachte noch über Farquhar nach, als er aus dem Turbolift trat und das diensthabende Brückenpersonal musterte. Alle waren anwesend.

Als er im Kommandosessel saß und die rote Kugel Beta Canzandias auf dem Hauptschirm sah, gab er einen Befehl. »Bringen Sie uns aus der Kreisbahn, Mr. Sulu. Halbe Impulskraft.«

»Aye, aye, Sir«, erwiderte der Steuermann.

Kirk schaute zu, als der Planet langsam in den Tiefen des Weltraums verschwand. Selbst bei Impulskraft würde die *Enterprise* ihn binnen weniger Minuten aus dem Blickfeld verlieren.

Es war eine neue Erfahrung für ihn. Er war von Hunderten von Welten abgeflogen, von manchen in gemächlichem Tempo, von anderen in rasender Eile. Aber er hatte noch nie so viel zurückgelassen.

Wären die Dinge anders gelaufen, würde er jetzt eventuell zu den Terraformern gehören, die in der Kolonie arbeiteten. Als Ehemann. Vater. Mit Familie. Aber er hatte seine Wahl vor langer Zeit getroffen – sein Bett gemacht, wie man so sagte. Nun mußte er auch darin liegen.

Spock und McCoy standen rechts und links von ihm. Beide schwiegen; sie gaben Kirk eine Chance, mit seinen Gedanken allein zu sein. *Zu* allein nun aber auch wieder nicht.

»Es dauert bestimmt nicht lange, bis sie alles wieder aufgebaut haben«, sagte McCoy schließlich.

»Nein, nicht sehr lange«, stimmte Spock ihm zu. »Die neuen Kuppeln treffen in ein paar Wochen ein.«

Kirk nickte. »Und da Dr. Boudreaus G-7-Einheit intakt ist, sind sie in einem Monat wieder an der Arbeit. Die Flotte muß diesem Sektor natürlich in Zukunft etwas mehr Beachtung schenken. Die Klingonen haben das, was sie haben wollten, nicht bekommen. Vielleicht kommen sie zurück.«

Der Vulkanier schüttelte den Kopf. »Ich glaube nicht, daß sie zurückkehren, Captain; wenigstens nicht in naher Zukunft. Angesichts der Taten des Klingonen, der uns gerettet hat, neige ich zu der Annahme, daß Beta Canzandia eher ein Bauer im politischen Schachspiel war als ein tatsächliches strategisches Ziel.«

McCoy drehte die Augen zum Himmel. »Lebewesen sind doch keine Energieausstrahlungen, Spock. Sie sind keine Quanten. Sie sind unberechenbar.«

Der Erste Offizier nickte. »Ja, und zwar vorhersehbar unberechenbar.«

McCoy funkelte ihn an. »Was soll diese rhetorische Spitzfindigkeit?«

»Es sind keine Spitzfindigkeiten, Doktor. Es sind ...«

»Genug!« bellte Kirk.

Seine Gefährten verfielen auf der Stelle in Schweigen. Kirk drehte seinen Sitz und schaute sie an.

»Wißt ihr«, sagte er, »ich habe euch mehr als einmal zugehört, wenn ihr euch verbal an die Gurgel gefahren seid. Aber ich glaube nicht, daß ich schon mal einen Scheinstreit wie diesen miterlebt habe.« Er hielt inne. »Wenn ich es nicht besser wüßte, würde ich glauben, ihr wollt mich von irgend etwas *ablenken*.«

McCoy und Spock tauschten einen Blick. »Ich habe nicht die geringste Ahnung, wovon er redet«, sagte McCoy. »Sie etwa, Spock?«

Spock schüttelte den Kopf. »Mir fehlen auch die Worte.«

Kirk runzelte die Stirn. »So, so. Hm, hm. Wie ihr wollt.«

Er wandte sich wieder dem Hauptschirm zu und gestattete sich ein Lächeln, das keiner der beiden sah. Und zudem einen Gedanken: Ich lasse viel zurück. Aber ich nehme auch viel mit. Schließlich gibt es Familien und *Familien*.

# EPILOG

In Kirucs Augen wirkte der Beobachtungsposten nicht einmal ansatzweise so unheimlich wie beim ersten Besuch. Natürlich wußte er auch diesmal genau, wen er traf, und aus welchem Grund.

Zibrat und Torgis schienen das gleiche empfunden zu haben. Als er ihnen erzählte hatte, daß er den finsteren Komplex allein betreten mußte, hatten sie sich nicht mehr so stur angestellt wie damals.

Das rote Licht war wieder im Fenster zu sehen. Kiruc fühlte sich gut, als er darauf zuging. Und warum auch nicht? Er hatte alles erreicht, was er in Angriff genommen hatte, bis hinab zum letzten losen Faden.

Sogar Karradhs Wunsch war befriedigt worden. Der Erste Offizier der *Fragh'ka* war tot, einem ›Jagdunfall‹ zum Opfer gefallen. Nun war der Weg für Karradhs Sohn frei, ihn zu ersetzen.

*Ja. Ich habe, ohne mir zu schmeicheln, gute Arbeit geleistet.*

Als er näher an den Komplex herankam, konnte er die Silhouetten in dem roten Leuchten unterscheiden. Ob es nötig war, ihnen zu zeigen, daß er unbewaffnet war? Er tadelte sich sofort für diese Frage. Natürlich war es nötig. Er hatte es doch mit dem *Imperator* zu tun.

Er hatte die Hände kaum gehoben, als Kaproneks Leibwächter herauskamen und ihn umzingelten. Kiruc erschienen sie wie Aasvögel auf einem Puriskadaver. Ein seltsamer Vergleich unter diesen Umständen, aber er schien zu passen.

Mit Intervallern in der Hand eskortierten sie ihn den

Rest des Weges zum Hauptgebäude. Auch diesmal erwartete der Imperator ihn. An der Tür, fiel Kiruc auf, war die Bewachung nicht so streng wie zuvor. Da standen nur zwei Krieger. Aber schließlich war der Rat nun auch nicht mehr der Hexenkessel, der er noch vor wenigen Wochen gewesen war. Kapronek brauchte nun keine ernsthaften Anschläge mehr auf sein Leben zu befürchten.

Als der Besucher drinnen war, zogen sich die Wachen ohne Befehl zurück. Wieder ein Zeichen für den Fortschritt des politischen Klimas, dachte Kiruc.

»Sie sehen gut aus«, sagte der Imperator.

Kiruc hätte über Kapronek liebend gern das gleiche gesagt. Irgendwie wirkte der Mann nun weniger massiv als bei der letzten Begegnung. Irgendwie weniger… kaiserlich.

»Ich erblühe, indem ich meinem Herrscher diene«, erwiderte Kiruc. Es war völlig korrekt, so etwas zu sagen.

»Wirklich?« Kapronek räusperte sich. »Eins ist gewiß: Ihr Herrscher erblüht, weil Sie ihm dienen. Und das Volk ebenfalls.« Er runzelte die Stirn. »Jedenfalls im Moment.«

Kiruc schaute ihn an. »Im Moment, Herr? Ich dachte, die Gavish'rae-Bedrohung sei durch das erbärmliche Versagen der *Kad'nra* und dem sich daraus ergebenden Abstieg Dumerics aus dem Rat entschärft.«

Der Imperator nickte. »Entschärft, ja. Es wird eine Weile dauern, bis die Gavish'rae mich bei Hofe wieder erfolgreich herausfordern können.« Er hielt inne. »Aber nicht für immer. Die dürstenden Messer werden stets an unserer Kehle sein – immer. Sie geben nie auf. So sind Raubtiere nun mal. Ja, es ist der Weg des Mutes.«

Kiruc schüttelte den Kopf. »So, wie Sie es sagen, klingt es fast… bewundernd.«

»Ich *bewundere* sie tatsächlich«, sagte Kapronek. »Ich bewundere ihren Hunger. Ihre Beharrlichkeit. Ich beneide sie um ihre Zukunft – denn eines Tages sind wir nicht mehr so wachsam, und dann werden sie uns überwältigen. Wir Kamorh'dag werden ihnen so gewiß zur Beute werden wie das Korn der Sense. Das ist sicher.«

Kiruc hatte plötzlich einen bitteren Geschmack im Mund. An eine spätere Niederlage zu denken, wenn man gerade erst gesiegt hatte ...

Aber schließlich war er kein Imperator. Der Verstand eines Imperators arbeitete anders als der gewöhnlicher Sterblicher.

»Da ist noch eine Sache, die der Klärung bedarf«, sagte er. »Der Fall Grael. Der Gavish'rae, der uns auf Pheranna geholfen hat. Darf er weiterleben?«

Kapronek dachte einen Moment darüber nach, dann zuckte er die Achseln. »Ich würde sagen, ja. Vielleicht ist er eines Tages *noch einmal* einer der unseren.« Die meergrünen Augen des Imperators verengten sich. »Ja, *Grael* soll leben.«

So, wie er den Namen betonte, klang es, als solle ein *anderer* sterben. Kiruc wartete ab, um zu hören, wer es war, aber der Imperator sagte nichts. Er schaute ihn nur weiter an. Und langsam, Schritt für Schritt, wurde Kirucs Blut zu Eis.

»Nein«, murmelte er, als er die Ungerechtigkeit erfaßte. »Ich habe Ihnen doch gut gedient. Sie haben es selbst gesagt.«

»An dem Dienst, den Sie mir erwiesen haben«, sagte Kapronek, »habe ich nichts auszusetzen. Meine Beschwerde richtet sich gegen den Dienst, den Sie Karradh erwiesen haben. Der Erste Offizier der *Fragh'ka* war nämlich mit mir verwandt – auch wenn Sie das nicht wissen konnten.«

»Verwandt?« wiederholte Kiruc wie betäubt. »Kernod?«

»Ja. Ein Enkel aus einer Linie, die von einer meiner Konkubinen abstammt. Wie schon gesagt, Sie konnten es nicht wissen.« Seine eindrucksvollen blassen Augen schienen kurz in Smaragdfeuer aufzublitzen. »Trotzdem war er mein Enkel. Und ich kann nicht zulassen, daß er ungerächt bleibt.«

Kiruc schluckte. »Hat Karradh es gewußt?«

Der Imperator lächelte grimmig. »Kann schon sein.«

Dann hat man mich hereingelegt, dachte Kiruc. Karradh hat mich dazu gebracht, etwas zu tun, was er sich selbst nie getraut hätte. Und all das nur, damit sein verdammter Sohn ein Mann werden kann.

Er schaute aus dem Fenster. Alles war finster. Aber Torgis und Zibrat waren irgendwo dort draußen. Nun wußte er, warum sie diesmal keinen Streit vom Zaun gebrochen hatten als er ihnen befohlen hatte, zurückzubleiben. Nun wußte er es. Und er nahm es ihnen im Grunde nicht einmal übel.

Ohne darüber nachzudenken, zitierte er Kahless: »Wenn der Herrscher befiehlt, werden alle anderen Loyalitäten zweitrangig. Wenn der Herrscher befiehlt, ist kein Opfer zu schrecklich, kein Preis zu hoch.«

Kapronek schaute ihn beifällig an. »Sehr gut. Es ist auch aus dem *Ramen'aa,* nicht wahr?«

Kiruc nickte. »Ist es.« Er leckte sich die Lippen. »Darf ich darum bitten, einen ehrenhaften Tod zu sterben?«

»Sie dürfen«, sagte der Imperator. »Bei sich zu Hause, wenn Sie wollen. Schließlich haben Sie ihn verdient.«

Kiruc grunzte. »Ich bin dankbar.« Er schlug sich mit der Faust auf die Brust. »Bis dann, Herr.«

Der Imperator musterte ihn. »Bis dann, Kiruc, Sohn des Kalastra.«

Als Kiruc sich umdrehte, um den Raum zu verlassen, verwünschte er sich wegen seiner Dummheit. Wie konnte er sich einen Schüler Kahless' nennen und sich nicht an dessen bekanntestes Sprichwort erinnern?

*Achte auf deinen Rücken. Freunde können in weniger Zeit, als man braucht, um einen Dolch zu ziehen, zu Feinden werden.*

Er verzog wegen seiner Sorglosigkeit das Gesicht und trat in die Finsternis hinaus.

# STAR TREK™

*Howard Weinstein,* Akkalla · 06/4879
*Carmen Carter,* McCoys Träume · 06/4898
*Diane Duane & Peter Norwood,* Die Romulaner · 06/4907
*John M. Ford,* Was kostet dieser Planet? · 06/4922
*J. M. Dillard,* Blutdurst · 06/4929
*Gene Roddenberry,* Star Trek (I): Der Film · 06/4942
*J. M. Dillard,* Star Trek VI: Das unentdeckte Land · 06/4943
*David Dvorkin,* Die Zeitfalle · 06/4996
*Barbara Paul,* Das Drei-Minuten-Universum · 06/5005
*Judith & Garfield Reeves-Stevens,* Das Zentralgehirn · 06/5015
*Gene DeWeese,* Nexus · 06/5019
*D. C. Fontana,* Vulkans Ruhm · 06/5043
*Judith & Garfield Reeves-Stevens,* Die erste Direktive · 06/5051
*Michael Jan Friedman,* Das Doppelgänger-Komplott · 06/5067
*Judy Klass,* Der Boacozwischenfall · 06/5086
*Julia Ecklar,* Kobayashi Maru · 06/5103
*Peter Norwood,* Angriff auf Dekkanar · 06/5147
*Carolyn Clowes,* Das Pandora-Prinzip · 06/5167
*Diana Duane,* Die Befehle des Doktors · 06/5247
*V. E. Mitchell,* Der unsichtbare Gegner · 06/5248
*Dana Kramer-Rolls,* Der Prüfstein ihrer Vergangenheit · 06/5273
*Michael Jan Friedman,* Schatten auf der Sonne · 06/5179
*Barbara Hambly,* Der Kampf ums nackte Überleben · 06/5334
*Brad Ferguson,* Eine Flagge voller Sterne · 06/5349
*Gene DeWeese,* Die Kolonie der Abtrünnigen · 06/5375
*Michael Jan Friedman,* Späte Rache · 06/5412
*Peter David,* Der Riß im Kontinuum · 06/5464
*Michael Jan Friedman,* Gesichter aus Feuer · 06/5465
*Peter David/Michael Jan Friedman/Robert Greenberger,* Die Enterbten · 06/5466
*L. A. Graf,* Die Eisfalle · 06/5467

STAR TREK: THE NEXT GENERATION
*David Gerrold,* Mission Farpoint · 06/4589
*Gene DeWeese,* Die Friedenswächter · 06/4646
*Carmen Carter,* Die Kinder von Hamlin · 06/4685
*Jean Lorrah,* Überlebende · 06/4705
*Peter David,* Planet der Waffen · 06/4733
*Diane Carey,* Gespensterschiff · 06/4757
*Howard Weinstein,* Macht Hunger · 06/4771

# STAR TREK™

*John Vornholt,* Masken · 06/4787
*David & Daniel Dvorkin,* Die Ehre des Captain · 06/4793
*Michael Jan Friedman,* Ein Ruf in die Dunkelheit · 06/4814
*Peter David,* Eine Hölle namens Paradies · 06/4837
*Jean Lorrah,* Metamorphose · 06/4856
*Keith Sharee,* Gullivers Flüchtlinge · 06/4889
*Carmen Carter u. a.,* Planet des Untergangs · 06/4899
*A. C. Crispin,* Die Augen der Betrachter · 06/4914
*Howard Weinstein,* Im Exil · 06/4937
*Michael Jan Friedman,* Das verschwundene Juwel · 06/4958
*John Vornholt,* Kontamination · 06/4986
*Mel Gilden,* Baldwins Entdeckungen · 06/5024
*Peter David,* Vendetta · 06/5057
*Peter David,* Eine Lektion in Liebe · 06/5077
*Howard Weinstein,* Die Macht der Former · 06/5096
*Michael Jan Friedman,* Wieder vereint · 06/5142
*T. L. Mancour,* Spartacus · 06/5158
*Bill McCay/Eloise Flood,* Ketten der Gewalt · 06/5242
*V. E. Mitchell,* Die Jarada · 06/5279
*John Vornholt,* Kriegstrommeln · 06/5312
*Laurell K. Hamilton,* Nacht über Oriana · 06/5342
*David Bischoff,* Die Epidemie · 06/5356
*Diane Carey,* Abstieg · 06/5416
*Michael Jan Friedman,* Relikte · 06/5419
*Michael Jan Friedman,* Die Verurteilung · 06/5444
*Simon Hawke,* Die Beute der Romulaner · 06/5413
*Rebecca Neason,* Der Kronprinz · 06/5414

STAR TREK: DIE ANFÄNGE
*Vonda N. McIntyre,* Die erste Mission · 06/4619
*Margaret Wander Bonanno,* Fremde vom Himmel · 06/4669
*Diane Carey,* Die letzte Grenze · 06/4714

STAR TREK: DEEP SPACE NINE
*J. M. Dillard,* Botschafter · 06/5115
*Peter David,* Die Belagerung · 06/5129
*K. W. Jeter,* Die Station der Cardassianer · 06/5130
*Sandy Schofield,* Das große Spiel · 06/5187
*Lois Tilton,* Verrat · 06/5323
*Diane Carey,* Die Suche · 06/5432

# STAR TREK™

*Esther Friesner,* Kriegskind · 06/5430
*Melissa Scott,* Der Pirat · 06/5434
*Nathan Archer,* Walhalla · 06/5512

STAR TREK: STARFLEET KADETTEN
*John Vornholt,* Generationen · 06/6501
*Peter David,* Worfs erstes Abenteuer · 06/6502
*Peter David,* Mission auf Dantar · 06/6503
*Peter David,* Überleben · 06/6504
*Brad Strickland,* Das Sternengespenst · 06/6505
*Brad Strickland,* In den Wüsten von Bajor · 06/6506
*John Peel,* Freiheitskämpfer · 06/6507
*Mel Gilden & Ted Pedersen,* Das Schoßtierchen · 06/6508
*John Vornholt,* Erobert die Flagge! · 06/6509
*V. E. Mitchell,* Die Atlantis Station · 06/6510
*Michael Jan Friedman,* Die verschwundene Besatzung · 06/6511
*Michael Jan Friedman,* Das Echsenvolk · 06/6512

STAR TREK: VOYAGER
*L. A. Graf,* Der Beschützer · 06/5401
*Peter David,* Die Flucht · 06/5402
*Nathan Archer,* Ragnarök · 06/5403
*Susan Wright,* Verletzungen · 06/5404
*John Betancourt,* Der Arbuk-Zwischenfall · 06/5405

DAS STAR TREK-UNIVERSUM, 2 Bde.,
**überarbeitete und aktualisierte Neuausgabe!**
von *Ralph Sander* · 06/5150

DAS STAR TREK-UNIVERSUM, Ergänzungsband
von *Ralph Sander* · 06/5151

*William Shatner/Chris Kreski,* Star Trek Erinnerungen · 06/5188
*William Shatner/Chris Kreski,* Star Trek Erinnerungen: Die Filme · 06/5450

*Phil Farrand,* Cap'n Beckmessers Führer durch
STAR TREK – DIE NÄCHSTE GENERATION · 06/5199
*Phil Farrand,* Cap'n Beckmessers Führer durch
STAR TREK – DIE CLASSIC SERIE · 06/5451

Diese Liste ist eine Bibliographie erschienener Titel
KEIN VERZEICHNIS LIEFERBARER BÜCHER!